九個字的情書

姚拓小說選集

姚拓 著

本書由「方北方出版基金」贊助

「馬華文學獎大系」總序

葉嘯（馬來西亞華文作家協會會長）

一九八九年，吉隆坡暨雪蘭莪中華工商總會創設了「馬華文學節」，馬來西亞華文作家協會倡議配合文學節，舉辦「馬華文學獎」，獎勵表現優秀的馬華作家。這個建議獲得多個團體回應支持，作為文學節的重點專案，每兩年主辦一次，至今已進入了第十一屆。每屆只頒發予一位得主，除獎狀外，獎金為馬幣一萬元，是為馬華文壇最高榮譽的文學獎。「馬華文學獎」的意義在於主辦單位為工商團體，首開風氣，體現了「儒」和「商」的結合，志在提高馬來西亞華文文學水準與作家社會地位，為馬華文學增添了實際的推動力。

「馬華文學獎」的評審除了評估候選人的文學創作成果和文學創作思想之外，也必須衡量候選人在推動及發揚馬來西亞華文文學方面的成績與貢獻。由此可見，「馬華文學獎」的得主不單具備顯著的創作成績，更需積極推動馬華文學的發展。

「馬華文學獎」的歷屆得主如下：

第一屆（一九八九）：方北方
第二屆（一九九一）：韋暈
第三屆（一九九三）：姚拓
第四屆（一九九五）：雲里風
第五屆（一九九八）：原上草
第六屆（二〇〇〇）：吳岸
第七屆（二〇〇二）：年紅
第八屆（二〇〇四）：馬崙
第九屆（二〇〇六）：小黑
第十屆（二〇〇八）：馬漢
第十一屆（二〇一〇）：傅承得

馬來西亞華文作家協會作為歷屆「馬華文學獎工委會」顧問，在評選過程中，提供了實際的諮詢，確保「馬華文學獎」評審公正及嚴謹，以致「馬華文學獎」成為最具代表性的文學獎項之一，而歷屆的得主，可說是實至名歸。

工委會於二〇一〇年籌辦第十一屆「馬華文學獎」，我代表馬來西亞華文作家協會提出有意為所有「馬華文學獎」得主出版選集，以表揚、肯定他們在馬華文壇的貢獻。這項提議獲得工委會一致通過，並且邀請作協成為應屆的協辦單位，進一步加深了作協和「馬華文學獎」的關係。

事實上，歷屆的得主幾乎都是作協的歷任會長或理事，因此，為歷屆得主出版選集，更是作協當仁不讓的使命。

在作協秘書長潘碧華博士的穿針引線下，我們獲得臺灣的秀威資訊股份有限公司支援，應允出版全部選集，並徵求「方北方出版基金」贊助部份經費。如此一來，解除了作協需動用龐大出版經費的顧慮，可以全力以赴。

秀威的挺身而出，讓「馬華文學獎大系」的出版更具意義，這亦可視作馬華文壇前輩作家在馬來西亞以外的國家，首次作大規模的作品展示。我們不敢奢望選集暢銷熱賣，卻極期盼能夠藉此向大家推介「馬華文學獎」諸位得主，尤其是前行代作家如方北方、韋暈、原上草、吳岸、姚拓、雲里風、馬漢，代表了馬華文壇早期的鮮明特色；而年紅、馬崙、小黑，以至傳承得的中生代，顯現的又是另一番景色了。

本大系由潘碧華（大馬）、楊宗翰（台灣）兩位負責主編，每部選集特邀一位評論作者為「馬華文學獎」得主撰寫評介，相信有助於讀者更深一層瞭解馬華作家。我也要在此向秀威同仁致謝，因為大家的努力，本大系才得以順利誕生。

【代序】

姚拓（一九二二～二〇〇九），是馬來西亞生命最悠久的純文學雜誌《蕉風》的護航者，來馬之後，積極推動文學創作和編寫華文教科書，對馬來西亞華文文壇和華文教育有極大的貢獻。一九九四年，姚拓榮獲第三屆馬來西亞華文文學獎，肯定其在馬華文壇的重要位置。

姚拓是多方位的作家，創作小說、散文外，也為電視臺寫了許多具有馬來西亞本地色彩的電視劇。此選集以其小說為主，主要考慮到小說文體包含了眾多面向與可能，可以展現作者的創作理念。姚拓小說富有現實主義精神與時代意義，他以個人的人生歷練轉化各個匿名匿貌的小故事，再通過家常敘述傳遞他對生命的感悟。

姚拓的小說內容寫實，但在敘述手法方面，大量參照電視劇的敘述方式，尋常的生活題材，卻能夠引人入勝。語言幽默、生動有趣，且又發人省思。通過小說，我們可以看到作為散文家和劇作家之間的姚拓，在說故事的時候，如何遊刃於真實（散文手法）和虛擬（戲劇手法）之間，寫出以真入假、以假亂真的小說。

家常閒談與生命意義
——論姚拓小說的敘述面向

蔡曉玲　馬來亞大學中文系博士研究生

姚拓，本名姚天平（一九二二～二〇〇九），生於中國河南省鞏縣，青少年時代當過抗日軍人。一九五〇年南下到香港謀事，一九五七年由香港調任新加坡《學生週報》的主編，一九五八年移居吉隆坡，從此在該地落腳。姚拓從五十年代開始創作，涉及的文類包括小說、散文和戲劇。他也積極投入出版工作，最廣為人知的是他創辦了馬來西亞歷史最悠久的文藝刊物——《蕉風》。從一九五七年一直到一九九九年《蕉風》宣布停刊這幾十年間，姚拓不是編者便是顧問，成為《蕉風》最重要的守護者。一九九四年，他榮獲第三屆馬來西亞華文文學獎，肯定他在馬華文壇的重要地位。

姚拓曾經說過：「我寫的小說，幾乎百分九十以上都是真的故事，甚至寫作時原稿中的名字都是真名真姓，為的是寫作時更能與書中人物融為一體。」①這一番話，除了驗證人生歷練對於

① 姚拓：《姚拓小說選》再版序，雪蘭莪：蕉風，一九九二年，第五頁。

小說家尤其重要外，且肯定了姚拓作為一個寫實主義作家的事實。但簡單的歸類太過籠統，畢竟寫實一直都是馬華文壇的傳統，一個活躍於五十、六十年代的作家傾向寫實並不足為奇。今天我們要問的是：如果把姚拓放在寫實派的作家群中，他有什麼鶴立不同之處？

姚拓說：「我的小說，俱是興致所至的家常閒談……我只是把看到或聽到的身邊瑣事，或者是我的親身經歷，一筆一字寫出來而已！」②他這一番話道出了本文關切的關鍵：姚拓是透過記錄瑣事來體現現實的，而「家常」的內容則是他的創作風格。

本文嘗試探討這位以反映現實為前提的寫實作家，如何以小日常和大時代作為後景，在風趣與憂思之間，或真實與虛擬之間，進行他的小說敘述。

一、家常閒談的典範：生活與電視劇

姚拓小說描述的皆是最自然的生活，「瑣碎」如養小貓、寫情書、歌唱比賽、做保險生意、約會遲到等；「家常」如丈夫有外遇、兩夫婦半輩子不說話、丈母娘敲詐未來女婿的禮金、搬家後父母擔心孩子的學習環境等等。不過，這些被人視為毫無敘述價值的日常生活，在姚拓筆下竟

② 姚拓：《姚拓小說選》再版序，第五頁。

然說得娓娓動聽。

〈不記名的投票〉開篇，姚拓便寫道：「說起來，這是不值得寫的一個小故事——」既然不值得寫，那他怎麼又寫了呢？既然寫了，又怎麼吸引人讀下去呢？這樣一種宣告方式，就像張愛玲的名作〈愛〉一樣，第一句話就寫說：「這是真的。」[3] 一種古代說書人的語調，其實也是巧妙開篇技巧，一下筆就打開氛圍，展現與讀者交心的姿態。

姚拓小故事所述說的，是關於十張票的故事。在一個中學生歌唱賽決賽當天，冠軍熱門的三姐妹竟然遲到了十分鐘，於是由另外十位參賽者來投票決定她們是否可以繼續參賽。十個參賽者當中有五個是她們平時要好的同學，起碼有五年以上的交情；另外三個也是同在一個音樂家那裡學過鋼琴的，看起來很有禮貌；其餘兩個女生，僅有點頭的交情，就算她們兩人都投反對票，對三姐妹也沒有什麼影響。於是三姐妹淡定地準備接受投票結果。

「第一張，反對！」大家微笑著態度自若。

「第二張，反對！」十個人仍然沒有什麼表情。

一直唱到第五張，還是「反對」時，三位姐妹已經有點氣憤憤地瞪著她們的知己朋友了！

第六張，第七張，第八張，仍然是「反對」的票。這時候，原先是態度自若的十個人，已經不再自

---

[3] 張愛玲：〈愛〉，《張愛玲全集：流言》，北京：北京十月文藝，二〇〇九年，第八五頁。

若了。

……

「第九張，反對！」一時鴉雀無聲。

「第十張——仍然反對！」

「呀！」十個人不由自主地衝口而喊，好像是按著電鈕一般，是那麼地整齊，那麼地劃一。

背景簡單，沒有太多場景刻劃；人物簡單，沒有太多心理著墨；描寫到這裡，姚拓也沒有多加說明了。結尾呼應開頭，只寫了一行話：「這一次十張不記名的投票，變成了十張全記名的投票。」宣布他的小故事到這裡為止。就好像張愛玲所寫的那樣：「就這樣就完了」④。精簡得讓讀者慢慢去品味餘韵了。

除了用心經營開場和收尾，姚拓也善於層層遞進部署情節，如〈義務媒人〉，講述的同樣是一件瑣事：

敘述者「我」義務幫遠親金家阿姨的女兒阿英做媒，將一個很老實的教書同事老夏介紹給金家。剛開始金家阿姨似乎很隨和，在一來一往的說親過程中，卻發現這個未來丈母娘的狐狸尾巴露出來了。老夏初次登門造訪，帶了一條純金的鏈子當見面禮，讓金家阿姨「喜歡得完全不見

④張愛玲：〈愛〉，《張愛玲全集：流言》，第∞五頁。

了眼睛，只看到她的金牙，閃閃地發著亮光」。後來他們又去了幾次，一次沒帶水果，金家阿姨就「稍微顯出一點不高興的顏色」；接著，金家阿姨不肯讓女兒立刻過門，非先訂婚不可。訂婚至少得花去五六百元，送禮、戒指、宴席。一番折騰後，終於來到結婚階段。這時金家阿姨竟然獅子開大口「敲詐」禮金一千五百元、訂做各色禮餅九百五十元、酒席四十桌起碼三千伍佰元。對一個月入只有一百三十六元的教師老夏來說，肯定是一筆巨款啊！喜宴當天，女方客人佔了三十八桌還不打緊，絕大部份都和金家不熟的，好像來充人數。這時的金家阿姨「喜歡得看不見眼睛，看不見鼻頭，只看見一張咧著的大嘴，掛在滿是皺紋的臉上。她連連對客人說著道謝的話，金牙在電燈下閃閃發光」，好像是她平生最驕傲光榮的時刻。

姚拓並沒有一口氣描述金家阿姨的勢利，而是有序地刻劃，刻劃丈母娘的得寸進尺，又讓提親的老夏無法忍痛放棄。明明是一件平常的事，卻通過這樣一種循序漸進的描述，吊住讀者的胃口，然後推向結局。

姚拓在循序漸進中，有時也加入逆轉的元素：

〈約會〉講述一個男生約了心儀女生「她」去看電影。他仔細修飾後提早二十分鐘來到電影院門口等她。開始的時候電影院門口站滿跟他一樣來看電影的人，接著上一場電影結束，下一場上映時間到了，人群從戲院裏走出來，散場和進場的觀眾擠成一團。直到進場的進場了、散場的觀眾也走了以後，他還在等。他安慰自己：「女孩子們總有一點遲到的習慣吧。」又過了十分鐘，她還沒來，他心中不由得暗暗生氣。半個小時又過去了，他站在那裡有點腳酸，越想越生氣：「假如所有的女人都這樣捉弄人的話，我寧可做一輩子的王老五！」他設想著假如這時她來了，他要把戲票撕碎扔到她的臉上，然後啐一口痰在她的面前，一句話都不說，從此一刀兩斷。時間一直流走，扣除他早到的二十分鐘，他在那裡已經等了一個小時，他邊詛咒著她邊拖著腳離開電影院。

姚拓將「他」的情緒漸次推向極致，到達快要爆發的剎那——

就在這個時候，忽然一把聲音傳進他的耳朵：「真——真對不起！我來遲了！」是遲到整整一個小時的她。這時，讀者一定以為他會當著她的面前把戲票撕碎並扔在她臉上，接著還要啐一口痰，然後掉頭走人不再理她。誰知——他什麼都沒有做，他只是呆呆地站在那裡一動也不動，眼睛內含著淚水。「僅僅就在這一霎那之間，他腦中半個世紀的怒氣，竟一下子跑個精光。他慌慌忙忙地向身上的所有口袋內搜找出來已經揉皺了的戲票，然後像小孩子一樣，拉起她的手來向戲院的門口跑去。」

顛覆了讀者預期，反而形成反高潮的高潮。

這種簡單又生活化的故事，卻具備讓讀者窮追不捨的能耐，無可避免地讓人聯想到電視劇的喜劇化劇情。實際上，我們原不該忽略姚拓本來就是個擅寫電視劇的劇作家，他對戲劇的創作和改編擁有豐富的經驗。馬來西亞電視臺設立後，他曾為華語片集寫了三十多部非常生活化的電視劇，如《三個王老五》、《小夫妻》、《兩家親》和《四喜臨門》等等。[5]而姚拓的小說書寫又

⑤ 李錦忠：〈姚拓的文學歷程〉，《蕉風》第四五七期，一九九三年十一至十二月，第三四頁。

與其創作戲劇的經驗息息相關，同樣是將一則又一則的日常故事，妝點得五彩繽紛、趣味十足，不顯現流水帳的弱點，反而更能讓讀者產生共鳴。

所謂電視劇，也就是英譯「drama」，中譯「戲劇」或「正劇」。十八世紀法國啟蒙主義的戲劇家狄德羅（Diderot, 1713-1784）提出：「一切精神事物都有中間和兩極之分。一切戲劇活動都是精神事物，因此似乎也應該有個中間類型和兩個極端類型。兩極我們有了，就是悲劇和喜劇。但是人不只永遠不是痛苦便是快樂的。因此喜劇和悲劇之間一定有個中間地帶。」⑥相對於傳統的悲劇和喜劇之外，戲劇可以有悲劇的因素，也可以有喜劇的因素。

姚拓從來不強調自己要寫悲、寫喜或寫悲喜交加的小說，他不過是想表現平凡生活。喜劇如〈石縫中的一朵小花〉寫兩個孩子一起灌溉培植一株小紫花，十年後男孩長大了，以小紫花向一起長大的女孩求婚；〈九個字的情書〉寫一個男生暗戀每天早上一起乘搭同一趟公車的女生，一年後，他終於鼓起勇氣寫了九個字的情書給她，誰知在他遞交情書的那刻才知道女生其實也暗戀著他；〈石碑上的微笑臉孔〉寫一對情侶愛情長跑了二十年，因緣巧合受到一個年輕女孩的墓碑所啟發，覺悟不應該用時間去考驗愛情，促成兩人結束愛情長跑，結成連理。

姚拓也寫悲劇。如〈彎彎的岸壁〉寫魯莊的張家老太太，為了不讓洪水侵蝕張家的田地，日復一日地搬移沙石，企圖改變河道。除了張老太太，張家的孩子們都覺得這個舉動無補於事，因

---

⑥ 狄德羅：《狄德羅美學論文選》，人民文學出版社，一九八四年，第九〇頁。

此不曾加施援手。一年後，河道還沒改變，老太太卻已去世，而張家的那塊田地註定潰塌。〈小貓〉寫一對愛貓的夫婦從外面撿來幾隻棄貓，卻因為種種現實的原因，只得將小貓送去「防止虐畜會」人道毀滅。從一開始為了想救活小貓而撿牠們回家，後來還是不得已看著牠們去送死。對於人類抑或動物，皆是無可奈何的悲劇。

當然，姚拓也寫悲喜交加的故事。比如〈降頭〉講述一個丈夫有了外遇，對象竟然是一個年華老去、外表也不漂亮的酒吧女，他的母親和妻子一致認為他一定是中了降頭。於是，妻子想不如以毒攻毒，就找一位降頭師來作法。接著，丈夫和情人一起殉情，丈夫卻獲救，醒來之後如變了一個人，和妻子重修舊好，甚至有了第二個孩子。這樣一個故事是喜劇，畢竟是大團圓結局；也可以說是悲劇，因為丈夫的回頭，也可能是哀莫大於心死，妻子得到的也不過是一具失去靈魂的軀體。

美國傳教士，明恩溥（Arthur H.Smith,1845-1932）在《中國人的特性》中探討中國人與戲劇的關係。他認為在中國人看來，人生無異就是戲劇，世界無異就是劇場，否則就不會有大量如「下場」、「落場」、「下臺」、「坍臺」和「拆他的臺」這些詞語出現在中國人的生活中。正所謂戲如人生、人生如戲，姚拓本人也說過：「人生比戲劇還要戲劇，比小說還要小說」⑦的話。生活中有悲有喜、也有亦悲亦喜，人物可以是英雄、小人，也可以是男、女，對姚拓來說，日常生活的題材取之不盡，充滿無限的可能。

⑦ 雙楊。

二、生命意義的延伸：小我與大事件

馬華文學從不缺國家認同、族群歷史、經濟政治、華文教育的題材，而華人移民南洋的歷史事蹟，就是馬華文學的書寫常態。五十年代崛起的馬華作家們，他們經歷戰爭、移民、國籍轉移、文化精神或主體意識的質變，感慨特多。在如此沉重傷痛的時代書寫中，姚拓可說超脫同一個時代的作家。他閱人述事、洞若觀火，筆調不偏激，敘述依然故我地瑣碎。他不是無病呻吟，因為他真正關懷的是在歷史大敘述之下，悲慘陰暗中依然散發出的人間氣息。

相對於其他馬華作家用強烈的筆調描述反殖民、抗日、馬共、新村、「五一三」種族衝突事件、華校改制、政治迫害的同時，姚拓也寫抗日戰爭、華族歷史、種族衝突和華文教育，但他卻把「大我」的大時代情懷放下，回到單純的「個人」本身，從個人的生活細節去表現時代的精神面貌。

姚拓在〈萬裡長城〉，描寫敘述者「我」突然回到秦朝，帶著崇敬的姿態讚頌參與建築長城的秦人之偉大，告訴他們長城是「世界最古老最壯觀的建築物，我們兩千年來，直把它當作我們民族的光榮！」秦人憤然說：「什麼偉大不偉大——你挨過皮鞭嗎？你挨過飢餓嗎？你吃過穀糠嗎？你流過血沒有？你在雪地上爬過沒有？你想到過凍死的滋味沒有……」。他們哭訴著他們的孩子們凍死或戰死的痛苦，「我」說家庭成員為國捐軀是光榮的，國家會頒發「烈屬」的榮譽給其家屬。一個老太婆狠狠地說：「我不稀罕這光榮——我只稀罕我從小把他們養大了的孩子！」

通過小說，姚拓為讀者帶出另一種資訊：在「大我」面前，並不能要求每個「小我」都要犧牲親子之情或男女情愛，即使個體的地位再小，都有他們的生存意義，這是一種人道主義[⑧]關懷的意識，在姚拓的文字中流露。

姚拓也寫抗日戰爭，但他不是要描寫抗日的激情，而是小市民的生存願望。〈四個結婚的故事〉講述四個一起抗日的好兄弟，在國與家之間所做的抉擇。第一位原本是勇猛善戰的王連長，自從邂逅一個賣橘子的女人，結婚生子之後，成為怕死的人，有時故意落隊，爾後還偷偷離開了部隊，在街邊兜售橘子。第二位是英俊瀟灑的屠龍，結婚後也改行從事郵政工作。他們怕死是因為有了家庭，有了另外一種責任，因此他們選擇了「小我」。第三位是張德明，和女友苦戀多年終於成婚，誰知婚後一個月即收到緊急命令，要做最後的抗戰。在國家興亡和個人情愛之間，張德明必須作出選擇。和王連長、屠龍不同，他選擇了上戰場，不幸地他陣亡了，留下傷心欲絕的新婚妻子。最後一位就是敘述者本人，很多年以後，他也有了妻兒，想起以前，他還是常常自問：

⑧ 人道主義（humanism）是重視人類的價值，關心最基本的人的生命、基本生存狀況的思想，關注人的幸福，強調人類之間的互助、關愛。

「假如這時候讓你過著你以前的軍人生活。那麼，你學王連長呢？學屠龍呢？還是學張德明？」

在人面前，我將說：「我要學張德明！」

但在我的心內，我卻對我自己說：「賣橘子去！」

敘述者真實地表達自己內心的願望，在戰爭面前，有人平凡地偷生，有人壯烈犧牲，都是個人自由的選擇，也是大眾的心聲，無所謂大我小我、應該不應該。就像姚拓說自己是一個平凡的人，有著平凡不偉大的願望：「我的故事最為平凡，我也希望那個它今後還是這樣平凡下去吧！」瞭解了這一點，我們就不會對姚拓的「小敘述」感到驚訝。

對於戰爭主題，姚拓也不歌頌英雄主義。〈最不能忘記的一張臉〉的故事發生在一九四四年六月間，正是抗日最激烈的時期。敘述者「我」是一位抗日軍，他們這一隊的任務是要往山上日軍駐守的地點反攻。一陣槍林彈雨以後，「我」跳進戰壕，竟不偏不倚踏壓在一個日本人身上，「……他的胸前的衣服盡是鮮血，他的空著的兩隻手，正緊緊地按著他那涌著鮮血的胸口。他閉著眼睛，臉孔是那麼蒼白」。在這個時刻，「我」舉得高高的槍托，猶疑著又收了下來。

在兩軍對決的時候，對敵人萌生憐憫之情，是軍人的大忌，從另一方面來看，這卻是人類的良知超越了仇恨，因此敘述者說：「也許是人類內心深處的善良之感吧」。在「同是人類」的大前提下，人與人之間沒有國家和族群之分，無論是日本軍人，還是中國軍人，都是戰爭下的犧牲者。或許，這就是姚拓一生所嚮往的理想世界。

〈兩列矮房子〉寫一對姓朱的教師夫婦為了方便上班，搬到離學校附近，住進兩列矮房子中的其中一間。這裡還住著四五十種不同種族、職業、身分、信仰的家庭，猶如「人種展覽會」。朱家夫婦來自中國，對不同膚色的人多少存有排斥的心態。當他們發現孩子在短短一個月內，從其他的小孩那裡學會了許多種他們聽不懂的語言，還學會了玩紙牌、用橡皮筋做籌碼，也喜歡通過轉動針盤的方式贏取雪糕和糖果，甚至還買了有赤裸女人圖象的鏡匣，於是他們決心要搬家。在他們搬家的前一天，兒子遇上車禍受了傷。就在這時候，鄰居們紛紛伸出援手，有的幫忙將孩子送院，英文好的印度鄰居還幫忙向醫生和警察說明，有些自告奮勇要輸血給他們的孩子。在孩子出院之後，他們也不搬家了，還在房子的小客廳開設了一個義務的夜晚補習班，給周圍的孩子們上課。

華人定居馬來西亞後，也面對多元種族和多元文化的衝擊。多元，牽涉到文化認同和種族對立的問題。然而，姚拓的小說並沒有強調種族意識，畢竟在他看來，國家與國家之間的界限都可以摒除殆盡了，更何況是族群之間的隔閡呢？

教育問題也是姚拓所關注的。在其小說〈職業病〉中，寫一個男教師熱心教育，不認同將一個十五歲的不良少年送入感化院，他認為「教育」需要用愛心和時間逐漸去完成。「如果感化院可以改變孩子們潛在的惡習，那麼我們現有的家庭和現有的學校制度還有什麼意義？」，「讓那些都是犯過錯的孩子們集中在一起，如無真正的專家去分別處理教導他們，可能出了感化院之後，他們依然不知悔改，說不定變得比以前更壞」。男教師極力想說服孩子的父親，懇求孩子的親戚作擔保，甚至願意負起改造的責任，但是男教師還是無法阻止少年送去感化院的命運。這篇小說提出愛心教育的重要性，太過依賴制度不能解決青少年叛逆的問題。

姚拓的小說有很多自己的影子，距離自己的生活經驗不遠。就如〈四個結婚的故事〉文末這樣描述：「……在國破家亡之後來到香港，卻在無意中和一位香港小姐結了婚，現在已經生了二男一女；女的是香港人，男的一個是星洲人，一個是馬來西亞人；而他們的爸爸卻好像是沒有國籍的人了。」

姚拓本人，在中日戰爭結束後的確去了香港，和一位香港小姐結婚，爾後有三個孩子，兩男一女。[9]如果這樣對號入座，小說底下的潛文本，「他們的爸爸」實際上就是姚拓本人了。姚拓經歷過混亂紛雜的時代，從中國大陸到殖民地香港，又從香港到了新加坡，最後落戶馬來西亞，至死沒有獲得馬來西亞公民權，「好像是沒有國籍的人了」，是對自己的感歎。或許正是因為他經歷了大時代大事件，輾轉多國之後，把國籍的歸屬也看淡了。於是「我」退縮到小日常生活中，在家常瑣碎當中尋覓生命的真諦。

⑨ 沈安琳：〈我眼中的姚拓〉，《蕉風》第四五七期，一九九三年十一至十二月，第一二頁。

三、小說敘述的張力：幽默嘲弄與生命憂思

姚拓小說有兩個特色值得注意：一是從日常生活隨意取材，並加入「輕鬆幽默、嘲弄味道、喜劇性情調」⑩等元素的敘述手法；二是隱藏在字裡行間，關於人性缺失的憂思，源自作者本身從生命中領悟出來，直接或間接地反映在其小說當中。

具有這些特徵的如〈矮冬瓜〉一文，單看篇名已具備了笑點。「矮冬瓜」是一個「矮得有點像冬瓜一樣的姑娘」的別稱。姚拓還煞費筆墨把矮冬瓜的神態刻畫得異常有趣：

> 不知是不是上帝故意作弄她，讓她的手和腳生得又粗又短；她的頭部似乎和平常人一樣，但配在她那麼矮而圓的身體上也就顯得特別大了。因為腿短腰圓，跑起來的時候，只能看到她那圓圓的身體，像不倒翁一樣左右不停地搖擺，遠遠看去，就更像一隻矮矮的冬瓜了。

故事講述一個傻裡傻氣、經常被村中其他姑娘取笑和捉弄的矮姑娘，某一天竟然誕下了一個白白胖胖的男嬰，而她聲稱經手人是村裡眾姑娘心目中的萬人迷阿蘇。這對於整村人來說都是極

---

⑩ 各大評論家如陳鵬翔、黃萬華、劉秋得、李錦忠等對於姚拓小說筆調的形容；參馬華文學館網頁，http://mahua.sc.edu.my/。

度荒唐、荒謬的事，先是收養她的女主人李老太太，腦中立刻升起一個念頭：「那麼一個漂亮的男孩子，除非是瘋了，才會愛上這麼又醜又矮的姑娘」。消息流傳出去以後，大部份村民也覺得「阿蘇就是一輩子沒見過女人，也不會找到她」。

然而，世事往往出人意表，阿蘇親口承認這個事實。就在這個時候，原本應主持正義的村長竟然心想：「大而圓的頭顱，短而粗的身體，胖手胖腳則像個五歲大的孩子；像她這麼一個十足像隻冬瓜的姑娘，怎麼能和他眼前這個英俊的阿蘇配在一起啊！」「假如硬要逼著他們結婚，反而在良心上是一種罪過！」於是，村長做主將矮姑娘生下的孩子送到孤兒院，也沒有繼續追究下去了。而李老太太從原本的聲討、到後來的談談、到最後變成哀求蘇家收下這個孩子，阿蘇竟然還可以理直氣壯地回應說：「我還要娶老婆！」而拒絕負責矮姑娘或孩子的未來。

最為諷刺的是，當矮姑娘承受失去嬰兒痛苦的同時，原本做錯事的阿蘇卻依然可以趾高氣揚地走在村裡，村民們還打趣著說：「阿蘇呀！你真傻，要找姑娘，怎麼不找個好的呢！」

全篇小說作者皆用無比輕鬆幽默的方式敘述，但在笑聲背後，卻反映出人性的醜惡，善惡不分、道德淪喪。愛美本是人的天性，一旦將這種執著於美的心態延伸到以貌取人，〈矮冬瓜〉裏村民對矮姑娘和阿蘇的不同態度，折射出村民的無知和愚昧，甚至顛倒了道德價值觀，卻是一種人性的缺失，這種荒唐的現象和觀念普遍存在於當時社會。

說到人性，姚拓確是深有感慨的，他曾經說過這樣的話：「我們人類號稱萬物之靈，又愚蠢之至；古代如此，現在也是如此；固執、偏狹、自私、愚昧，加上貪婪與好鬥，結果到了二十世紀，我們居住的地球，仍然戰爭迭起，飢饉交替，真不知世界大同的日子何時才能到來。」[11]姚拓的小說也存有這幾種根本劣性的人物，但他沒有說教的立意，僅忠實地反映出這樣的一種心理面向和其可能帶來的結果，領悟與否皆在人心。誠如姚拓所言：「我的文章並沒有說教，我只是將荒唐、荒謬的一面拿出來給人們看，雖然沒有教育性，但事實上已有了教育的含意。」[12]

表現「貪婪」的小說有〈保險生意〉。故事講述一個家私店的帳房，為了一時貪念，竟然想利用保險發財。他的做法是，物色一些時刻和死神打交道的人作為投保對象。他出保金，如果被保的人意外死亡，保金五五分帳。這本來是萬無一失的如意算盤，但他不單掏出私己錢來當作投保的本錢，還虧空公司公款，以為可以淨賺多筆橫財。誰知人算不如天算，他每次都和賠償金擦身而過，最後還落得被懷疑是謀害人命的嫌疑犯，被抓到警察局去問話。雖然他在事件查出真相後終得以被釋放，但一次貪念足以讓他身敗名裂且背了一身的債。

故事結束前，姚拓還不忘展露其幽默：

> 我從法庭釋放出來，剛回到了家，我的表弟就來了。我對他苦笑了笑，沒有說話。他趁我太太不在的當兒，卻低聲對我說：「表哥，我已經學會了你的本領。現在，我願意代你保險二萬元。保金三份均分……」

---

⑪ 姚拓：《四個結婚的故事》再版序，雪蘭莪：蕉風，一九九二年，第六頁。
⑫ 馬崙：〈姚拓〉，《馬華寫作人剪影》，一九七九年，第一三一頁。

「混——蛋！」我氣得渾身發抖，一腳把他踢了出去。

姚拓的小說〈無謂的糾紛〉也反映出了人類「好鬥」的一面。話說外號「小雞」的一個雞蛋售賣員，在衛星市深受歡迎。某次他到印度醫生那裡掛診看病，因等不及醫生太太來做翻譯，就跑到對面的鉤鼻子醫生那裡去，惹得印度醫生很生氣。當他下一次再到印度醫生那裡去看診時，竟然被趕了出來。他也報復故意不賣雞蛋給醫生太太。從此兩人便結下了梁子，怒火還越燒越烈，過程十分生動逗趣。

先是印度醫生開車跟在騎腳踏車的小雞後頭嚇唬他，害他翻了腳踏車受了傷。接著，輪到他用公司賣雞蛋的小貨車去嚇唬駕著車的印度醫生，誰知一個不小心兩輛車子撞在一起。兩人雖然沒有受重傷，但小雞卻因此丟了工作。最後，看著開著新車的印度醫生，坐在巴士上的小雞，依然鬥志昂然，向印度醫生宣戰：「好吧！等我學會了巴士，再和你較較高低！」執拗、鬥氣、不忍讓的劣性導致了損人不利己的結果，可笑的是主角絲毫沒有反省之心，繼續無謂的鬥氣。

另外一篇叫〈奪「妻」之恨〉的小說，則具備了更多人的劣行：固執、偏狹、自私、愚昧等。故事描述工廠的技術人員仇榮很喜歡美麗的女工楊芝霞，誰知讓工廠監工張貴保捷足先登。就算後來的楊芝霞成了張太太，仇榮依然對楊非常癡迷，為了得到楊，他打算暗殺張貴保。他把鐵錘藏在西裝內，登門造訪張和楊的新居。進得屋去，他卻開始感到緊張，做賊心虛而周身不自在。剛好當時天氣熱，張和楊一直叫仇榮脫去西裝，但仇榮卻擔心鐵錘掉出來而怎麼都不脫。僵持得越久，仇榮越感不適，最後竟倉皇逃走。雖然仇榮的動機未被識破，但他卻不敢再回到工廠去了。

以上幾篇小說的敘述輕鬆、有趣，絲毫沒有告誡讀者的味道，然譏諷告誡的寓意卻在其中。姚拓的小說敘述可說是開放性的，完全將決定權交給讀者：「這些故事有什麼含意？或者是否百分之百地真有其事其人？或者讀者讀了之後會有什麼反應？這都是讀者本身的事情，由大家隨便去臆測吧！」[13]簡言之，要將其小說解讀成生命的教育也好，要將它當作日常的娛樂也罷，作者絕不會在意。

結語

姚拓小說中的家常瑣事是以其生命來歷練的，於是他所期盼帶給讀者的，並不僅在於文字的風花雪月，而是蘊含在內的深層意義。他寫一切人、一切事，寫悲喜之間那十分豐富多彩的人生，正如他曾經說過的：「這個世界，就是如此的荒唐、滑稽，卻也如此的美麗與有趣！」[14]沒有絕對，才是真正的寫實。

---

⑬ 姚拓：《彎彎的岸壁》再版序，雪蘭莪：蕉風，一九九二年，第五頁。

⑭ 姚拓：《姚拓小說選》再版序，第六頁。

讀取姚拓在各小說集再版時寫的序文尤其有意思，文中包含了作者的創作理念以及對讀者的期許，結合起來剛好可作為本文的總結：

「如今重讀舊作，數十年前的往事，不禁陸陸續續湧上心頭，故事內有我母親的影子，有我戰場好友的面孔，也有左鄰右舍的雞毛蒜皮的家常瑣事。」⑮「我想把我們這一些小人物生活在本世紀的瑣碎情形記錄下來，好讓下一代或下下一代的子孫們，多知道一些他的祖先們的實際生活，其中包括喜樂，悲傷或苦辣酸甜的滋味，也許會給他們一些發笑的資料，或者會給他們一些警惕的訊號。」⑯「但願這本書能夠傳給後代子孫，懇切地期望他們不再重蹈我那一代人所曾經走過的覆徹！」⑰

⑮ 姚拓：《彎彎的岸壁》再版序，第五頁。
⑯ 姚拓：《姚拓小說選》再版序，第五頁。
⑰ 姚拓：《四個結婚的故事》再版序，第六頁。

目次

義務媒人

五年前，我和太太由新加坡來到了吉隆坡。因為是初到這裡，不管是什麼轉彎抹角的親戚，盡可能都去拜訪一番。其中有一個我太太的姓金的阿姨，聽說我們是新來的，對我們態度很親切。其實，這個金家阿姨，硬攀起親戚也實在勉強，她只是我太太外祖母的舅家的表姐妹的女兒，和我的岳母只是一面之識，那還是四十年前的事，當時我的岳母還沒有結婚。不過，不管是什麼拉不上的親戚，總比沒有一個親戚好。星期日有空時，我和太太偶爾也到她所住的增江新村去走一走。

這個金家阿姨大約有五十來歲，說良心話，我對她沒有一點好感。她生就的一副滿是皺紋的黑瘦臉，卻塗滿了一條條的白色水米粉，好像戲臺上的醜怪媒婆子，又好像沒有開化的印地安的老女人。據說這些白色水米粉塗在臉上可以保持皮膚的青春。可是，像金家阿姨這副比煤炭還黑的皺紋臉，即使能夠保持青春，也是令人不敢正視的。再加上她滿嘴的大金牙，看起來非常非常地令人不順眼。可是，你別看她這一副尊容，她的老伴金家姨丈，卻怕她如老鼠見貓。我們一到她家，只聽見她一個人尖著嗓子喊叫，老頭子只是低著頭一枝一枝地吸他的手捲菸，一句話也不敢答腔。他們有一個兒子、一個女兒。兒子早已結婚，在怡保一家礦場做管工，一年到頭不回家來。他們的女兒——阿英表妹，卻長得敦厚老實：圓臉、粗腰、短手、短腿，每次看到我們時總是微笑著不說話。她在一家塑膠廠做女工，每天有三元工資的收入。金家阿姨知道我們是教書的，自不免很羨慕我們不用出氣力的生活，常常對我們說：

「你們給阿英做個媒吧——嫁個教書先生比嫁給木匠一輩子拿鋸子好！」因為曾有一個木匠托媒人向她說過親，但被金家阿姨一口拒絕了。

她剛提起要我做媒的事情時，我根本就沒有在意；可是，講得多了，耳朵自然要起些反應。這和廣告的效果是同樣性質。

後來，我真的為阿英表妹物色了一位意中人。這個人名叫夏大福，是我們學校下午班小學的一位教師。同事們都叫他「老夏」長「老夏」短，其實，他才二十七八歲罷了。不過，人長得肥甸甸的，個子又不高，是個標準的小肥佬。我想把阿英表妹介紹給他，並不是因為他們兩個有同樣的五短身材。老夏的臉蛋，說實在話，離漂亮英俊差得很遠，再加上他平時不修邊幅，鬍子經常長長地如針刺一般，滿頭亂髮像是森林邊緣的沒膝荒草。不是具有高等眼光的女孩子，是很難看得上老夏這表人才的。可惜世界上偏偏缺少這樣的女孩子。

老夏的臉孔雖然不英俊，但他那吃苦節儉的精神，我想除非一百年前來馬來西亞開天辟地的華人祖先們，才具有這種精神。

他只有高中畢業的資格，是個臨時教員，每月薪金只一百三十六元，除了八元六角的公積金，實得一百二十七元四角正。可是，他做了三年臨時教師，居然在銀行內積存了三千六百元。每個月底領薪後，他就狠起心存進銀行一百元；餘剩的二十七元四角，作為全月的開支。他捨不得在學校內搭伙食，午餐、晚餐只吃兩角錢一包的馬來飯。早點向例是開水兩杯。衣服更不用說，反正馬來西亞天氣熱，兩件夏威夷衫，兩條黃布褲，就可以穿上一兩年。有一次我到他住的房間參觀，床上一無所有，只有幾本油膩的破書。原來，他連張毯子都捨不得買，這幾本書就是枕頭。

誰要說像他這樣節儉的人，將來不能做個小富翁，我敢用一隻眼睛珠子和他打賭。

再說，老夏的脾氣，可以說是標準的好丈夫。三年同事，我從沒有見他和任何人頂過嘴。在下午班的小學內，他什麼都教，體育、音樂、英文、華文、算術……樣樣都來。下午班的小學校長，看樣子雖沒有什麼看重老夏這個教員的意思，但像他這樣唯命是從的人也實在不容易找到。這兩三年，許多個正式教員都捲了行李，只有老夏還在這裡教他的書。

我的阿英表妹，聽說只讀過一年小學，連自己的名字都寫得歪歪斜斜。假如我這個義務媒人介紹成功，雖不能說阿英表妹有點高攀，但配上老夏實在是公道的事情。

有一天，我特地請老夏到我的家內吃一頓午餐，飯後我轉了幾個圈子，就向他提到了介紹阿英的事。大概他從來就沒有過女朋友，一聽之下，頗有受寵若驚的感覺，並在言語中透露，希望儘快見一見對方。

我是個愛管閒事的人，再者又是受人之托，豈有不忠人之事的道理。當天下午，立即趕到增江新村去找金家阿姨。

金家阿姨一聽說是個教書先生，馬上拉著脖子向屋內大叫：

「阿英呀，快來謝謝你的表哥——真的是個教書先生呀！」

阿英躲在屋內說什麼也不肯出來。剛才的談話，她全都聽得一清二楚了。

我說：「阿英，婚姻是一輩子大事，你總得說一句話，我才敢介紹呀！」

屋內仍然沒有回答。金家姨丈只顧吸他的手捲菸。

「別再多說了。」金家阿姨說：「你約個時間，請那位夏先生來坐坐吧！」

原來做媒人是如此輕而易舉。假如做媒人能像做經紀抽個十巴仙的佣金，我一定辭去吃粉筆末的生活，專門幹媒人這一行了。

我第一次帶著老夏到金家時，老夏想得十分周到，帶了一條純金的鏈子，算是送給阿英的見面禮。當時我雖有點不贊成，但一想老夏的誠心，也就沒有阻攔。這一著可真有功效，金家阿姨喜歡得完全不見了眼睛，只看到她的金牙，閃閃地發著亮光。阿英只出來了一次，以後一直到我們離開，她沒有再出來。金家阿姨卻問長問短，好像老師考小學生一般，提出了許多問題。除了問老夏的父母真的已死去多年嗎？以前有沒有女朋友？銀行內真的有存款嗎？……後來越問越多，竟問老夏夜晚睡覺打鼾不打鼾？晚上洗腳不洗腳？愛吃手捲菸嗎？……

老夏是個不會講話的人，回答金家阿姨的發問時，只用點頭或搖頭。我在一旁自然要幫助老夏幾句，我對金家阿姨說：「別的不說，我向來就沒見夏先生抽過半枝菸！」

「不抽菸才是好人，不像坐在屋角的死老頭子，一天到晚只顧吹菸。」

幸好她轉了話頭，接著數說了許多金家姨丈的不是。我向老夏使了個眼色，連忙起身告辭。

回來路上，我生怕老夏討厭金家阿姨那張嘴巴。我說：「反正你是想討阿英的——又不是想討會講話的金家阿姨，你說是不是？」

想不到他已經用未來女婿的心情，寬恕了金家阿姨的囉嗦，他連連說：

「沒什麼，沒什麼！是的，是的！」

看樣子，他還恐怕金家看不上他哩！

第二次，我和他一同上增江新村時，他又帶了一大籃上等水果。金家阿姨收過後，連連說道謝的話。不過，連叫了兩次阿英，她還是不肯出來。我以為阿英心裡不願意這門親事。誰知我偷偷跑到屋門邊向內一望，原來她正坐在緊挨著小廳牆壁的椅子上，一邊偷聽廳內的說話，一邊在暗暗發笑哩！其實，阿英已有二十四歲，按照馬來西亞早婚的習俗，和她同年紀的人，說不定已經有五個孩子了。

後來，我和老夏又去了兩三次，有一次沒有帶水果，金家阿姨就稍微顯出一點不高興的顏色。我知道老夏是個老實人，像這樣登門帶禮的拜訪，久了之後說不定要傾家蕩產。既然阿英不反對這門親事，俗語說，打鐵趁熱，乾脆結婚了事。因為我一向認為過了二十五歲的男女，如果不結婚的話，都有點心理不正常。

老夏自然非常同意我的提議，但他說什麼也不敢去向金家提親。我想，做媒人當然有這個義務。大概是他們第一次見面後的三個星期（比起來，這並不算太快），我就向金家阿姨說：

「阿英實在也不算小了，夏先生又是單獨一個人。不如早結婚好！」

想不到金家阿姨居然沒有什麼太大的阻撓，她說：

「我已請算命先生算過他們的八字了。今年是牛年，百事大吉。不過，要先訂婚。嫁女兒哪能不訂婚？」

我把這消息告訴了老夏，他躊躇了半天沒有講話。其實，訂婚至少得花去五六百元，什麼送禮、戒指、宴席，再加上第一次的金鏈，好幾籃的水果，老夏的存款說不定要減去三分之一。可是，金家阿姨撇著大金牙，非要先訂婚不可。沒辦法折衷，只好先舉行了訂婚的儀式。我說破了嘴唇，只請了兩桌酒。過後，金家阿姨一味埋怨我，說我偏袒男家。反正為了老夏，聽她幾句囉嗦，裝做沒聽見算了。

訂了婚，接著自然是結婚的問題，我剛向金家試探口氣，金家阿姨竟一口提出先交「禮金」一千五百元。使得我這位義務媒人倒抽了一口冷氣，驚訝著不知道說什麼好。

「有什麼大驚小怪——人家養女兒是白養的嗎？」她叉著腰指著我理直氣壯地說：「我已經看得起你們教書的先生了，才要他一千五百元禮金。哼，假如換上別人，我不要五六千才怪！」

我回來真想對老夏說：「這簡直是敲詐！」

可是，老夏並沒有我那樣的動氣，聽了我的傳話，反而默默地走開了。我心內想：這頭婚事告吹也好！讓金家的女兒做一輩子老處女吧。誰知這一天下課後，老夏又來找我，請我再去金家一趟，看能不能減少一點。

這簡直是討價還價，哪像是婚姻大事。我本來不打算去的，但我的太太說，老夏的人挺老實的，去就去一趟吧。

我不想在這裡多費筆墨。總之，好像是上菸廠街的攤檔買東西，漫天要價，落地還錢，結果以一千元禮金成交。

禮金完了以後是禮餅的問題。未來的老岳母一口咬定非要訂做九百五十元的各色禮餅，說是由她分送給她的親戚朋友。

老夏的存款已經不見了二分之一。假如再送禮餅九百五十元的話，餘下的幾百元又能派什麼用場。我這個義務媒人非常同情老夏的苦衷，三番兩次地跑到女家去說項：

「金家阿姨，你想想吧，禮餅是送給別人吃的，多少有個意思就算了，何必一定要九百五十元？」

「不行——一塊錢也不能少。」未來老岳母的金牙閃閃發著黃光，「哪能那麼便便宜宜就娶走了人家的女兒！」

坐在屋角的未來老岳父，只是一枝接一枝地抽他的香菸，不發表一點意見。未來的新娘，害羞地躲在木板隔成的後邊小房內不敢出來；其實，什麼話她全聽得明明白白。中午的天氣，炎熱得令人頭昏腦脹；我全身都是汗水，整個身體像是剛從水中爬出來似的，溼淋淋地，幾乎汗水要滴到地上了。假如不是為了老夏的難關，我真要從此之後再也不同這個不明理的老婦人多費唇舌。可是，既然做了媒人，不得不硬著頭皮做到底。我思索了好一陣，忽然靈感來潮，我自以為很動聽地對她說：

「金家阿姨，女婿也是半子呀，反正省錢也是省給你女兒的，你說是不是？」

「嘿！」未來老岳母狠狠向門外吐了一大口口水，嚇得躲在門口打瞌睡的老母雞，驚叫著飛了開去。「我才不稀罕女婿養我哩。」她一邊說著，一邊用她的死魚眼，狠狠瞪著吸菸的金家姨丈。「你不相信問這死老頭子，我的阿爹阿媽得過他一文錢沒有？」

老頭子沒趣地站起身來，走了出去。

「少一點不可以嗎？」我想我簡直有近於懇求了。

「我給你數數我家的親戚好不好？」她扳起指頭，「單單吉隆坡就有三十一家，金寶、文冬的還不算。」她真的如小孩子背書似的「張家阿婆」、「李家阿姨」地直數了二十分鐘，不讓我有半句插嘴的餘地。最後，她以斬釘截鐵的語氣告訴我說：「回去對男家的說，九百五十元已經便宜了他——不然就別想娶老婆！」

這時候，我氣得真想在她的白臉上，狠狠摑她一個大耳光。這一記耳光，準把這些水米粉整個打掉了下來。可是，又一想：未過門的新娘，就是這個大白臉、大黃牙的老女人生的、養的。做母親的，有這個要求的權力。我只好垂頭喪氣地離開。

老夏知道這個消息後，據他說，他整整有兩晚不能睡覺。我替他仔細算了算，禮餅、結婚的酒席、新房的布置，家具鍋碗的添置，起碼還得花上三千兩千。早知如此，我真勸他做王老五一輩子也好，省得吃這麼多的苦頭。現在卻是騎虎難下，好像做生意的人，既然已經下了兩千多元的本錢，哪能不繼續投資下去。那兩天，不但老夏睡不著覺，我也因失眠而瘦了五磅。

最後，還是校長太太提醒了我們，她說可以在銀行內借兩千元，利息又不高，結婚後再慢慢還。老夏是個老實人，當然知道向銀行借款討老婆，是一件非常危險的事情，可是，這是孤注一擲，除此以外，別無他法。

銀行內當然沒有以老婆抵押借款的規定。好在有校長太太出面作保，總算借款成功。

有了兩千元後援，禮餅問題算是以九百元「成交」。接著是結婚儀式的問題。老夏和我都不是什麼虔誠的基督徒，但為了節省，我好不容易地說服了那位固執的牧師，讓老夏在教堂內結婚。但金家阿姨竭力反對這個提議。她口沫橫飛地說：

「嫁女兒只嫁一次呀——人家親戚朋友，誰願意上教堂聽和尚唸經。死人才唸經唸咒哩！我已打聽好了，最好是什麼『攏……攏』『攏邦』酒家！」

「是聯邦——」金家姨丈提醒一句。

「閉你的嘴！」金家阿姨向他發了脾氣。

我告訴她，除非是蘇丹，才敢上那麼貴的酒家。我故意嚇唬她說：「上那個酒家，男人要打領帶，女人要穿禮服。你有沒有禮服？」

這一著倒唬住了她。後來，她轉變口氣，決定酒席擺在娛樂世界一個酒家。「四十桌！」她最後加強語氣這樣說。

我說：「你難道要把增江新村的人都請去嗎？」

「嫁女兒能不熱鬧熱鬧？非要四十桌不可！」她說了之後，於是拂袖而退，逕自撇起大而扁的黑嘴，氣呼呼地走入房內。

我從沒有受過如此的難堪，我這個義務媒人反倒作了他們的仇人。後來我心內想，也許這是金家阿姨一時氣憤的說話，她哪裡能找到四十桌的客人。

結婚的前兩天，金家阿姨又提出了新花樣：男家一定要租九部汽車來接新娘。因為她知道了我們只打算去一部車子。這部車子還是向校長借來的。

我說：「你們金家連怡保的阿哥在內，才不過五口人，要九部汽車做什麼？」

「為什麼要九部，」未來老岳母瞪著死魚眼：「這是喜數呀！你們讀書人是白讀了書。九是長長久久，好意頭嘛！」

看樣子，她如果不設法多花她未來女婿的一點錢，她準會得神經病似的，堅持著非「九部汽車」不可。最後，還是老夏投了降。我還有什麼話說。

幸好，金家阿姨沒有提起新房布置的問題，也沒要求做多少套衣服被毯，使得我和老夏放下了一顆驚跳的心。不過，結婚的請酒費用，卻「一定」要男家負擔。我實在氣不過，大聲地問她：「那麼女方的收禮呢？」

「當然歸女方呀，」未來老岳母理直氣壯，「我做媽媽的難道不辦嫁妝嗎？」

老夏是個吃虧慣了的人，聽了之後，也就只好默默承認。我唯一的祈求，只希望結婚那天的酒席，最好不要超過二十桌人。

可是，請酒那一晚，整整坐滿了四十桌。我陪著老夏和新娘剛到這個酒家時，以為那些桌子有一半是別家請酒用的，誰知全是「夏金」家的宴席。奇怪的是，有兩個我班上的學生也來吃酒。我問他們：

「你們是男家的客人，還是女家的客人？」

「女家的，」一個學生說：「我們是金家隔一道街的鄰居！」

另一個學生說：「我簡直不認識誰是新娘。我們本不打算來的，可是金家老太太非要我們來不可。只好來了！老師，我們明天就要考試了，是不是？」

每張桌子都坐滿了人，熱鬧真夠稱得上熱鬧。老夏是從中國來的，既無父母，又無親戚。男方的客人，只是幾個學校的同事，總共還不到兩桌。其餘三十八桌全是女方的客人。

金家老岳母喜歡得看不見眼睛，看不見鼻頭，只看見一張咧著的大嘴，掛在滿是皺紋的黃臉上。她連連對客人說著道謝的話，金牙在電燈下閃閃發光。她大概覺得能夠約到這麼多的親友，實在是她平生最驕傲、最光榮的事情。假如這時候忽然讓她死去，她也心甘情願。如果雞狗也能說話做「客人」的話，她準會爬進雞籠狗窩，去邀請牠們來參加她女兒的結婚筵席。

這一晚，可以說是我生平以來最驚慌，最著急，最憤恨，而又最丟臉的一晚。請想想，四十桌酒，起碼得三千五百元。可是，我身上只帶了一千五百元。另外是先付酒家五百元的訂錢。總而言之，尚差一千五百元沒有著落。老夏也想得到這個難關，只見他連連用他的小肥手，指著如小河的汗珠，不斷地用眼睛望著我，看樣子這個新郎第一天就要哭了。

看到老夏這個可憐的樣子，使我忽然想起《雙城記》內的故事，人家為了朋友的幸福，居然可以走上斷頭臺。我為老夏就不能坐兩天牢嗎？反正別無辦法可想，就這麼決定吧。誰讓我來做這個義務媒人呢！

老夏走過來輕聲地問我，有沒有方法渡過這一關。我勉強裝起笑臉要他放心入洞房好了，凡事有我來擔當。

最後，酒終人散。

我太太是個最不愛管閒事的人。等到我和這個酒家的經理吵起架來的時候，她才知道了是怎麼一回事。經她一再和那個經理說項，答應三天內把所欠的一千五百元交來，才算沒有讓我吃官司。不然，當晚警察就把我抓走了。

當然，老夏哪有餘錢來還這一筆酒家的欠款。是我太太典賣了她全部的首飾，用去了她的所有積蓄——這是她多少年來在買菜時五分一角節省下來的。

有了這個慘痛的經驗，即使我的親兄弟，我也不打算再為他作媒了。

老夏呢，如今住在一家亞答屋內，夫妻倆連小菜都捨不得吃，比起結婚前還要節省，不然銀行就會控告他，說不定連書也教不成！

我替他算了算，由認識到結婚，一共花了七千二百多元。是一座大房子的一半價錢！

一九六五年

保險生意

從我二十歲那年開始，我就做了南泰家私店的帳房，到今年三月底為止，做了整整十五個年頭。雖然我對橫寫的螃蟹文會計一竅不通，但憑我的「大珠小珠滿玉盤」的珠算，倒也替老闆辦了不少事情。月薪從三十元開始，加到了二百元——這是我們家私店最高的薪金。在我們店中，我可以和老闆同桌吃飯，高談闊論，羡煞了那一群手拿大鋸斧頭的工人。可是，十五年不是一個短的日子，我不能做王老五一輩子吧。當然我結了婚，也當然生了孩子，當然要住房吃飯；於是，這兩百塊錢就抵不了什麼用場。幸虧我內人還算賢慧，二百元的全部家用，還可以節省一小部分，郵政局的儲蓄簿子上，竟存了千把元，這些錢都是我內人三分五分在巴剎買菜時和賣菜的、賣魚的死爭活爭下來的。

本來，家私店的生意不算太壞，如果我老老實實做我的帳房，打我的算盤，我這個並不「小康」的小康之家，起碼還可以圖個溫飽。誰知道真的如前十年那個瞎子算命先生告訴我的一樣，在我卅五歲的年頭上，一定要遇到破財的難關。

說起來可話長。我這時候不能不狠狠地罵我的表弟幾句。他是我姑母的兒子，比我小十多歲。平時我和他也沒有什麼來往，只概略地知道他小學畢業後轉到一間英校讀書，過年過節時也偶爾碰一碰面。忽然有一天——就是在去年八月獨立三週年紀念放假那天，我帶著孩子到吉隆坡去看花車遊行，在人群中遇見了他。他一看見我就親熱地給孩子們買糖果、買氣球，然後把我拉到一邊低聲地問我道：「表哥，你保了人壽險沒有？」

以前，曾有幾個保險經紀到過我們店內談過保險生意，但我對保險一向存著「不吉利」的想法，沒有和他們打招呼。今天，表弟竟也這樣問起我來，我吃鹽比他吃米還多，豈有不明白他的道理。我笑著說：「阿仔呀，你的尾巴向上一翹，我就知道你要拉什麼屎了——你難道做了保險經紀了嗎？」阿仔是他的乳名，我一直是這樣把他叫大的。

他的年紀到底比我輕，一句話就說得他面紅耳赤，喃喃地說：「是呀，表哥！你知道我畢業了一年多都找不到事情，不得不找個職業。其實，為表嫂和孩子們著想，你應該保個人壽險才對！」

「去你的吧！」我吐了一口口水在地上，表示吐走了這個霉氣，「真是大吉利市，你估我活不到一百八十的！」

「活到五十歲，你就可發一筆小財了。」表弟真是不虧做了保險經紀，打蛇順桿溜說：「這等於有利息的存款。譬如你保險五千元，每月二十三十拿出來不見得有什麼困難，十五年後你就可整批取出來，連本加利，可以買半座房子了。」

我搖搖頭說：「嘩，十五年可長著哩！」

「是呀，十五年也算長呀。正因為如此，十五年內，誰敢保定不出什麼意外的事情，例如：你今天忽然被汽車撞倒——」

「你才被汽車撞倒哩！」我幾乎要真的生氣了。

「這只是比喻，」表弟說：「意外的死傷可以得到更多的金額——」

我不等到他說完，就拉起孩子回頭走去。他這個年輕人不知在哪里學會了死不要臉的樣子，連忙陪笑說：「表哥，這全是為你好。」說著就從他的皮夾內取出一大疊保險的傳單，硬塞在我的手裡，一邊說：「你回去仔細看一看就知道了。」

一等到表弟走開，我就把這疊東西扔到了路邊，但我的那個五歲的孩子看見上面有花花綠綠的圖畫，馬上走過去撿了起來，說什麼也不肯丟掉。

回到家，吃過晚飯，偶然又看到那疊保險宣傳單子，才想到白天對表弟的態度有點過火，不覺又有些內疚起來。反正燈下無事，我隨手在地下拾起那些傳單慢慢讀來消遣。誰知這一讀，竟給了我許多意想不到的靈感——

原來，保險並不是什麼觸霉頭的事情。如果我保了險，在儲蓄上，在意外上，都可以有點保障。不過，我的腦子經過了十五年算盤珠子的薰陶，絕不像一般人那麼簡單。當天晚上，我翻來覆去，差不多整晚沒有睡覺。我想了許多許多有關保險的事情。

第二天一大早，我馬上照著傳單上的電話號碼，撥電話給我的表弟。他驟然接到我的電話，又驚又喜地說：「表哥，你改變了主意嗎？」

我大聲地對他說：「是的，我改變了主意，你今天下午能來我家裡一趟嗎？」

保險經紀有了生意，豈有不來的道理。沒等到下午，上午九點鐘，他就騎著電單車來店內找我了。一進門，他就說：「表哥，你保多少？」

正好我的老闆不在，我請他坐下，對他說：「別忙，阿仔，你年紀還是太輕。你做保險經紀一個月能賺多少錢？」

他搖搖頭：「不一定，平均起來，頂多也不過一百八十的。」

我對他說：「你想不想賺得更多？」

「誰不想多賺？但我的嘴笨，認識人又不多——」

我馬上打斷他的話：「嘴笨並沒有關係，只要腦子不笨就行！」

這一句話果然怔住了他。我說：「先問你：你們保險公司真的如傳單上所說，如有死亡就馬上付款嗎？」

「一點不錯！」表弟近於發誓似的說：「我曾親眼看見過好多次賠款。我們公司遍設星馬各都市，絕對不假，你放心好了！」

我進一步向他探聽：「我替別人保險行不行？這個人如果意外死亡，我能得到這批保險金嗎？」

他的腦子遠不如我的靈活，我向他解釋說，只要被保的人同意在「受益人」項內填寫我的名字就可以了，保金由我付出。如果被保的人意外死亡，我只希望得到保金百分之五十，被保家屬百分之廿五，表弟得百分之廿五。表弟又想了半天，才說：「你怎麼知道被保的人馬上會意外死亡呢？人家不死亡，你不是要賠本了嗎？」

「唉！」我簡直要罵他了：「你的腦子全是石灰做的，太死板機械了。難道我不會找容易發生意外的人嗎？」

表弟到這時才恍然大悟。

我和表弟商量妥當之後，又好不容易地說服了我的太太，就著手我的計劃。第一個被我保險的人，是我的隔壁張光才先生。他是一家印刷廠的排字工人，個子又高又瘦，已經三十多歲，是個一看即知有肺病的人。我當然費了許多口舌，由他的太太從旁協助，他才答應了我的「好心」的幫助。近年來，我讀了不少有關科學的雜誌和文章，知道鉛毒也可致人死命。那麼，像張光才這樣骨瘦如柴的人，在排字房的鉛字堆中吃了二十年的鉛毒空氣，豈能有活長久的道理。我在他身上這一個試驗性的投資，並不是沒有把握的。保險十五年，保金一萬元。我代他每月付出五十元的保金。十五年內平安無事，保金按百分比均分。如有意外，也是三分受益。

我剛代他保險的第二個月，這位張先生竟真的害了癌症，撇下他的一大堆子女撒手西歸。按理說，這一批意外之財應當得到了手。可是，保險單上明明規定，保險三個月後才算有效。就這樣，白白損失了我一百元。

不過，這更加強了我的信心。如果我早替張君保險一個月的話，豈不是發了一筆小橫財！

我的第二個被我保險的人，是我們公司的羅里司機老劉。這傢伙雖然年輕力壯，二十來歲，壯得如一頭牛一般，但他近來正鬧失戀，開車時有如自殺，羅里車每小時竟開七十英里，而且經常借酒澆愁。假如不是他和老闆有點親戚關係，早就該開除了。我向他遊說代為保險的事情時，湊巧他微醺醺地一口答應了。我心裡想，這一著棋，我又壓個正著，不禁暗暗心喜——這並不是我幸災樂禍，我只是想賺點錢而已，這也是「生意」之道。有了上次的經驗，我一次就交足了三個月的保金。保期到五十五歲。

誰知人算不如天算，三個月後，老劉好像另外變了一個人，他不但不再開快車，而且連二十五英里都捨不得開足，我有一次坐他開的車送貨，幾乎坐得我打瞌睡。原來，他的愛人又重投懷抱。在車上，他私下告訴我：「王先生，我馬上要請你喝喜酒了！」

這句話對我來說，簡直像頭頂挨了一棒。如果老劉結了婚，我代他繼續保險還有什麼意思。如果他不再開快車，恐怕只有飛機扔炸彈才能要他的命。而現在國泰民安，哪裡會有炸彈落在他的頭頂？「壯士斷腕」，乾脆放棄這個投資吧！就這樣，又白白損失了將近二百元。

本來，我這時應該下決心放棄我的投資，但人的心理都喜歡賭博。做生意的人誰不是抱著賭博的心情？我的第一著第二著雖然失敗了，說不定第三著就可以撈回來一大筆。於是，我開始留心我的第三個代保險的人選。

第三個人，是我跑遍整個吉隆坡才找來的。這個人名叫王阿妹，是個在高架板上挑水泥的女工。她的一天八個小時的工作，就是挑著水泥、磚塊，在離地五十尺的高架上走來走去。我敢相信她不但不是勇敢的女人，可能還有點心臟病，因為我明明白白地看見她在木板上走路時，雙腿微微發抖、雙眼楞楞直視，臉色灰白，嘴唇發青。像她這樣膽小的人，隨時都有摔落下來的可能。我和她並不相識，不得不借重我的表弟先和她大談保險的好處，然後由我站在「幫助」人的立場，和她商談。她起先並不十分願意，因為她也知道我代她保險，總有一些希望她早點死的念頭在內，但後來她想了想她的那個五歲大的孩子，最後才下決心答應了我。我代她保險兩萬元，十五年的限期。我不是希望她從高架上跌個頭破骨碎；但終究有一天她會從上面摔下來的。兩萬元的保險，如遇意外——從那麼高的木板架子上摔下來當然是意外——就可以得到三倍以上的保金。現在每個月我只要付出一百元就可以了。每月一百元，對我來說，不是一個小的數目，我不得不動用了我太太的存款。我的太太自然十分不高興。我只好拿出做丈夫的威風：「你們女人家知道什麼！這是生意呀，做生意豈有不拿出本錢的道理！」

我替王阿妹保了險後，差不多每天都要探訪她一次。有幾次，可真夠危險；眼看著她就要從高架上跌下來了，但她也許是忽然想起了她的五歲大的孩子，猛然間又站穩了身體，挺一挺腰，搖擺著、抖顫著又走了過去。我在下面偷偷地看著她，出了一身冷汗，不知是驚慌，還是高興！

八個月後有一天，我照例又去那座未完成的建築物高架上去探視我的「生意」，竟然沒有看到王阿妹在那裡工作。我走過去問了問那個戴博士帽的工頭，才知道王阿妹已經辭職不幹了。

第二天，我跑到王阿妹的家裡，想問問她為什麼要辭去這份工作——我就是因為看中了她這份工作才替她保的險啊！

她沒有在家。只見了她年老的母親和她那個五歲大的孩子。那位白頭髮的老太太對我說，她的女兒阿妹已經到八打靈做家庭工去了。我連忙問了地址，費了半天功夫，總算找到了她。我說：「挑水泥挑得好好的，為什麼要改行？」

「太辛苦，太危險了！」她說。

「做家庭工不受主人的氣嗎？」我只好這樣問她。

「受氣總比沒命的好，你說是不是？」她很自然地反問我。

問得我不知所答。

當天晚上，我又失眠了一整夜，不知應繼續為她保下去好呢，還是應該再來一次「壯士斷腕」——簡直是「斷腿」了！

猶疑著我又代她保了兩個月，兩個月後我又去看她，她已變成又白又胖，和她做水泥工時完全判若兩人，我幾乎不敢認出站在我面前的就是兩個月前又黑又瘦的王阿妹！

看她滿面的笑容，就知道她的家庭工作做得相當不錯。看樣子，除非她有意自殺，絕不會再有什麼意外。但她絕不會自殺，因為她有一個五歲大的孩子。

按照保險公司的規定，三年後才能取出保金。如果繼續保三年，我還得付出三千餘元。但取出保金後得三人平分。第一，我已沒能力繼續投資下去；第二，即使投下去三人平分也不合算。

好吧，「壯士斷腿」就斷腿吧！

這時候總結下來，我已經白白損失了一千餘元，太太的郵政局儲蓄簿上只剩下五元馬幣。這一年來，不用說，我和她鬧了不少閒氣；有幾次，我真想用拳頭來教訓她一頓。她一直囉嗦著勸我不要冒險，她越囉嗦，越發鼓起了我繼續幹下去的勇氣。單單為了保存我做丈夫的面子，我非得贏一次不可。

「孤注一擲」，是我那個時候最好的寫照。不過，有了幾次失敗的經驗，我不敢再在華人身上打主意，因為他們的心眼多。我又費了不少的氣力，真是神差鬼使遇見了拉美星印度三弟兄。

他們三弟兄全是寡佬。老大四十歲，黑瘦如八十歲的老頭子，在一家膠輪廠看守門戶，每月只有五十元的收入。老二三十多歲，職業也是看門值夜。他的個子雖然高大，但天天喝酒成癮，長了一臉酒疙瘩。脾氣怪躁得不近人情，和附近的私會黨徒打過好幾次架，有一次肩頭中了一刀，再近一些就會要他的命。老三呢，三十歲不到，是個病鬼，一天到晚躺在用麻繩製成的網床上不能起身，也不知害的是什麼病。

這三個人，可以說是我最上乘的保險人選。他們三個人沒吃過一頓熱飯，每頓飯都是在推車的小販處買來的，二角一包，混合著黃黃的咖喱，大把大把地塞了下肚。換上是我，保准吃上三天就可歸天。這還不說，這三個人不用枕頭，沒有被毯，就那樣半赤著身體，露天似地睡在屋檐下面，居然病魔沒要他們的命，不能不算是奇跡——或者是等著我來替他們保險後，上帝才收回他們的生命也說不定。

我把表弟找來，和他仔細研究了一天。結論是：拉美星三弟兄，老大隨時會病魔纏身；老二隨時會被私會黨白刀子進，紅刀子出；老三已病入膏肓，隨時會進棺材。我已經打聽得清清楚楚，他們三弟兄一有了病，向來不請西醫治療，只喝那位擺地攤賣假藥的印度老頭子的藥水。誰喝了那種藥水，能夠活命才是怪事！

可是，拉美星三弟兄雖是上乘的人選，但我這時已經拿不出錢來替他們交保險金。我的表弟只能在保險表格上亂填亂寫，卻不能拿出分文。

我又整整失眠了一晚，決定是一不做，二不休！只要我的原則正確，無論如何也得維持我的原則。我下決心暗自動用我管的帳款，反正我已經做了十五年的帳房，對挪用帳款不能沒有一點經驗。

要保拉美星三弟兄的險，就得一齊保。因為我斷定他們三個人命都不長，卻不敢肯定誰會最早死去。如果我保了三個人，那麼誰先死去都沒關係。保金仍是每人一萬元，期限是十年。

所以，每個月，我得偷偷借用我管理的帳款二百六十多元。做生意的人，誰沒有患得患失的心情。只是，我這時是背城一戰，只許勝不許敗啊！

五個月過去了，我虧空了公款一千餘元。幸虧老闆沒查過我的帳。可是，拉美星三弟兄依然吃他們的咖喱飯，睡他們的繩網床。他們的老三病得已經只剩骨頭，只差沒有正式斷氣。

我心裡想，這次總算沒有看錯，老大老二雖沒有發生意外，看來老三不會長久活下去了。

可是，有一天我又去探訪他們，卻不見了他們三弟兄的影子。問了問新接任守門的印度人，才知道拉美星三弟兄前天已經辭職不幹，原因是他們手足情重，老大老二不忍老三身死異域，決定要把老三送返印度去。昨天晚上已經上火車去新加坡，然後坐船回印度。

天底下竟有如此混帳的人！竟有如此混帳的事情！他們回印度老家，怎麼連半句招呼也不打，我真恨不得咬他們幾口。可是，他們已經乘火車走了，我只能咬我自己的牙齒！

不行，我非得繼續幹下去不可！我不能這樣失敗，也不允許我這樣失敗。動用我太太的存款，只是和太太吵幾場架；但動用了公款，就會吃官司、失業，就會毀損了我十五年來辛辛苦苦得來的名譽。

最後，我找到了一個牧羊的印度人。他是個回教徒，名叫莫哈德，在馬來西亞出世，是馬來西亞的公民，和印度可以說是毫不沾親帶故。從他不斷的咳嗽和帶血絲的痰中，可以斷定他的肺病已到了第三期。但有了表弟的幫助，在保險表格上說他健壯得有如一條犢牛。莫哈德經常露宿野外，冷熱氣候的變化和他飲食的簡陋，我相信我這次很快地就可得到賠償金。

可惜，人算不如天算，替他保險的第二個月，這個牧羊人不知怎地忽然在一天晚上，死在他經常牧羊的草地溝渠之內。我不但沒有領得保險金，反而為他吃了官司。

因為意外死亡，一定要經醫生檢查。誰知那個混帳的驗屍官，竟說莫哈德是中毒而死的。中的是什麼毒，卻沒有弄清楚。

警察局一查出我曾為他保過險，當然我的嫌疑最大。不由分說，硬把我抓進了馬打寮（警察局）。我對天發誓，我想得到他的保險金是真的，但我絕不會做出謀財害命的勾當。幸好他是在我代他保險兩個月內死去的，按照保險章程規定，我還沒有資格得到保險金。憑了這一點理由，才洗脫了兇手的嫌疑。

雖然沒有坐牢吃烏豆飯，但也從此失了業，我的老闆自然查出了我的虧欠。而且為了找律師辯護，典當了我們全部的財產，還背了一身的債。那時候，我無面目見任何人，真想自殺。

我從法庭釋放出來，剛回到了家，我的表弟就來了。我對他苦笑了笑，沒有說話。他趁我太太不在的當兒，卻低聲對我說：「表哥，我已經學會了你的本領。現在，我願意代你保險二萬元。保金三份均分……」

「混——蛋！」我氣得渾身發抖，一腳把他踢了出去。

不記名投票

說起來，這是值不得寫的一個小故事——

這裡一共有十張票，來決定是否讓遲到的三位姐妹參加這次的歌唱決賽；在上星期四十多名的預賽中，由六位評議委員選出了十三位參加決賽的人。但是在決賽之前，三位姐妹遲到了十分鐘，現在由已經抽過簽的參加決賽的十個人，來決定是否讓她們參加。

這個歌唱比賽是由一個青年團體舉辦的，限定只准學生身分參加。目的只是在鼓勵學生們的歌唱興趣，並不是真的要發掘什麼「時代的歌手」。參加比賽的學生，事先也不過是來湊湊熱鬧。大家可以想像得到：這個城市有五間具有規模的中等學校，起碼有五千到七千的中學生，而報名的只有四十多個人。只這一點，就可以看到起先他們並不十分重視這個歌唱比賽。可是，情形發展到決賽階段，卻忽然大家都想爭取那座用白銅做的銀盃了。其實，大家也明明知道那隻銀盃頂多只值十多二十元，如果得到了它放在桌上的話，不久就會生出難看的鏽來。

在上個星期的預賽中，大家唱得都不十分起勁。有幾位參加者根本就沒有歌唱的天才，唱起來也好不過驢叫多少，惹得聽眾們忍不住要笑出聲來。唱得比較好一點的，還是那三位穿同樣衣服、戴同樣校章的姐妹。尤其是那位排行最小的妹妹，在預賽時得分最高。而在她本人和她的姐妹看來，也覺得她實在比別人唱得出色。不過，三位姐妹似乎沒有把那隻虛有其表的銀盃放在眼中：得了它，沒有什麼光榮；失了它，也沒有什麼可惜。

也許是她們只為了歌唱而歌唱，也許是因為她們太不重視這次比賽的冠亞季軍，所以，在第二次決賽時比別人遲到了十分鐘。在我們華人的習慣，遲到十分鐘又算得什麼。想不到這個舉辦歌唱比賽的青年團體卻例外地十分守時，那天晚上八時正，主持人對大家宣布說：

「現在，歌唱決賽開始，請參加決賽的十三個人前來抽籤，決定歌唱的先後次序。」

結果只有十個人前來抽籤，那三位唱得最好的姐妹還沒有到來。既然抽了籤，主持人只好當眾宣布：

「有三個人尚未到，只好當他們棄權了！」

妙就妙在這一點，當主持人剛剛宣布了「棄權」這兩個字，三位姐妹卻姍姍來遲地恰好在這個時候走進會場。本來，三位姐妹並不太重視這個比賽，棄權不棄權，她們也不十分在乎。可是，當她們忽然看到臺上放著一架站立的麥克風時，起初不十分在乎的情形，不得不變成「十分在乎」了。

麥克風電線的另一端，連接在一個錄音機上。這時候正有幾個工作人員在調整機件。另外，有一個手拿訪問筒的男人，和一個手執筆記簿的女人，看樣子是專門來錄音和訪問的。仔細再看，一點沒錯，來錄音的正是廣播電臺的工作人員。這是這裡唯一的廣播電臺，擁有最多的聽眾，其規模組織在東南亞可以說是首屈一指。

緊接著，主持人向大家介紹說：「我們感謝廣播電臺特地前來為大家錄音。評定名次後，還要訪問首二三名對歌唱的心得。全部錄音及訪問介紹的記錄，明天下午五時在電臺廣播。」

這個消息，使所有在座的人們都很興奮。尤其是已經抽籤的十位參加決賽的人，更加高興與緊張。任何人都有喜歡出風頭的願望，儘管自己的歌聲真的如牛鳴一般，也希望有機會在千萬的聽眾面前顯一顯身手。在預賽中得分最高的三姐妹，豈肯輕易放過這個機會。好在正式決賽尚未開始，於是三姐妹馬上走過去向主持人交涉：

「我們不是故意遲到的。原因是汽車輪胎半路漏了氣。不信，你看我們的手還是黑黑的哩——我們三個人有參加的權力！」

這一下倒把主持人難倒了。是的呀，誰能保證自己的車胎不隨時漏氣！可是，剛剛宣布了「棄權」，叫他實在難以開口。他躊躇著不知如何回答她們才好。

那位做大姐姐的明知自己爭奪冠軍的希望甚少，就很慷慨地對主持人說：

「我不參加沒有關係，但不能不讓我的兩個妹妹參加——連上帝也不能保證車胎不漏氣。說我們晚了兩分鐘就是棄權，這實在不夠公平！」她理直氣壯地最後加重語氣說：「我們有權力參加！」

那位主持人只好走過去和六位評議委員商量。偏偏六位當中，有三位說：「參加就參加吧——反正是學生歌唱比賽，不必那麼嚴格！」可是，另外三位卻堅決反對：「這怎麼能成——其他十個人為什麼不遲到呢？既然宣布棄權，晚一分鐘也不成！」其實，反對參加的三位評議委員，對她們三姐妹也不是不熟識的。正因為熟識，才給她們一點小釘子碰碰。平時自以為唱得不錯，老是眼望著天走路，這次可得跌一跤了。

三位小姐看見此路不通，馬上向主持人提議道：「評議委員只有評議的權力——現在，請參加決賽的十個人來決定吧！」

三個姐妹是心裡有數的。已經抽了籤的十個人中，有五個人是她們平時最要好的同學，而且是同一個社團的歌詠隊的隊員，大家起碼已有五年以上的交情。平時，大家見面有說有笑，許多次他們還彼此請喝汽水，請吃過飯哩。相信在朋友的道義上，他們五個人一定投票贊成她們三姐妹參加決賽。另外三個，雖不能說是最要好的朋友，但彼此同在一個音樂家那裡學過鋼琴，應該也說是「同學」；以前見面時，大家總是很客氣地點頭打招呼。教鋼琴的老師曾經請他們一齊喝過好幾次下午茶，在三姐妹的眼中，覺得這三個人最有禮貌。假如讓他們投票決定的話，起碼有兩個人是投贊成票的。其餘的兩個是女的，大家只有點頭之交，不過女孩子們的心眼都是小的，三姐妹根本不在乎這兩張反對票，反正至少有七張或八張投贊成參加的票，這兩張反對票又能起什麼作用。

主持人為了早一點進行比賽，不得不接受了三姊妹的提議。他走上講臺宣布，請已經抽了籤的十位同學到秘書室內，說是有話和大家商量。

這十個人未走進秘書室之先，當然都知道要商量的是一件什麼事情。只有那兩個女孩子嘟著嘴，顯得不十分心甘情願，其他八個人，都是和平時見面的情形一樣，向站在門口的三姐妹親熱地點頭，打招呼。有一個愛講笑話的同學，還特地讚揚三姐妹說：

「今天穿得這麼漂亮啊——」接著做了一個鬼臉。

如果是在平時，做大姐姐的一定頂撞他兩句的。但為了拉這一票，三姐妹只好在「外交」上報以嫣然的微笑。

主持人當眾說明了三位姐妹遲到的原委，並說三姐妹有個不記名投票決定的提議，請大家發表反對或贊成的意見。主持人說完了以後，做大姐姐的馬上補充著說：

「我情願不參加——只要讓我的兩個妹妹參加就可以了。我們比賽的是唱歌，並不是比賽早到與遲到，你們說是嗎？」

十個人一齊望了她一眼，沒有說話。主持人說：

「有反對意見的，請儘量說好了——讓她們三個人參加不參加，你們都有權說話。」

兩個女孩子仍然嘟著嘴，其他八個人互相微笑著；但仍然沒有人發表意見。

三姐妹看見八位朋友的態度坦然自若，不禁心中放下了一塊大石，相信不會出什麼問題了，連忙提議說：

「還是投票好了！」

「對！」八個人一齊出聲：「還是投票好了！」

這八個人的心裡也是有數的。反正是不記名的投票，誰知道誰寫的是贊成還是反對？八個人十六隻眼睛，互相掃射了一番，每個人都覺得其他十四隻眼光中均含有微笑贊成的成分。「只要有一兩張是贊成票，我就可以打馬虎眼說是我投的了！」八個人的心中，都有著同樣的想法。

主持人把十張小白紙分給大家，請他們在上面書寫「贊成」或「反對」的字樣。十個人背轉身很快地寫好了字，放在主持人手執的帽子內。

主持人把那些白紙搖了搖，然後一張一張抽出來唱票：

「第一張，反對！」

大家微笑著態度自若。

「第二張，反對！」

十個人仍然沒有什麼表情。

一直唱到第五張，還是「反對」時，三位姐妹已經有點氣憤憤地瞪著她們的知己朋友了！

第六張、第七張、第八張，仍然是「反對」的票。這時候，原先是態度自若的十個人，已經不再自若了。三姐妹的眼瞪得更大更圓，最小的妹妹——正是在預賽時得分最多的那一位，眼看大勢已去，不禁兩眼蘊著淚珠，馬上就要滴下來了。

八位好朋友的背上，這時都像忽然爬進了咬人的黃螞蟻似的，熱辣辣地，分外覺得不是味道，汗珠已經從額上冒出，連鼻尖上都有了溼溼的感覺。幸好還有兩張沒有唱出，八個人一齊閉上眼睛，希望這最後兩張票是「贊成」的——只一張也好，免得顯出做朋友連這一點點交情都沒有，大家以後見面時多麼難為情吧！

「第九張，反對！」

一時鴉雀無聲。

「第十張——仍然反對！」

「呀！」十個人不由自主地衝口而喊，好像是按著電鈕一般，是那麼地整齊，那麼地劃一。然後面面相覷，說不出一句話來。奇怪地，十個人的表情也是那麼地劃一，同樣地睜大著眼睛，同樣地淌流著汗珠。

這一次十張不記名的投票，變成了十張全記名的投票。

一九六七年

九個字的情書

「親愛的小姐！」

他把信紙鋪在淺藍色的燈罩下面，遲疑了好久好久，才寫出了這五個字。

可是，他又忽然想起：連人家的姓名都不知道呢，怎麼可以冒昧地稱呼「親愛的小姐」！

「未知姓名的小姐：」他撕去了剛才的信紙，在第二張開頭寫了這七個字。

這七個字，似乎又覺得過於客氣與生疏，假如人家誤解你是故意地去開什麼玩笑，豈不是弄巧反拙了嗎？

他撕去了第二張信紙，對著第三張反光的白紙愣愣出神，不知該用什麼字眼才好。他想起從前他在學生時代最拿手的一門功課就是作文，提起筆來雖不能說如有神助，但在作文簿上從不起什麼草稿，往往一揮而就，老師起碼都會給八十分。好幾次，許多同學央他代寫情書時，他可以毫不思索地寫上三大張信紙，而且感情流露，很能夠叩開對方緊閉著的心扉。可是，今天輪著他第一次寫他自己的情書，卻不知如何寫起。

「我最敬愛的小姐——」不對，他撕去了第三張。

「我最欽慕的小姐——」第四張又被拋進字紙簍。

最後他索性擱下筆，躺在沙發上定了定神，苦苦思索了十分鐘，才決定了折衷的稱呼：

「親愛的不知名的小姐：」

接下去該從什麼地方說起呢？他的腦子，他的思潮，忽然好像一隻失去槳、失去舵的小舟，驟然之間被拋進洶湧的大海，任著風浪起伏旋轉，失去了控制，也失去了方向。

腦子真像一團亂麻，他忽又跳想到他在小學時第一次所看到的人腦解剖圖，圖表上的腦子，是乳白色的一團東西，好像豆腐一般；那一團白色的東西上面，印了許多縱橫不分的紅紋。「人類的腦子，原來就是一團亂糟糟的東西。」他當時曾這麼想過，今天這個印象如飛鳥似的又鑽進了那正在紛紜混亂的紋線中間，越發使得他無法下筆。

「愛情啊！」他擲了筆，頹然地倒在柔軟的沙發上這麼想：「真像一枝毒箭！」

天底下有什麼事情比愛情更為毒辣，更為折磨人呢？他不由得想起了每天早上他所受的痛苦。

他有多少次下決心不再乘搭這輛藍色的巴士，但那枝無形的箭鏃，卻直直地穿過他的心胸，硬把他又射進了那輛藍色的巴士上面。在這裡，每天的同一時刻——早上七時四十五分，不早一分，也不遲一分，他和她同坐在那輛車上。可是，僅僅是兩分鐘的時間，車子到站了，他要去上班的地方正在這裡，不得不在車上遺下了跳動的心弦，緩緩地下了巴士。那每次吸引得他如此顛抖的女孩子呢，卻被這輛巴士帶到了前面他不知道的地方。他能夠和她同車的時間，只有這短短的一站。他在渴望的期待下看到，她在同一的車站上了車；然而，兩分鐘眨眼過去了，他不得不拖著腳步，從她的身邊經過，慌亂著走下車去。他本來好多次想在下車時回頭看她一眼，不過每次在臨時又收回了他昨夜思索又思索了的決心。

每天早上，除了星期天，比手錶還要標準的時間，他坐在車上，一定可以看得見那個長長身材的女孩子，拿著一把綠色的摺傘，站在車站的一棵有著紅色串珠花朵的樹蔭下面，等候著「他」和巴士一同的到來。每次車要到車站時，他可以從窗子內清晰地看到她自然而輕盈地舉著她的手臂。然後，車慢慢地停了下來。就在這個時候，他的那顆本已跳動著的心，忽然像被一枝利箭射穿似地，更加顫動震慄。假如這時候有面鏡子的話，他一定可以看得出他的臉部會在突然之間，變得如此青白！如此難看！

那個女孩子呢，每天都用著同樣的態度：低著頭，從不敢向坐在後座的他多望一眼，就匆忙地坐在最前面的一排。

也許是這條路線比較偏僻，也許是時間早了一些。每天的這個時間內，同車的只有他們這兩個人。差不多整整一年了，他每天都要受一次這樣的煎熬。

不知有多少次，當他夜晚失眠的時候，曾下過決心在第二天早晨和她見面時，一定要向她說一句「早安」。可是，到了第二天，他的勇氣早已被利箭射散，只剩下顫慄與快樂，在痛苦而又甜蜜的心情下交相爭戰。

她是一個美麗的女孩子嗎？「不是的！」他曾好多次這麼自問自答。不過，帶翅的愛神發射他的利箭時，卻從不過問什麼美麗與醜陋。——愛情，就是這麼地不可思議，就是這麼地難以捉摸。

如果有哪一天，他忽然在那棵紅色串珠花的樹蔭下面，看不見那個長長身材的女孩子，看不到她那把綠色的摺傘時，他的心不再戰慄了，不再跳動了；可是，同樣的這個世界，忽然之間在他的面前完全消失了光彩。他不由得不呆坐在那裡猜想：「病了嗎？——一定是病了！」

那麼該是什麼病呢？她的本已纖弱的身體能忍受得住病魔的纏擾嗎？就這樣，兩分鐘早已飛馳而過，他忘記了按鈴，下車的時候，往往得步行著走回他應該下車的地方。

第二天，當他又看到她在同一的地方等車時，他真想關切地向她問候一聲。可是，那顫慄的心跳，封住了他的嘴唇，也封住了他的勇氣。

「假如所有的愛情都是這樣的話，」他自己對自己說：「我寧可去做獨身主義者的信徒！」

一年之期，他從沒有失過眠；現在，每天晚上，他都要翻來覆去地唸著一至十的數字，一直到深夜之後，才能朦朧地閉上眼簾，然後迷迷糊糊在連續做著不可思議的美夢與噩夢。

朋友們都說他病了，他從鏡子中也看到自己本已削瘦的臉孔，如今又染上蠟似的黃白的顏色，變得更加憔悴可怕。

最後，他下決心要寫這麼的一封信，如果說是去試探對方的口氣與心情，倒不如說乾脆是寫的「哀的美敦書」，問她到底「愛或不愛」？

「不愛倒好！」他這樣安慰自己：「省得天天這麼煎熬！」

他呆視著剛才寫過的「親愛的不知名的小姐」這九個字，忽然之間他又覺得這麼庸俗與可憐。他把那張白紙緊緊地抓在手中，想把它扔在字紙簍，卻又怕這麼一扔，就會永遠扔走了他的愛情似的。明知是煎熬，他仍然願意嘗試著煎熬的滋味。

＊

第二天，他紅腫著眼睛，又坐在了早晨的那班藍色的巴士上面。因為一連幾天的失眠，他的頭昏昏地像有幾千斤重，胸口有一股什麼東西像要嘔出，幾乎使他再也忍受不住巴士的顛簸。昨夜搜盡枯腸所能夠想出來的字眼，仍然是開頭的那九個字：

「親愛的不知名的小姐！」

「九個字也好！」他這樣神經質地作了決定，仍要在今天的早晨，送給他心目中渴念的女郎。

那封被汗水浸濕而有著層層皺紋的情信，在他發顫的手中，隨著巴士的起伏，更加顫抖不止。他這時候的心情，好像即將押赴市曹被斬首的囚犯，木然地似已失去了知覺。

巴士照例在那棵紅色串珠花朵的樹前停下，那位帶著綠色摺傘的小姐，仍然是低著頭走上巴士，然後又怯生生地坐在最前面的那一排座位。

「過去吧！」好像是有一個人在背後這麼督促著，他不得不站起身來，緩緩地向著前面的「刑場」走了過去。

「信！」他鼓起了平生以來最大的勇氣，用他僅有的那一點點力氣，在牙齒縫中吃力地吐出這麼一個字。——其實這聲音也只有他一個人才能聽得清楚。

低著頭坐在那裡的小姐，吃驚地抬起她的頭來，睜著發光而又怯懦的眼光，兩隻手緊緊地握著那把摺傘，一時之間說不出一句話來。

他仍然是顫著雙手，把那一封僅有九個字的情書，與其說是「放落」，倒不如說是「跌落」在那位小姐的座椅上面；然後好像是一個小孩子做錯了一件大事似的，慌慌忙忙向著巴士的門口跑去。巴士尚未到站、尚未停穩的時候，他就想一個箭步跳下車去——而且要從此以後，再也不願意搭乘這輛巴士，再也不走這條路線，他要永遠地離開了這個令人痛苦欲死的地方。

可是，當他正急不及待要跳下巴士的同一時刻——

「喂！」他清晰地聽到了從身後傳過來的聲音。

他不顧一切地跳下車去。

「信！」那位平時總是低著頭的小姐，忽然從窗口處伸出她的手來，手上卻拿著一個信封。他起初以為是小姐把他的那一封情書退了回來，但仔細一看，卻是他從未用過的淺藍色的信封。

他膽怯心驚地茫茫然看著她手中的信封，才看到她的手也和他的手一樣：顫抖著幾乎要把那個信封跌落下來。

他慌忙地從窗口接過信封，巴士已經發著吼聲離開了小站。他顫抖著拆開了信封，上面寫的如他的一模一樣：「不知姓名的先生」，只是在開頭的地方減了「親愛的」三個字樣。下面也是空空的，沒有其他的言語，沒有署名；信紙上只有汗水浸濕的痕跡，以及揉了又揉的皺紋。可是，天底下有什麼情書比這更美麗更動人的呢！

這時，陽光在笑，微風在笑，連路邊的小草也在跳著快樂的舞蹈。他吹著口哨，向著辦公室的方向「舞蹈」著走去。

無謂的糾紛

在這個兩萬人口的衛星市，我敢保證起碼有一萬五千人都認識我這個「小雞」的名字。這不是吹牛，假如兩年前我也參加什麼議員選舉的話，相信什麼「牛頭」、什麼「帆船」都不是我的對手。有一次，我送完雞蛋路過街場的草地時，看見一個人站在臨時搭蓋的木臺前在指手畫腳，我以為是賣什麼膏藥的，走近一看，才知是宣傳什麼選舉，那傢伙嗓門很大，他口口聲聲地說：「深入民眾，深入民眾。」我對什麼黨都不感興趣，但對「深入民眾」這句話則頗有體驗。住在這個衛星市的人有誰能比我更「深入民眾」？我未進農場擔任這個「力康雞蛋推銷員」之前，就曾幹肥皂推銷員、牙膏推銷員，甚至衛生紙、橡皮公仔等等的推銷員，從衛星市蓋木板屋開始，我就幹推銷員這一行。那時，我雖然又黑又小，嗓子卻得天獨厚，聲音既響且亮。於是，大家給了我一個外號——「小雞」。以後我做了這個農場的雞蛋推銷員，外號與職業也就更加一致。尤其是坐在我們農場專門送雞蛋的小型貨車上時，我這個「小雞」更顯得威風凜凜，因為這架貨車四周繪滿了各式各樣的公雞和母雞，一個個精神飽滿，看樣子像是要飛下來似的。車頂上特地請廣告專家設計了一隻老母雞，紅冠白羽，傲然獨立；牠的腳下，是一堆堆雪白的雞蛋模型。車子一開動，我就坐在車內對著喇叭筒學公雞叫，學母雞叫，學小雞叫，學母雞下蛋——這套本事都是我自己發明出來的，雖然喇叭筒的聲音似乎大了些，常常吵得主婦們掩了耳朵，全衛星市的人們，不論新來的、舊住的，有誰不知道我們那架出色的貨車？有誰沒有聽說過我「小雞」的大名？再說，晚上六時過後無事可做，這幾家咖啡店、冰水檔、豆花攤，以及巴剎內賣肉的、賣菜的、賣水果的，都是我經常拜訪的地方。人哪能沒有朋友？

我的朋友可多著哩！除了一間佛廟的和尚因吃齋而不和我打交道外，其餘的誰不吃我送去的雞蛋？雖不敢說上至市長大人，下至女傭大姑，都和我有點交情；可是，無論繫領帶的、穿短褲的，見我都要點一點頭。舉個例子，拿衛星市的醫生來說吧，我可以稱得上標準的「醫生顧問」，哪個醫生專治什麼病、哪家診所打一針收費多少、哪個醫生太太怎麼上巴剎買菜專愛和人吵架、誰的醫生太太好打麻將……我都瞭如指掌。這並不是我專好探聽人家的內幕新聞，我又不是什麼「報」的記者，故意去探聽那些新聞做什麼。不過，既然幹上了這一行，天天走來走去，怎麼能不聽到一些與自己不相干的事情呢。再加上我天生的一副好心腸，遇上誰家孩子誰家女人有病的時候，即使人家不問我，我也要自告奮勇介紹醫生給他們的。例如有個鈎鼻子的英國醫生，治大人雖不在行，但治小孩子的病十拿九穩。我就曾經帶過好幾個主婦到他的診所去。那個醫生起初以為我是帶著我的家人來看病的，後來知道純粹是義務介紹，他特地放下聽筒，走過來大拍我的肩膀，說我是「這個地方最有名的名人」！你想，這個頭銜多麼迷人！所以，順便在推銷或者送雞蛋的時候，我也就義務地介紹鈎鼻子，或者介紹其他的醫生給顧客，這幾乎成了我的習慣。

可是，像我這樣好心腸的人，尤其是給醫生們作義務宣傳的好好先生，竟然討了一個醫生的沒趣。寫到這裡，我的火氣又冒出來了！

這個醫生是個印度人，憑良心說，我在背地裡不但沒說過他半句壞話，曾有幾次還介紹病人到他的診所去看病哩！他給我的那個沒趣，想起來實在令人氣憤。有一天，我去參加一個朋友的婚禮，酒吃得多了一些，大魚大肉也吞了不少。也許是那個酒家做菜不十分乾淨，回家後上吐下瀉，肚子絞腸般發痛不止，鬧了整晚沒有睡覺。

第二天，我按著肚子到街上想找個醫生看看。本來我是想去找那個鈎鼻子英國醫生的。可是，因為順路的緣故，我隨便地走進了那個印度醫生的診所。他和我也有點頭之交，曾經好幾次買過我的雞蛋。他為我彈胸按肚，量溫度，最後由他的肥太太給我做翻譯，給了我一包藥丸、一瓶藥水。醫藥費也不算貴。

第三天，肚瀉仍然不見好轉，不過吃藥後已不再發痛了。本來，我的藥水可以吃兩天的，但我的性子急，一天就把它吃完了。反正，看病花錢也不多，我又去找那位印度醫生。他正好在家，但我的英語不在行，而他連一句馬來話和廣東話也不會說，昨天是他的太太兼護士給我做翻譯的。於是，他站在門口，高聲喊叫他的太太。這位太太雖然是十足的印度人，卻十分愛打中國的麻將，而且一坐牌桌就不願起身，曾經和醫生吵過不少的架。我的消息這麼靈通，豈能連這點芝麻小事都不知道！所以，當醫生站在門口喊叫他太太的時候，我以手示意，請他不必喊叫了，表示等一等也沒關係。誰知坐在那裡等了十分鐘，仍不見他的太太回來。後來，我也懶得再等了，反正對面就是鈎鼻子醫生，我到那裡去看看也可以的，既然言語弄不通，我也沒說什麼，以最禮貌的微笑態度和醫生點了點頭，悠閒地走向對面鈎鼻子醫生的診所。

想不到，錯就錯在這個節骨眼上。

鈎鼻子醫生倒是把我的病治好了，其實，不治它也會好的。大約一個月光景，我又去參加一個朋友的婚禮——我是以「介紹人」身分去的，做媒也是我的額外義務工作——見了酒肉豈能不吃？結果和上次一樣，又是一晚睡不著，上吐下瀉。

順理成章，這次我又到了印度醫生的診所。他這時正站在門外澆花，我「哈囉」一聲，向他打招呼，他斜著眼睛向我看了看，居然連頭也沒有點，我當時還不以為意，悠閒地走進他的診所，他的太太似乎還記得我，用馬來話問我是否要看醫生。我點了點頭，坐下來找畫報看。可是，等我差不多看完了一本畫報，醫生還在外邊澆水。我站起來對醫生太太說，請她去催一催醫生，她出去和醫生咕嚕了一陣，醫生只是搖頭。最後醫生太太轉回來對我說：「請你到別家去看病吧！」

「為什麼呢？」我頗有點莫名其妙。

「醫生說——」她訥訥地沒說下去。

「說什麼呢？」我一向有打破沙鍋問到底的習慣。

「醫生說，上次你不是到對面診所去看過病嗎？」

「是的呀！」我說。

「那麼，你還是去對面吧！」

天底下竟有如此混帳的事情！我氣得跳了起來，恨不得走過去把那份畫報扔到醫生的臉上。難道我經你一個人看過病就「賣定」給你了嗎？做醫生的也有這麼大的「醋勁」！可是，那傢伙還在怡然自得地用水龍頭澆來澆去，好像是說：「看不看病，這是我的自由！你肚痛，活該！」

「好，老子也不是好惹的！」臨出門時我向他狠狠地瞪了一眼，心內在想：「我們『趕路看三國——走著瞧吧！』」

衛星市這麼屁股大的一點地方，誰能不碰上誰？

居然沒錯。我擺的圈子圈著了他。一連三天，我坐著送雞蛋的貨車，故意停在印度醫生的門口，讓我的名叫小王的同事，站在車上用英巫華三種語言，高聲喊叫：「雞蛋廉價傾售，買十送二」當然，這一套不能讓老闆知道。我一直躲在車內不出來，只要引誘醫生或他的太太來買就可以了。人誰有不貪小便宜的，診所附近的主婦都爭著來要我們的雞蛋。第三天，醫生太太拖著拖鞋，提著籃子也來選擇雞蛋了。她足足地撿了半籃，正要付錢給小王的時候，我忽地從車內鑽了出來，她一見我就不由得怔了怔。我直接了當對她說：「滿街的人誰都可以買雞蛋，就是偏不賣給你！」我一邊說著，一邊把雞蛋從籃中一一撿出。

大家可以想像得到：她的出身是護士，而護士又有從斥喝病人中養出來的壞脾氣，她哪能吃得消我這個釘子？不用說，她氣得紫臉發黑，指著我大罵起來。這一吵，醫生老爺急忙掛著診筒走了出來。一不做，二不休，我叉著腰站在車上，對著他的臉，口沫橫飛：

「不賣雞蛋，也是我的自由——」回頭來對小王說：「小王，翻譯給這個混帳聽！」

小王只讀過六號位，不過，這兩句話總算不負使命，因為一看醫生那張難看的臉色就知道大概。他老人家脾氣可真不小，手指著我大叫：「Get out！」不用翻譯，這句話我卻懂。「好！」我以牙還牙，請小王告訴他：「老子偏不滾——這街道是政府的！」小王本來就愛惹是生非，馬上翻了過去。然後我索性拿起喇叭筒，盡我的喉嚨開始我的看家推銷本領，吵得他只能手舞足舞，張口閉口，卻聽不見他講的是什麼話。這樣足足鬧了廿分鐘，沒有等到他打電話去找馬打（警察），我和小王用力地踏車油，冒濃煙，放車屁，「凱旋」收兵！

看熱鬧的人莫不哈哈大笑。這一回合，總算讓我這個小雞在人前鳴了一聲，出了一口悶氣！不過，從此以後，我算是第一次交結了仇人。

衛星市這個屁股一點大的地方，朋友們固然容易見面，仇人們也自然常常碰頭。巴剎外面有一家專賣叉燒包的廣東攤檔，有好幾次我正坐在那裡吃東西，那位碰過我的釘子的印度醫生，和他的胖太太也從攤子跟前經過。反正法律上沒有規定不准向人瞪眼，我向他瞪瞪眼，聳聳鼻，也絕對不會鬧到馬打寮去。這位醫生似也不甘示弱，他也常常用他的如死黑山羊一般的青色圓眼睛，向我這邊回射過來。

喝！老子既然敢瞪你，還怕你的死山羊眼睛不成！好，馬上回敬過去。又一次，我和他眼對眼地整整對瞪了三分鐘。最後他氣呼呼地被他的太太硬拉了走。這一回合，我又勝利了！以後的每天早晨，我更要坐在那個攤檔旁邊向他示威。

接連兩次的勝利，使得我頗有點飄飄然的感覺。怪不得世界上那些英雄或什麼政治家們，總愛和比人找別扭，原來他們也和我一樣，喜歡那一點「飄飄然」的勝利味道。

俗語說：「上得山多終遇虎」。竟然有一次我在死山羊眼睛醫生的面前，吃了不算小的苦頭。事情經過是這樣的。有一天下午下班後，我照例騎著我的那輛老爺車，準備到巴剎攤檔去吃一碗紅豆雪。我這個人雖然性子急一些，但騎腳踏車時對交通規則還是相當遵守的。因為我很清楚用我的肉腿去和汽車的鐵皮開玩笑，吃虧的准定是我；每次騎腳踏車，我都是緊緊地靠著公路的最左邊行走。那天下午，我正悠閒地騎著腳踏車向巴剎踏著時，忽然發覺後面有一輛汽車緊緊地跟著我。我本能地連忙更加靠緊左邊行駛，希望後面的汽車很順利地超越過去。可是，後面的汽車，不但不超越，反而大按著喇叭，緊緊地靠著我的腳踏車行駛。我匆忙地轉過頭來一看，不好了！駕駛那架血紅色汽車的，正是在叉燒包檔口被我鬥敗的死黑山羊眼睛。這一驚非同小可。這個本來不夠君子氣度的老傢伙，看樣子似要用他的車身來擠我的肉腿了。路左邊雖是行人道，但行人道是用洋灰砌的，腳踏車不能夠跨越上去。在這個緊急關頭，憤怒加上驚慌，以及這個死傢伙的緊緊靠攏，我不得不來個鷂子翻身，撒開把手，向路邊的行人道上撲了過去。大家可以想像得到，行人道是洋灰做的，而我的身體全是肉造的，這一翻，翻得我頭皮上擦了一大塊，兩肘上去了幾層皮，雙膝上是一條一條的血紋。我尚未爬起身那個當兒，清清楚楚地聽到了死黑山羊眼睛從車上發出的笑聲；等到我忍痛爬起身來，血紅的小汽車，已經冒著濃煙走了。我的腳踏車雖沒有碰壞，但頭上、手上、膝蓋上都滲著血，除了用我的家鄉話對著飛去的汽車大罵之外，又有什麼辦法。這時候，已經有不少看熱鬧的人們，圍著我在指手畫腳。從我到衛星市做推銷員以來，這算是第一次當眾丟臉。我一邊詛咒著那個死黑山羊眼睛，一邊忍痛推著腳踏車，打算到馬打寮告他一狀。後來一想，即使汽車撞死人，做車主的也不會坐牢受罰，大不了是保險公司賠錢了事。

好！量小非君子，無毒不丈夫！只要你這個死傢伙還住在衛星市，咱們總有碰頭的一天。武俠小說上說得很明白，人家為了報仇，可以在深山苦練十年，然後親手刃敵。我呢，苦練三個月怕什麼！要報仇就得下功夫。我並不是請什麼師父練太極或白鶴拳，我是到一家駕駛學院報名，苦練開汽車而已。這叫做「以其人之道，還治其人之身」！他那輛小紅汽車有什麼了不起，用它來撞我的腳踏車固然很威風；但如果和我們農場的小貨車相撞的話，看看誰的本領大！

花了一百四十元的學車費，三個月後我居然領到了駕車禮申（執照）。農場主人雖不讓我駕那輛小貨車，但我煽動了開車的小王，趁老闆下班回家後，我偷偷地把貨車駕了出去。自然，我一直沒有把計劃告訴小王；否則，他哪肯偷借給我。

天天下午六點鐘左右，我就駕著那輛繪有公雞母雞的小貨車，在衛星市找尋我的對頭。有志者，事竟成。哪有找不到死山羊眼睛的道理！

那天，他正駕車由我的對面駛來，一看車牌，我早就看準了他。這機會怎能錯過，我用力向右一轉方向盤，車頭對車頭地，向他的小紅車駛去。他當然不肯向我撞來，就連忙向他的左邊急轉。無論你怎樣轉，老子也不饒你！我也像他三個月前逼我一般，把他的小紅車緊緊逼向路邊。也許是他過於驚慌，也許是忽然瞥見了我而引起了他的憤怒，小紅車在我的右車燈處「碰」地撞了一下，然後一個急轉，竄向右邊的路溝。我本來是想逼一逼他，讓他也知道我的厲害，並不是真的想和他碰一碰頭。可是，我又沒有撞車的經驗，緊急中向左一轉，誰知用力過度，竟撞到路邊行人道的大樹。車子固然停了下來，我的胸口也給重重撞了一下，車燈及前玻璃都弄碎了。

死黑山羊眼睛醫生呢，他的小紅車，像一隻鴨子飲水似地，車頭緊緊地貼著路溝的溝底，車尾巴卻向上翹著。幸好他也沒受什麼重傷。我從車上爬下，他已經從車廂鑽了出來。他顫抖抖舉著擦傷的手臂，向我啞著嗓子大叫；我呢，自然也大罵不休。要不是馬打來得及時，雖然我的胸口還相當疼，我也要揍他一頓的。

車撞車，本是平常的事情。我上了幾次馬打寮，到法庭去了兩趟，也沒有把我怎麼樣。不過，我的差事卻因這次撞車給撞丟了。而且，以後胸口老是發痛，只好請鈎鼻子醫治，吃藥、打針，花了我好幾百元，而這些錢是我好幾年的積蓄，又是準備的「老婆本」，現在全完了！

一直到今天，我依然沒有找到工作，也許是我的名聲在衛星市太響亮的緣故，凡是認識我的人都不願雇用我。那個死山羊眼睛老傢伙呢，卻依然開他的診所，看他的病人，駕他的「四〇三」法國新汽車——以前那部鴨子飲水的小紅車，大概是換給車行了吧！

每次，我只好眼巴巴地看著他的新汽車生氣，但又有什麼辦法呢。因為我現在只能坐巴士；而巴士車卻不會照著我的意思，向他那部嶄新的「四〇三」撞去啊！

好吧！等我學會開巴士，再和你較較高低！

職業病

來到吉隆坡將近三年，不要說沒有去過怡保、檳城，就是只有六十哩的波德申海濱也只去過一趟。我雖然很喜歡游水，但帶著四五個猢猻似的孩子一齊旅行，遠不如把自己關在房子內舒服得多。

可是後來，經不起孩子們再三的請求，只好站在盡父親義務的立場，租了一部的士，全家大小七口人，一齊到波德申去住了兩天。再者，我是從香港來的教員，聘約到今年年底為止，到時候我就得回香港去。如果這時再不去欣賞一番波德申的美景，以後想起來說不定會後悔的。因為人家都說，波德申是馬來西亞最幽美的一個地方：那裡海濱上的沙子，細膩得一如初篩的麵粉；碧綠的海水，平靜得好像一面不見邊際的鏡面；沿著海岸，有奇形怪狀的島嶼，島嶼上是密不透風的熱帶森林。最令人念念不忘的，還是波德申的落日。他們說，波德申的落日，像一團深紅色的大火球，漸漸低沉墜在西方的海底；接著，黑暗逐步統治了大地，風聲吹著樹葉，使你有頓然置身古老世界的感覺。

到達波德申海濱的當天下午，我特地地拿了一張草蓆，坐在椰樹下面的草地上，欣賞孩子們在沙灘上的嬉笑追逐。朋友們誇獎波德申雖然有點過分，但它的海濱確實是美麗動人的。尤其是在吉隆坡住了兩三年，抬頭見山，低頭見樹，視線只限於一眼看得見的範圍之內；如今忽然看到永無盡頭的大海，好像心胸在忽然之間也開擴了許多似的。

因為不是假期，來游泳的人只有兩三家。另外有幾個年輕人開了架汽車停在附近的草地。可是，他們帶來的手提收音機發出的聲音相當大，吵得我頗有一點不耐煩的感覺。我是個最不喜歡音樂的人，平時在家最討厭的一件事就是聽收音機。即使孩子們收聽音樂到最高興的關頭，我一回到家，他們就乖乖地連忙關掉。我的太太就曾經說過我太「專制」。

現在，我卻無法去干涉別人的興趣，在海濱大開收音機，想是法律不會過問的事情。本來，我是想來海濱享受一番清靜的情趣的，如今卻被這震破耳膜的音樂完全破壞了情調。我很想回去旅館休息，但孩子們玩得正起勁，如果強迫他們一同回去，未免有點殘忍；一個人回去，又怕他們在海邊出了什麼意外。

這樣大約過了三十分鐘，那幾個年輕人才大聲嬉笑著在車中換了衣服，跑去游泳。只有一個年輕人，孤零零地，坐在草地上望著大海出神；他手裡拿著一本書，卻沒有打開去讀，只是呆呆地向大海凝望著。不過，那架震耳欲聾的收音機仍然在大聲開放，好像那群人在游泳時也要欣賞音樂一樣。我實在受不了這樣的虐待，便走過去對那個年輕人說：

「你既然在欣賞大海，能不能把你的收音機開得小聲一點呢！」

他抬頭看了看我──我看到他有一張非常清秀的面孔──站了起來，不言不語地走到車上關掉了收音機，然後又坐到原來的地方去呆呆凝視。他大約有十五六歲年紀，「是個很好看的孩子。」我心裡這麼想著，便把剛才那些不耐煩的感覺沖走了一半。我故意走過去看了看他手中的書，原來那是一本武俠小說。我以為像他這樣清秀的孩子，可能正在看《少年維特之煩惱》，才合他的口味。

無論什麼人，多多少少總有點「職業病」，例如醫生們一見人就喜歡看人氣色，建議人家應該吃點什麼營養的補品；建築師一看到房屋，就批評建築式樣及材料優劣；做編輯的，每逢讀到報紙，就喜歡找幾個錯字以顯示自己的才幹。那麼，像我們這些吃粉筆屑的教員們，「職業病」就是喜歡拉長臉孔教訓年輕的學生，不管這學生你認識或不認識。

因為平時我最反對看武俠小說，在課室內我曾經多次提醒學生們不要沉迷於那些荒唐而不合邏輯的故事中。我認為這些低級趣味的書籍，除了刺激與製造高潮外，簡直毫無文學價值可言。所以，我直截了當地對那個年輕人說：

「喂！為什麼不讀點文學的書籍？」

他似乎有點吃驚似的看了看我，雖然沒有說什麼話，臉孔卻有些微紅。過了一會，他喃喃地說：

「是朋友帶來的，我順便看看罷了！」

「這孩子倒還聽話。」我心中這樣想。餘下的一半不耐煩，已經遠遠飛去。

我和他閒談了一陣，知道他叫史宣文，是吉隆坡一間中學初三的學生。聽他的口音不像是在馬來亞長大的人，後來他說他是三年前才由中國大陸來到馬來亞的。我說：

「你來了三年，覺得馬來亞好玩嗎？」

「有什麼好玩！」他皺著眉頭用鼻子的聲音這樣回答。

我說：「既然你說不好玩，又為什麼同朋友們來波德申旅行？」

「沒有地方好去！」

聽他的口氣，簡直不像是他那樣年紀的孩子所說的話。而且從他的眼神中，隱隱地看到他有一種怨恨及無可奈何的神態。我說：

「正在游泳的朋友，都是你的同學吧？」

他搖了搖頭。

這時沙灘上忽然熱鬧了起來。我回頭看了看，原來剛才那幾個年輕人，正在扭做一團，大概是互相打著玩的。不過，有兩個人滿臉滿嘴都是泥沙，玩得十分粗野。我的幾個孩子卻站在一旁，替他們拍手叫好。我走過去止住了孩子的呼喊，側目看了看這幾個年輕人，覺得他們有的已經二十來歲，似乎不再是學生了。聽他們互相咒罵的字眼，我想這班人所受的教育可能不會太高。

收拾衣服準備回去的時候，我對史宣文說：

「回到吉隆坡，我會寄幾本書到你的學校，你看完還我好了！」我也不知道為什麼我要這麼做，我只覺得像他這樣清俊的男孩子，似乎不應該和那群在沙漠上粗野的年輕人混在一起。假如我借給他幾本書，可能會改變他的人生觀也說不定哩！

回來後，我真的選了幾本書寄到了他的學校，其中一本是有關青年修養的，另二本是文藝名著。順便我還給他寫了一封簡短的信，鼓勵他用心讀書。

不到兩個禮拜，他果然把書都寄還給我，並附了一封長信表示感激。他的字體一如他的面貌，清秀而規正。我在書架上又選了幾本書寄到他的學校。

*

大約兩三個月後，有一天我正坐在巴士上專心看我的報紙，忽然有人在背後低聲叫我：

「張先生，張先生！」

我回過頭去，叫我的人正是史宣文，和他同坐的還有一個穿校服的女孩子。我很高興見到他，因為在兩次的信中，我們好像已經縮短了彼此之間的距離。本來，人與人的感情就是這樣的，憑著幾句話或者幾行字，說不定會變成很好的朋友。我問他有沒有看完我後來再寄去的書籍，他說：

「書早看完了——只是借給了這一位同學。」一邊說著，一邊指著和他同坐的那個女孩子。

那個女孩子禮貌地和我點了點頭。看她的校章，我知道她和史宣文是同一個學校的學生。她的眼睛應該說是漂亮的，但整個人看起來，並不是一個十分美麗的女孩子。我找個話頭說：

「你們是同班的同學吧？」

「不。」那個女孩子說：「我在讀高一。」

「那今年要參加初級文憑考試了？」

「是呀！功課真忙。」她說。

這時，巴士已到車站。下車時，我笑著對他們說：

「有空到我家去坐吧——書房內的書，隨便你們借，只要你們喜歡。」

想不到過了一個星期左右，果然史宣文帶著那位女同學找到了我住在八打靈的家。其實，他們也不是特地來找我的，只是來八打靈閒逛，才順便來拜訪一下。這時候，我才知道這個女孩子名叫周玉梅，是從丁加奴來吉隆坡讀書的學生。也許是因為住宿在外，行動比較方便，她才有這麼多的時間來遊歷八打靈。

從巴士上那一次見面，我猜想史宣文可能正和周玉梅在談戀愛。這次來我家小坐，從談話中更可以斷定他們已經墮入愛河。雖然我和我太太也是戀愛結婚的，但我絕不贊成初三的學生就談戀愛。「職業病」在內心微蕩著我，在他們告辭時，我對他們說：

「戀愛本是一件好事情；不過，讀完中學再談也不遲。你們說是嗎？」

他們兩個人沒有分辯，也沒有承認，只是微笑著向我和孩子們擺手，說聲「再見」！

等他們走後，我太太埋怨著說：

「他們又不是你的學生，談不談戀愛，干你什麼事？何必去當面說人家，人家不但不會聽，反而還會怪你多事！」

我也知道剛才勸導他們不要談戀愛是多餘的事情，只好解嘲似的說：

「等到我們的女兒長大，正在中學讀書而大談戀愛時，希望有幾個多嘴的路人去勸誡阻止她就好了！」

*

我和這個年輕人史宣文的認識，僅僅到這裡為止。職業病雖令我當面說過他幾句，也和他寫過了兩封信，送過他幾本書，但以後三四個月沒有接過他的信，我簡直要把他忘記了。

可是，有一天我正在上課，校務處忽然派人來找我，說有一個女人打電話要我去接聽。我對來人說：

「告訴她下課再打來吧！我這時抽不開身！」

「我已告訴過她了。」這個矮矮的校工說：「她說有要緊事，非要你去接不可！」

我只好放下課本到校務處去接聽電話。

對方的聲音真是個女的。她說：

「是張先生嗎？我是玉梅。」

我一時實在想不起誰是「玉梅」，而且聲音又是這麼陌生。我支吾著說：

「啊——啊，你是玉梅，為什麼今天沒來上課？」我以為她大概是我們校裡我教的某一班的學生，一時忘了她的面貌。

「我不在你們的學校。」對方說：「我和史宣文同一個學校。幾個月前曾去過你家……」

「啊啊！」我的腦子這時才清醒過來。「你和宣文都好嗎？」我說。

「我找你就是為了宣文的事情。」她支吾著沒說下去。

「你說說看，我或者可以幫忙哩！」我的職業病一下子又犯了。

「宣文有三天沒有來學校上課，我打電話到他家裡去，也找不到他。後來，我到各處打聽，才知道他被警察抓進了警局。」她一口氣這樣說。

一聽說抓進警局，我也不免吃了一驚。連忙問她：

「犯了什麼事情嗎？」

「你來一趟好不好，我好告訴你一切情形。」她幾乎是帶著哭聲向我說的。

別人有了困難來向你求救時，你怎麼好意思拒絕。我答應她下課後就去，在電話中約定在茨廠街的一家咖啡店內見面。

下了課，我匆匆趕到那家咖啡店，周玉梅這時正紅腫著眼睛坐在一個角落內暗暗流淚。我說：

「什麼事把他抓進了警察局？」

「我已經到安邦的警局看過了他。」她用手巾揩了揩眼淚。「宣文說他父親報案，說宣文偷了他們店內的首飾和金錢。警察就把他抓了進去。」

「偷東西！」這個消息更令我吃驚不止，像他那樣文雅沉靜的男孩子，怎麼會偷自己家內的東西。我心內想，可能他是為了在波德中那些粗野的朋友而闖的禍也說不定。

「我不相信他會偷東西的，張先生！」她很肯定地這樣下了結論。

我說：「既然是他父親報的案，那麼你為什麼不去勸一勸他的父親呢？」

「昨天我打電話給他的父親，」她幾乎又要流淚了。「老先生竟說我和宣文是同黨，在電話中他說要把我也抓進警局，我就不敢再找他了！」

「好吧。」我說：「我先去見一見他的父親再說。」

*

宣文的父親的一家金店，就在另一條街，店名叫「德鑫」，地址是周玉梅告訴我的，我很容易就把它找到了。我沒有讓玉梅和我一同去，免得宣文的父親疑心。

這家金店裝飾得很古老，看樣子起碼總有二十年以上的歷史。我一進去，夥計們走過來問我要買什麼東西。我說：

「史老先生在店內嗎？」

夥計們似乎吃了一驚，沒有講話。

坐在櫃檯裡面有一位白頭髮、戴眼鏡、約莫六十多歲的老先生，這時站了起來說：

「是我，有什麼事嗎？」他的廣府話和我同樣的蹩腳。因為他是潮州人，宣文事先曾告訴過我。我自我介紹，說我是一位教師，想向老先生談一談他兒子的事情。老先生一聽說我是個教師，似乎才沒有剛才那樣的緊張。我坐下來，便問他道：

「看樣子宣文是個很好的孩子，為什麼要送他到警局去？」

「唉，先生你不知道。」老先生嘆了口氣。「早知道他這樣壞，我真不該把他從唐山接出來。」

這時，原先站在一旁的一個中年漢子，忽然坐下來用廣府話插嘴對我說：「你做老師的，還是不要管他們的家事好！」他的廣府話說得倒很流利。

我回頭打量打量了他，他有一個方型的臉龐，雙眼圓大而突出，假如用看麻衣相的方法去推測，這個人應該是屬於狠惡的一型，雖然我從來沒有信過看相這一門學說。我說：

「請問你貴姓——是宣文的——」

「我也姓史，是宣文的哥哥。」

「是我的侄子。」老先生向我介紹。

「啊！」我心內想，他們家內可能很複雜。

老先生頓了一頓：「從今後我再不要宣文這個兒子了！」

「到底是什麼事呀？」我說。

老先生尚未回答，剛才那位自稱哥哥的中年人連忙接了下去：「什麼事？宣文這孩子什麼都偷，五十元也偷，五角錢也偷，你瞧瞧！」他指著櫃內的黃澄澄的首飾。「連這些東西也偷，偷金鏈，偷玉鐲……」我打斷他的話說：「到底偷了多少次了？」

「沒法數，沒法數！」他搖搖頭，顯出十分生氣的樣子。

「宣文偷這麼多金錢做什麼用？」我回過頭問老先生：「看樣子，你不會不給他零用錢的。」

「是呀！」老先生說：「我每月給他三十元零用錢，我不知他偷錢偷首飾要做什麼？」

那個堂哥插嘴說：「最氣人的是他前星期敲碎玻璃，偷了一大把首飾，卻扔在了門口的臭水溝內，要不是第二天倒垃圾的人告訴我們，我們也不信呢！」

「有一次，他偷了一張五十元的鈔票。」老先生說：「他把鈔票撕成碎片，塞在老鼠洞內——我幾乎打死了他，他才招說出來。」

在這些事實未弄明白之前，我也很難說出什麼意見。我只能說：

「即使宣文有這麼多的過錯，但警察局又能幫助你們什麼呢？何況馬上要考試了，如果在警局再關幾天誤了考試，明年就無法進高中了。」

「我不要他讀書了。」老先生說：「我已決定把他送到感化院去。」

「我們管不了他。」那位堂哥接著說：「讓政府去管他六年吧！」

「六年？」我吃驚地問老先生。

「六年！」老先生和那位堂哥異口同聲地說。

六年是個多麼漫長的日子啊！如果一個孩子在感化院住上六年，等他成年出來後，誰敢斷定他會做些什麼事情？何況感化院只是兒童監獄的別稱，好像安樂島是監獄的別稱一樣。我雖然沒有去參觀這裡的感化院，但總覺得做父親的把兒子交給感化院去感化，實在是件最不智的事情。凡是進了感化院的兒童，起碼都是犯過錯誤的孩子。讓這些孩子們集中在一起，如無真正的專家去分別處理教導他們，可能出了感化院之後，他們依然不知悔改，說不定變得比從前更壞。也許是「職業病」的緣故，我一向認為「教育」，尤其是父母對子女的教育，是需要用愛心，用時間，一步步地去完成的。如果感化院可以改變孩子們潛在的惡習，那麼我們現有的家庭和現有的學校制度還有什麼意義？乾脆不如多設感化院，做父母的把孩子送進去，豈不是盡了做人的責任！不過，我心中的這番大道理，並沒有向史老先生提及，因為我知道向他說了，他也不懂。我換了一個說法對老先生說：

「你沒想想，六年是多麼長的時間！」

「沒辦法！」那位堂哥接口回答。

「假如你讓他繼續讀書，」我提高聲音，加重語氣對老先生說：「六年後宣文已經大學快畢業了——你卻要把他送到感化院，斷送了他一輩子的前程！」

「你不知道他多壞！我們根本管不了他，他還有阿飛黨的朋友呢！」老先生嘆了一口氣。

「他還有一個束馬尾的女阿飛朋友！」那位堂哥又補充了一項罪名。

我忽然想起周玉梅是束馬尾的。我笑著說：「宣文的其他朋友也許是阿飛，那位束馬尾的女孩子我倒認識，她不像你所說的是個女阿飛。」

店內這時來了幾位女顧客，老先生一邊和我說話，一邊還得回答夥計們的問話。我覺得這樣談下去也不會有什麼結果。臨走時，我問他道：

「送感化院半年三個月也可以的，為什麼一定要六年？」

「六年他才廿一歲。」他的侄子搶著代為解釋。

「啊！」我似乎是明白，又似乎是不明白地告別了出來。

＊

出了「德鑫」金店，我一邊走著一邊思索：假如我是愛倫坡的話，說不定可以用史宣文的背景做題材，編造一個霸占家財的故事。故事的主角，當然是那個有著一副難看面容的堂兄。因為六年是一個不算短的時間。誰敢斷定這個糊塗的老頭子，不會隨時隨地嗚呼哀哉死去呢！等到六年後他的兒子從監獄裡出來，那位有心機的堂哥，早已霸占了他應承繼的產業。

不過，我既沒有愛倫坡的天才，也沒有福爾摩斯那樣喜歡偵查別人秘密的興趣。我只有一個觀念——這個「職業病」可真害人不淺——只是覺得用愛心和寬恕才能感化浪子回頭；感化院卻只能加深父子之間的仇恨，反效果可能使他更加走上犯罪的道路。

周玉梅在遠遠的一個街頭等我。她一看見我，就著急地問道：

「他父親答應保他出來嗎？」

我搖了搖頭，帶著教訓的口吻對她說：「他父親說他偷東西的話，可能都是事實。」

「我不信！他在學校連人家鉛筆也沒拿過！」她淚光閃閃，幾乎馬上要滾出眼眶。

我說：「愛情像黑色眼鏡，一戴上它，就不容易看清什麼東西了！」

「張先生！」玉梅帶著懇求的聲音對我說：「我們先去警局看看宣文——你能不能保他出來呢？他馬上要考試了，再不出來就來不及了！」

「好吧。」我說：「我們先去警局看看宣文再說。」至於暫時保宣文出來的事，我心內想：最好還是讓他父親去保。只要老先生不堅持送感化院六年的話，問題容易解決。否則，即使我暫時保他出來，又有什麼用處。

臨時羈押史宣文的地方，是安邦律一個規模很小的警局。

我和玉梅一走進警局，那位高個子的印籍警長就用英語對玉梅說：

「啊！你帶你們的教師來保史宣文，是不是？」

我說：「我只是想先和史宣文談談再說。」

這位警長很通人情，例外地准許我們和宣文隔著鐵門談十分鐘的話。在警員去帶宣文時，我問玉梅道：

「早上妳來過嗎？」

「是呀。」玉梅說：「我的同學們湊了一百元給我，要我來保宣文。但警長說我是學生，不能夠擔保。」

這時，宣文已經被帶到一個通道的鐵門口處。他赤著雙腳，頭髮散亂，眼睛充滿了紅絲，站在鐵柵門內，雙手用力絞著，一句話也不說。因為時間不多，我只能很簡要地問他道：

「你父親說你拿他的錢和金飾，可能都是事實。但我想問你：你把首飾扔到溝渠，把鈔票撕成碎片是什麼意思？」

「我恨死了他們。」他咬著牙說。

「你這樣做，簡直是傻瓜，你有沒有想到這些事情的後果？」

「他們愛怎麼辦，就怎麼辦！」想不到他的性情竟這麼倔強。

「你父親要送你到感化院，你知道嗎？」

「我早就知道了。」

「那麼你為什麼這樣傻，不是自掘墳墓嗎？」玉梅低聲哭泣著問他。

「監獄也比家裡好！」他流著眼淚說。

我想知道一些他的過去。我說：「以前和你一同去波德申的朋友，是不是和私會黨有點連繫？」

「也許——」他說。

「你沒有參加什麼黨吧？」我進一步問他。

「沒有參加。不過，每月要交保金。」他低著頭回答。

「你為什麼要和那一群人來往？」

「全家人與夥計們都把我當成壞人，我又怕什麼？」

「你母親呢？」

「誰都一樣——」他忽然用雙手抓著頭髮，抽搐著、哭著說：「我不是他們的親生兒子。」

我倒抽了一口冷氣。怪不得史老先生對他如此冷淡。

我還想多問幾句，但十分鐘的時間已經到了。臨走時，我只好安慰他說：「明天我再去找你父親談一談，看他到底怎麼打算。」

那天回到八打靈我的家，已經相當晚了，我正在把史宣文的事情，一五一十地說給我的太太聽的時候，恰好我的一個親戚——我太太的一個遠房表哥也來了。他是我們學校的一個董事，我之能來星馬教書，就是他的介紹，也是他作的保人。我順便把今天的一切遭遇，全都告訴了他們。

我的太太也是個熱心腸的人，不等到我說完，她就說：

「那你為什麼今天不保他出來呢？」

我尚未回答，我的董事表哥馬上從椅子上跳起來說：

「保他？那還得了！你是不是想連累我吃官司？」

我和太太一時摸不著頭腦。

他接著說：「你們的入境還是我作保進來的，竟想保人？這孩子不管親生不親生，可是偷東西、勾結私會黨是事實，以後出了事情，是你上法庭？還是我上法庭？」

說得我啞口無言。

「我明年打算參加這裡的競選，你們是知道的。」他的大肚子挺得更高，向我走近了兩步，幾乎要頂到我的身上，然後放低語氣對我說：「老弟，少管閒事吧！出門教書上課，回家抱孩子，各人自掃門前雪，不要連累我取消了競選的資格！」

本來他是要來我家吃晚飯的，現在竟一氣之下走了，簡直是拂袖而退。弄得我既生氣，又沒趣。我的太太左右為難，只好保持緘默，不表示意見。

就這樣，原先我想第二天保釋史宣文的念頭，不得不打消了。

*

本來，我是可以不必去問史宣文的事情的，因為我和他只是一面之交，而且誰又能保證他沒有和私會黨來往？為什麼那些私會黨徒只向他勒索保護費，而不向其他的學生們去勒索呢？我這個外來的教師，正如我太太的表哥所說：「何必去管這些閒事！」

可是，當天晚上老是睡不著覺，腦子內翻來覆去，盡是史宣文在警局內對我說話時憤恨的形象，這時候我才約略地明白：我們這一行教師的「職業病」，大概就是那些分文不值的「良心」和「道義」的問題。例如傳道人舌敝唇焦地去宣揚他們的上帝，要人悔改認罪，難道對他們本身又有什麼好處？那麼，我為這個年輕人去費些口舌又算得了什麼！

第二天，我特地找了一位原籍潮州的朋友，硬邀他一齊去到史先生的「德鑫」金店，請這位朋友做臨時翻譯，因為我想：史宣文事情的關鍵，主要在老先生身上。如果他老人家回心轉意，問題就很容易解決。昨天也許是我的廣東話辭不達意，不如直接用潮州話向他說明要好得多，而我這位朋友的口才，向來是有名的。

可是，這一次也和上次一樣，抱著很大的希望和老先生商談，結果還是抱了失望回來。也難怪史老先生對他的兒子如此冷漠無情，既不是親兒子，又不是從小把他扶養成人，父子間可以說根本沒有什麼情感可言。他和他兒子只有這三年相處的時間。但這三年來，史宣文給了他最壞的印象——偷東西、撕鈔票、結交阿飛、說話頂撞。他對我說：

「你不知道呀，張先生！去年我曾有一次把他送進了警局，大概是證據不足，第二天警局又把他送了回來。他的母親問他在警局怎麼過的，你猜他怎麼說？」他的嘴唇忽然上下打顫著說：「他說、他說：『警局內自然有人給老子吃的、住的，怕什麼！』你想想看，要這種兒子做什麼？」

我的翻譯朋友馬上對他說：「這是孩子們氣頭上的話，怎麼能當真！」

那個站在一旁滿臉橫肉的堂哥馬上接過來說：「你們不當真，我們可當真，我們真怕他一把火把這個店子燒了哩！」

他這些話簡直是離題太遠，我懶得直接去回駁他。誰知他進一步慎重其事地問我道：

「請問你張先生，你到底為什麼要對史宣文這麼地關心？」

我的那套職業病的大道理，即使向他說了也是白說。我只是微笑著說：「什麼也不為，只是心裡比較舒服點罷了！」

他撇了撇嘴，用我聽不大明白的潮州話，告訴了史老先生。從他們兩個人的表情上看來，可能認為我想打他們的壞主意也不一定哩！

這場談判，毫無結果而散。出來後只好對等在外邊的紅著眼睛的周玉梅說：「我們已盡了人事上的努力，看樣子只好等待法庭上的判決了。」

距離正式判決的日子，還有十天左右。我本來想到警署把他暫時保出來的，但這樣暫時保出來對他的將來又有什麼用處。周玉梅聽後，先是暗暗地揩眼淚，然後哭著走了。

當天我回到家後，心內非常難過，又非常氣憤，不知道是氣憤那個糊塗的老先生，還是氣憤他那位混帳的侄子，甚至連我太太的表哥的那副聲調，以及我們現在的這個社會，甚至連我自己在內，都覺得有點混帳與糊塗。結果那天晚上，越生氣越睡不著覺，整整大半夜，簡直無法合上眼睛。

第二天，我正無精打采地上第三節課時，那位矮矮的校工又要我去接電話。我心裡想，一定又是周玉梅打來的。我一邊走著，一邊心內在想：愛情這件東西，真是盲目，但也最為偉大。周玉梅昨天晚上可能比我更加難過與憤恨。我的氣憤，可以說只是職業的病症；而她則是真感情的流露。這樣說來，她的痛苦可能要比我不知大多少倍啊！我失眠一天又算得什麼呢！

打電話的果然是周玉梅。我說：

「你今天又沒有去上課嗎？」

「沒有！」她說：「我今天早上到警局已經把宣文保了出來！」

愛情的力量真不小！我說：

「警局不是說你是學生，不可以保人嗎？」

「今天早上我又去保，不知為了什麼，警長答應了我。」

我說：「那麼，宣文現在已經回家了是不是？」

「他父親和他的堂哥，不讓他回家——張先生，你說怎麼辦好呢？」聽她的聲音幾乎又像是要哭了。

我試探著問：「那麼，你們打算怎麼辦呢？」

「我們也不知道怎麼辦呀，才……才只好打電話給你！」

「好吧！」我說：「你們先到我的家來再說吧！」

就這樣，史宣文連個牙刷也沒有，穿著他那十天沒有換洗的衣服，住到了我的家內。我在書房內搭了張帆布床給他。書房雖然雜亂不堪，堆滿了孩子的玩具和書籍，不過總比住在警局的小房子內要好一點。

想不到第二天，我就和我入境的擔保人——那位想參加競選的我太太的表哥——幾乎完全鬧翻了臉。

他大概是從校長的口中，知道了史宣文住在我家的事情。他在電話中咆哮著對我說：

「你為什麼這麼糊塗，先不徵求我的同意就保了他出來？」

我當時也很生氣，禮尚往來地對他說：「保是別人保的。但我有權力讓他住到我家。」

「你簡直是自討苦吃！街頭上犯罪的人多得很，你為什麼不去救救他們！」他說。

「等到我能力可及時——」

「好吧，你小心後果！」

「好吧，我心甘情願！」

他氣得當時掛斷了電話。一直到現在，還沒有來過我的家。

*

當天晚上，我獨自想了想；也真是自討苦吃。俗語說：「眼不見為淨」，如果我在波德中和史宣文沒有遇見，那麼他偷東西、上感化院、住監獄，又干我什麼事！可是，現在，他住在你的家中，當你每天可以見到他，而又覺得這個年輕的孩子，在十天之後就要被送到感化院，而且是一住六年的感化院，你就會聯想到他的前途，想到他的一生繫於眼前的「毫釐之差」時，你的心情就不會那樣平靜了。

如果這個時候，我能再盡一些力量，說服他的父親，或者說服他的親戚，說不定今後就可以完全改變他的性情，使他重新做人。我為什麼不可以這樣做呢！

於是，第二天，我先打電話給宣文的父親，說宣文住在我家中，請他念在父子的情面上，給宣文一個最後改過的機會，將來在法庭判決時，不要堅持六年的感化時間。這位老先生一邊打電話，一邊大概是問著他身邊的參謀，說一句，停一句的。最後說，等他考慮考慮再說吧！他所說的「考慮」二字，很有可能是推辭的藉口。

緊接著我寫了一封很誠懇的長信，寄給史老先生。信中我建議如果他不把宣文送進感化院，我自告奮勇地願意替他負起改造史宣文的責任，只要他肯每月付出幾十元的學雜費就可以了。或者，我可以介紹史宣文到外地如文冬或巴生等地去繼續讀中學，那麼，和私會黨的連繫就很容易了結。

我也知道改造一個有了毛病的孩子，是件不容易的事情。我還記得小時候鄰居一個名叫易榮的孩子，他的父親是我們縣裡的縣長，但經常不在家，母親對他又溺愛過分，養成他說謊話、偷東西的習慣，長到十來歲時，幾乎什麼壞事都會無師自通地去做。我和他同樣年紀，他不知多少次要我和他一同偷竊。也許是我父母過嚴，也許是我膽子太小，才沒有和他走上同樣的道路。他的父親只有他這麼一個獨子，曾經聘請過好幾個有經驗的家庭教師去管束他。結果他都把教師趕出門外。二十歲不到，他居然拿了武器攔路打劫。有些心理學家認為，有一種人在內心深處存有喜歡犯罪的心理，好像普通的人們喜愛刺激一樣。如果，史老先生答應了我的允諾，我真的能改變史宣文的行為嗎？我有這個時間嗎？我有這個耐心嗎？我有這個經驗與偉大的感召力嗎？

在晚上思來想去，我覺得改造史宣文雖然是沒有把握的事情，可是，那個不值錢的「良心」問題，卻一上一下地激盪著我，要我去選擇我應走的道路——假如史老先生不堅持送他的孩子進感化院的話，我就準備犧牲大部分的精力去試驗試驗我的感召能力。

同時，在法庭未判決前的這段日子內，我可以小心地觀察宣文住在我家內的生活情形。每天早上，他很早就起身去上學。因為馬上要考試了，能讀一天書就讀一天書，比他閒呆在家裡要好得多。還有，去學校讀書可以每天看到周玉梅——這時候愛人的力量，可能遠高過道德的力量。我勸他一百句上進的言語，遠不如周玉梅一句話對他的鼓勵。

他實在是一個怕羞的孩子，早餐時連看一眼都不敢看我。放學回家後，就把自己關在書房裡邊，很少出來走動。也許是初次來我家作客，每頓飯都是低著頭吃的。飯後散步時，我向他說一些勸導的話，他都是很誠懇地傾耳而聽。當然，我們可以說他這時已到山窮水盡，如果還敢態度傲慢或者作出偷盜的行為，豈不是自討苦吃！不過，我敢相信宣文絕不是像他父親所形容的那麼壞得不可造就。僅僅看他怕羞而文靜的性格，就可以推測到他的良知未泯，並不是不可救藥，只要給他向上的機會，他是很有可能改過向上的。何況，在我這個患有嚴重的「職業病」的人看來，世界上的每一個人都是完好無缺；罪惡並非與生俱來，後天的惡習，當然也可以在後天的環境中慢慢洗脫，只要你肯給他這個適合的環境。

這個所謂「適合的環境」，當然不是在我家這個三天五天之內，就可以把他完全改造過來。主要的還是以後的日子。可是，我寫給史老先生的信，一直等了五天，仍不見他的回音，我自以為我那封信是可以打動他的心的。我只好又打電話問他看信後有些什麼意見？這位老先生還是和上次一樣，一邊打電話，一邊問著他的參謀，吞吞吐吐地，說不出什麼來。我乾脆找宣文的那位堂兄談話，雖然我實在討厭他的聲調和口氣。他說：

「你和宣文無親無故，那樣麻煩實在過意不去——」

我說：「只要他父親不堅持送感化院，我願意幫助他，麻煩一點也沒關係。」

「不過，不過——」他吞吐著沒說下去。

「不過什麼呢？」我頗有點不耐煩了。

「不過，不過——」他到底說出口來：「你那樣做，對你又有什麼好處呢？」

我當時真想罵這個傢伙幾句的，但我還是忍住了氣，對他說：「什麼好處都沒有，只為了心裡面好過一點，你知道嗎？」

說這些話真是對牛彈琴。他心內想：我正在打他們的什麼壞主意！

既然史老先生這條寬恕的路走不通，那麼在這僅餘的開審前幾天之內，看看能否想出別的辦法。我問宣文在吉隆坡有沒有什麼親戚或朋友？

他搖了搖頭。

我說：「你的母親不能夠為你想一點法子嗎？」

他流著淚說：「她平時連樓下都沒有去過。——除了潮州話，什麼也聽不懂。而且，我是長到八歲才過繼給她的。」

「那麼，你的親生父母，你都記得吧！」

「當然都記得清清楚楚。」

「你知道他們住在哪裡嗎？」

「在暹羅。」他說。

「這些年來，你有沒有和你親生父母聯絡？」

「有，我跟他們通過信。但我只知道他們住在暹羅，不知道他們的通信地址。」他抽泣著說：「在這裡，他們不肯把地址告訴我。」

「那你怎麼和你的親生父母通信呢？」

「寫到老家潮州，然後再轉去暹羅，往往半年五個月才得到一封短短幾個字的回信。我曾經要求潮州老家的人讓我直接跟父母聯絡，可是他們不答應。」他不禁伏在案頭哭了起來。最後他又恨恨地說：「我真討厭吉隆坡的家，假如能回老家早就回去了！」

*

距離開庭審判的日子一天天近了，我的心情也就一天比一天沉重，好像即將被送進感化院不是史宣文，而是我自己一樣。下午放學後，我帶著史宣文去找過他的三四家遠門親戚。有兩個是他的表兄，有兩家是他的同鄉。可以想像得到，找了他們也是白找。表兄弟是遠親，何況在三年以前他們根本連認識都不認識，現在又何必去管這些只有麻煩而無好處的閒事，只是在口頭上答應去勸勸宣文的父親。至於他的那兩位同鄉，更不必說，在言語中還多少流露著懷疑的心情：他們覺得像我這樣熱心的一個教師，如果不是傻子，便是別有用心。跑了幾天，也沒有什麼結果。

開審的第三天，忽然福利部來了一封信給我，要我到福利部談談史宣文的事情。我收到這封信後非常高興，既然這件事傳到了福利部，或許有點轉機也不一定。約定時間是當天上午，我只好向學校請假一天。

約我見面的福利部辦事處，原來就在法庭旁邊的一間小房子內，大概是特地為一些年輕的犯人或者為了和法庭連繫方便而設立的一個辦事處。約我談話的人姓周，是個很會說話的人。他開門見山地說，知道史宣文現在住在我的家中，問我能不能作為史宣文的擔保人。

我對法律是一個門外漢，在以前我以為做父親的既要堅持把兒子送進感化院，其他親友恐怕根本沒有擔保的資格，何況是非親非故的教師。

「在特殊情形下是可以的。」福利部的周先生說：「我已經詳細調查了史宣文的案件，覺得他並不如他父親所報的那麼嚴重。所以，只要有人肯出來擔保他以後不作什麼犯法的事情就可以了。」

我不禁喜形於色地說：「那麼說，我可以保他的是嗎？」

「當然可以。」周先生笑著說。

「他的父親答應嗎？」我不能不尊重史老先生的意見。

「我昨天已經和他父親談了一整天，沒辦法。」周先生攤了攤雙手。「這位老先生不知為什麼非堅持要把他的兒子送到感化院不可！既然你肯保他，以後能介紹他工作嗎？」

「也許可以的。」我想介紹他去做學徒總可以的吧！

「假如找不到工作，你能供給他食宿嗎？」

「當然可以。」我認為這是理所當然的事情。

不過，有一點我不得不事先告訴福利部的，就是我太太的表哥，那位要參加政治競選的校董曾對我說過的話，我的入境還是他擔保的，我究竟有沒有擔保別人的資格。我說：

「我是從香港來的外地教師，大概也可以做擔保人吧？」

周先生聽了之後，馬上皺著眉頭，咬著鉛筆說：「那麼，你來了多少年了？」

「三年。」我說。

「是用什麼手續延長的？」

我說：「學校的聘約是年年更換的。」

「現在的聘約是什麼日期？」

「護照上是今年年底。」我只好照直說出。

「這倒是我第一次遇見的事情了！」他思索了好久。「我也不知道你有沒有這個資格呀！」

他和其他兩位印籍的福利部人員交換意見，看看有無前例可援。可惜查了半天，也沒有查出前例。最後他說：「你既然可以擔保他的生活和工作，那麼，你去找一位他的親戚作個名義上擔保人，問題就可以解決了。」

臨道別的時候，周先生還笑著對我說：「離明天還有一天的時間，找個名義上的擔保人我想不會太難——你知道政府也不願意把一個犯罪不重的孩子送到感化院去，何況送去一個也多了政府一份的負擔。」

我來馬來亞已經三年，令我特別喜愛馬來亞的原因之一，就是到處充滿了如同周先生這種人的「人情味」。

回到家後，我馬上把這個消息告訴給史宣文聽。並問他到底能不能找到另一位親友作他的名義擔保人？他想了許久，忽然高興地說：

「我真糊塗，馬六甲我有一位堂姐，我怎麼把她忘記了呢？」

「也是來到馬來亞認識的嗎？」這一點很重要，因為人與人的情感，時間上的長短是最大的因素。

「不。」宣文說：「我們在潮州老家時，住在一個大院子，同在一個學校讀過書，她比我早來兩年。」

「多大年紀了？」要知道年紀大了的人比較世故，說不定就不肯做擔保人了。

「二十多歲吧！同她父親在馬六甲做生意，也是開金店的。」宣文說。

二十多歲的人，感情還可以隨時顯露；三十多歲，那就得另當別論；如果是四十多歲的人，我乾脆就不去打這個主意了。

＊

離法庭開審的時間尚有一天。我須要早上去到馬六甲，當天完成任務後還得連夜趕回來，才能夠趕得上第二天開審時的擔保。所以，那天一大早，我就和史宣文乘著巴士車向馬六甲出發。

這個聞名的古城，在我還是第一次和它見面。到達時已是午後一時，來不及吃飯，兩個人就連忙趕到他堂姐的那家金店。這個金店並不大，門面收拾得倒很乾淨，叫什麼店名我已經忘記了。

宣文的堂姐很高興地出來和我們打招呼。她大約只有二十三四歲，普通話和廣府話都說得很好。在馬六甲的路上，我已事先打好了說話腹稿。大家先談了幾句，我就說：

「宣文和他的父親鬧了點別扭，史老先生把他送進了警局！」

她聽了之後，馬上驚訝地問是發生了什麼事情？

我先問她：「你和宣文在唐山時同住在一個院子，同在一間學校讀書，你看見過宣文偷過別人的東西嗎？」

她本來是很大的眼睛，如今睜得更大，連聲說：「沒有，沒有！」

「他父親說他偷了他們家內的東西！」我說。

「那怎麼可能？」她幾乎是驚喊著這麼說，然後回過頭來問宣文到底是怎麼一回事情。

宣文簡略地說了他被抓進警局以及被保出來的經過。

我接著說：「他父親硬要把他送去感化院六年，整整的六年！」

「六年！」她吃驚的情形，不亞於我第一次聽到這兩個字時的態度。

我心內暗自高興，這一趟可能不會白跑。我說：

「你是看著宣文長大的人，現在你又要看著他被送進兒童監獄的感化院去，而且是一住六年的感化院！我們該想法救一救他吧，是不？」

她點了點頭。

「好吧。」我說：「你今天和我們一齊去吉隆坡，明天法庭開審時，你作為宣文的擔保人。擔保出來後的一切問題，由我負責！」

「讓我作保？」這個女孩子的大眼睛，忽然有了懷疑的成分。「你為什麼不保他呢？」

我說明了我的入境及居留問題，如果能保的話，又何必跑來馬六甲和她商量。

她低著頭思索了一陣，然後慢慢說：「要我作保，得先和我爸爸商量商量。」

「你已是成年的人，在名義上作個保人，難道一定要和父親商量嗎？」我得使出激將法來。

「你不知道，張先生。」她原先那些驚訝及熱情的態度，已經慢慢遠她而去，她平平靜靜地說：「我們的金店和吉隆坡的德鑫，有很大的往來，我不得不徵求我父親的同意。」

說到生意上的來往，我的心情不由得冷了半截。感情上的衝動，往往敵不過理智上的思考。為了她和她父親的金店利益，她仍然能保有她原來的熱情嗎？

她回到後面的小房和她的父親商量去了。

她的父親可能就住在店後面的小房子內，但一直沒有出來參加我們的談話。馬來亞目前正流行著勒索綁票的風氣，他怎麼敢相信我就是一個教書的先生！

過了好一陣子，仍不見她從後面出來。這時已有兩點多鐘，我們仍沒有吃中飯。我向有胃病，飢餓時全身發軟，汗流浹背。可是，為了央求她做保人，就不得不坐在他們那條硬繃繃的木凳子上耐心等待。奇怪的是，她既不出來，也不叫人給我們倒杯茶喝。想不到來到馬來亞後，竟然在金光耀目的首飾店內，受了一場飢渴之苦。

起碼總有四五十分鐘，她才姍姍從店後走出。我一看見她臉上的顏色，就知道這一趟又是白跑。她說：

「我已和家父商量過，決定今天晚上——」

宣文到底是個不太懂事的孩子，他喜歡得連忙接上去：「今晚上和我們一同去嗎？」

「決定今天晚上打電話到吉隆坡，去勸一勸宣文的父親，希望他會回心轉意！」她說。

這一句話等於宣布了宣文的徒刑。那張清秀的臉上，掛上了兩條明亮的淚痕。但他倔強地站起身來，一句話也沒有說，向店外走去。

她尷尬地站在那裡，不知是內疚，還是為難，滿臉通紅，雙手絞著手帕，喃喃地說：「張先生，你不能再給他想想辦法嗎？」

我說：「連你們在一個院子內長大，又在同一個學校讀書的堂弟堂姐，都不肯照顧；那麼，我這個陌生人又何必為他想什麼辦法呢？」我當時確實有點生氣，說了這句話，也就氣呼呼地走了出來。其實，我不是生那位小姐的氣，倒是生我自己的氣。為什麼我要肯定地認為：二十多歲的年輕人，就必然地都是熱情純真、樂於助人的呢？以後我這個自己發明的哲學，不得不做個修正！

宣文走出店外，正在不遠的街道上徘徊。我們見了面，什麼話也懶得再說，說了也是多餘。實在地，我餓得也不能再支持了。正好附近有一家印度餐室，我們走進去要了兩大碟咖哩飯，我低著頭一口氣就把它吃得淨光。可是，等我抬起頭來，宣文這個孩子卻連刀叉都沒有動，呆呆地凝視著對面烏黑的牆壁，不知他在想些什麼。吃過了飯，我的精神已完全恢復，我本來可以像在課室內一樣，給他說上兩個鐘頭吃苦、奮鬥、掙扎向上等等的人生大道理，可是，現在我一句也說不出來。即使說出來，對他、對我，甚至對這個社會，似乎都是個諷刺。

回來的路上，濛濛細雨一直落個不停。路旁是無盡止的密不通風的膠林，顯得天色更為黯淡而陰沉。同車的有幾個年輕的學生，大概從什麼地方旅行回來。他們先是在車上打了一陣瞌睡，然後醒了過來，吹口琴的吹口琴，拉手風琴的拉手風琴，其餘的用手打著拍子，大聲地唱起他們的歌來。車上的其他乘客們，被歌聲驚醒後，也都用著歡欣的臉色，望著這幾個義務歌唱的年輕學生發笑。只有我和史宣文兩個人，木然地呆視著窗外的細雨出神。

回到八打靈的家，已是夜晚八點多鐘，想不到周玉梅這個女孩子正坐在客廳內等我們的消息。她一見了我們，馬上跑過來問宣文道：

「你那位堂姐明天才來嗎？」

「不來了！」宣文和我一齊回答。

「那怎麼辦呢？——」下一句沒有說出，她又在流淚了。

「怕什麼呢。」宣文卻淡淡地說：「反正我已經不打算再要這個家了，住在感化院比住在家裡還要好一點哩！」

假如是我，我可能也有這樣的想法。與其天天面對著冷漠無情的面孔，我寧願去住監獄還好。

*

第二天，在法庭上，我再一次對福利部的周先生說：

「我可以作臨時的保人嗎？」

他苦笑著說：「法律上沒有這樣的規定！」

我說：「看這樣子，六年的感化院是住定的了！」

「看法官的判決吧！」他拍著宣文的肩頭說：「不要灰心，感化院可能給你學習許多的東西！」

宣文流著淚，把身體背了過去。

我回頭看了看，卻無意中在法庭的大門外，看見了史老先生光禿的腦袋，也看見了那一張令人討厭的臉孔。奇怪的是：當我向他兩人直視的時候，他兩人卻故意扭過頭去，迴避了我的目光。

一九六〇年

降頭

每逢星期天，不到十點鐘，我是絕對不起床的。

可是那一個星期天，七點多鐘，就被砰砰的敲打鐵門聲給弄醒了。我和我太太美霞披著睡衣，朦朧地拉開窗簾布向外面望去，陽光正好照射在我們的臉上，於是，站在鐵門外邊的兩個人影，是男是女都分不清楚。我太太揚著嗓子說：

「我們家是姓周的，你們是不是找錯人了？」

站在陽光中的影子說：「阿霞，阿明，是我呀！」

一聽聲音，是女的。美霞才恍然大悟：「啊！是姑媽！」一邊向著門口大喊：「來啦！來啦！」

美霞忙亂地整了整頭髮就去開門。

我在房中換衣服的時候，她們已經來到客廳。聽聲音，除了姑媽外，另外還有一個年輕的女人。我穿好衣服，走下樓來，才看到那個年輕的女人，原來是我表弟的太太素芬，她懷中還抱著他們的不到一歲的孩子。

我姑媽只有一個兒子，也就是我的表弟，名叫志光。我姑父英年早逝，所以，三年前，表弟和素芬在怡保結婚時，我還是男方的家長呢！

我以為表弟志光還在門外，便說：「咦，阿光怎麼還不進來？」我姑媽立時掏出手巾，揩著眼淚，抽噎著說：「阿光已經不是我們陳家的人啦——阿明、阿霞，你們是我們在這裡的唯一的親人，你們要救救我們！」

素芬坐在沙發上，一邊餵孩子吃牛奶，一邊也在揩眼淚。

這一下，真把我和美霞弄糊塗了。

表弟志光雖然幼年喪父，但一向老老實實，在怡保一間中學畢業後，就到一家建築公司做事，聽說他做事賣力，很得公司的器重。三年前，他和素芬結婚。素芬現在是一間小學的教師。照理說他們的經濟情況，不會有什麼困難，也許是他們小夫婦有些口角上的摩擦，一時鬧翻了臉也說不定，於是說：「是不是阿光和素芬吵了架？」

姑媽抽噎得更厲害，上氣接不了下氣說：「是被人下了降頭呀！……哎喲！……怎麼辦呀……」我太太美霞連忙把熱茶遞給姑媽，並勸她不要這樣難過，免得弄壞了身體。

姑媽已是六十左右的人，沒讀過什麼書，大概對降頭的故事聽說得太多；我一時也不好意思說她老人家迷信。不過，素芬是師訓學院畢業出來的，受過現代教育，不會那麼迷信吧？我轉問素芬：「是怎麼一回事呀？」

素芬睜著淚眼對我們說：「表哥、表嫂！志光是真的被人下了降頭——連家也不回來了！」

美霞拉了素芬到房內休息，讓她先把寶寶哄睡再說。大概他們三個人，一大早就從怡保出發，昨晚一定沒有睡好。

我讓姑媽哭泣了好一陣子，先把她的悶氣哭完了，才能談到主題。

姑媽抽噎了一會，喝了熱茶，果然鎮靜了下來。她說：「阿明，說起來你或許不相信，志光被一個吧女下了降頭，他每天都往那個酒吧去坐去喝酒。見了我和素芬，好像見了仇人一樣，連話都不說一句。」

「那間酒吧就在怡保？」

姑媽點了點頭。

「那個吧女長得很漂亮？」

「呸！」姑媽生氣地說：「馬臉、長嘴、高顴骨，難看死了！」

「比素芬還年輕？」

姑媽更加生氣：「年輕個屁，不但比素芬大，比志光還大十多歲哩！」

「比志光大十多歲，那豈不是三十多快四十歲的女人嗎？」我也不由得驚奇了起來。

「可不是！」姑媽才更加肯定了下一句：「所以嘛，志光是被那個女人下了降頭。」

我說：「你怎麼能肯定志光是被人下了降頭呢！」

「咦！」姑媽似乎對我也生了氣：「聽說那個吧女常去江沙。江沙有一個很有名的降頭師父，是馬來人，連鱷魚都怕他。」

這時候，素芬已和美霞從臥室出來。寶寶已經入睡，從我太太的眼色中，可以知道素芬已把志光的事情告訴了她。

我對他們說：「志光是老實人，還年輕。年輕的人常常會做出糊塗的事來，我看——」

姑媽流著眼淚接著說：「要是你姑丈不那麼早死就好了！」

美霞連忙安慰她老人家，不要把事情看得這麼嚴重。

我說：「按照一般常理上的推測，志光也許先是逢場作戲，後來又和你們——可能是和素芬吵了嘴，才故意賭氣去上酒吧。」

「他們兩個人吵了幾句也許是真的。」姑媽說：「不過，志光如果不是被人下了降頭，不會連我也不理不睬吧！」

素芬接著說下去：「他回到家來，連水都不喝一口。媽媽問他為什麼連水也不喝，他說：『哼，你們想在水裡下降頭，以為我不知道嗎？』他若不是先被人下了降頭，怎麼會說這些鬼話？」

看起來，我和她們兩個人辯論降頭的事將會毫無結果。我說沒有這回事，自然沒有證據；她們硬說有這回事，我也難以回駁。

我說：「姑媽、素芬，我看這樣吧，為了志光，為了寶寶，也為了素芬，最好的辦法是『釜底抽薪』。」

我姑媽瞪大了眼睛：「怎麼，吉隆坡有一個姓『胡』的會下『新』的降頭？」

素芬到底是年輕人，和美霞一齊笑了起來。

我對她們說，釜底抽薪，是想一個辦法，由吉隆坡一家公司出面，「聘請」志光到首都來工作。先讓志光和那個吧女兩地相隔，然後在假期間約素芬來吉隆坡小住，慢慢恢復夫妻間的感情。

姑媽聽懂了我的意思，於是問我：

「吉隆坡哪一家建築公司肯聘請志光呢？」

我搔了搔頭，只好把計劃說得更加明白具體：「志光真的到吉隆坡工作，並非不可能，只是時間上有問題。我的意思是說，由吉隆坡一家比較相熟的公司，在名義上出面聘請志光工作，其實是你姑媽或素芬代那家公司付薪金給志光。」

「啊！我明白了。」姑媽說：「每月得多少錢？」

「三百來塊總要吧！」我說。

我們一起吃過早點，姑媽已和素芬完全同意我的妙計。薪金是三百二十元，由素芬每月寄給我，我在吉隆坡找名義上聘請志光的公司，而且馬上進行。

＊

我這個人一生之中，最大的缺點——也可以說是最大的一個優點，就是「好管閒事」，而且還有點小小的自負，雖然不敢自詡為「孔明再世」，起碼朋友們給我的外號「小諸葛」，我自己想想卻也有點相符。何況是關乎我姑媽我表弟的事，假如我不挺身去援救他們，說不定我會悔疚一輩子的。

年輕的老實的還帶點糊塗的小表弟，被一個三十多四十歲的老吧女給拉到迷魂陣內，任何人都可以看得出，小表弟是初出茅廬，什麼人情世故都不懂，忽然遇到風月場中的老手，怎麼會不拜倒在吧女裙下。不過，表弟陳志光在怡保既沒有錫礦，也沒有膠園，姑父也沒有留給他什麼家產。這個吧女只要稍微打聽打聽，就會弄明白陳志光的底細。做吧女這一行，投懷送抱，強顏歡笑，為的是什麼？還不是為了幾個錢。難道今日世界上還有什麼多情的茶花女不成！所以，我這個小諸葛只要稍稍動一動腦筋，把表弟志光弄到吉隆坡來，再加上經濟限制，他們這一段露水姻緣，包管不拆自散。

憑我在吉隆坡混了二三十年的關係，一下子就給志光找到了一個廣告社的「名義」工作。其實，這個老朋友開的廣告社，也是一天捕魚，十天曬網，我如今忽然給他介紹了一個義務的職員，他正是求之不得哩！何況志光在建築公司做過幾年事，對房屋設計多少還有些心得，並不是一無用處。

至於志光在怡保建築公司原有的工作，沒有多久就給老闆辭退。那個老闆大概是屬於馬來西亞道德重整會的會員，所以對他的職員們的道德觀念，要求得十分嚴格。我托人在這個老闆面前無意地提了提志光搞吧女的事，志光即被炒了魷魚。

怡保又是那麼小的一個地方，一個人做了件好事固然可以第二天登報紙成為新聞，而一個人如果做了件不好的事，不必登報，立刻也可以傳得家喻戶曉。表弟志光既被炒了魷魚，他如今想在怡保再找一家建築公司的工作，事實上已不可能。我只是到怡保去了一趟，對志光說：吉隆坡有一家廣告公司想請你工作。他話都沒說，就立刻點頭答應。因為一個再老實不過的人，也知道失業的可怕與苦悶。相反地，他還十分感激我哩！在怡保時，我並沒有提到他和吧女來往的事情。我想到：在這個時候去責罵他，說不定會起反效果。做任何事情，都需要時間。我的理論是：「時間加上經濟，什麼人都會低頭。」我這個「小諸葛」的綽號，並不是白白得來的。

可是，說來誰也不相信，我這個聰明絕頂的釜底抽薪的計策，最後卻是一敗塗地。

志光到廣告公司工作，倒是按時上班，按時下班；偶然間畫畫設計圖樣，看樣子還很認真。薪金當然是志光的太太素芬由怡保寄來給我，然後由我交給廣告公司，再由廣告公司的老闆交給志光。起初兩三個月，薪金按時寄來，第四個月開始，素芬不再寄錢來，我自己下不了臺，只好掏腰包墊出。我一共墊了三個月的薪金，假如再這樣墊下去，說不定我會破產的。所以，志光只好糊裡糊塗地失了業。

說起來倒不是素芬不守信用。假如我的計劃完全成功，我相信素芬連房子都賣了，也會支持我的計劃。問題是：志光收到薪金之後，連一分錢也不給素芬做家用。除了他自己在半山芭租了一間房子的房租，以及每天的食用外，剩下的錢，也不知道他用在了什麼地方。吉隆坡的一般公司，星期六下午是不上班的。他在星期六下午一點鐘一下班，立刻坐的士回去怡保，一直到星期一的早晨，他才由怡保坐的士飛車趕回。五六個月以來，每個星期都是如此。

據姑媽在電話中告訴我，志光回到怡保後，立刻跑到那位吧女的家中，根本就不回他自己的家。那個吧女在怡保玫瑰園租了一間房子。房東認識志光，自然不好意思趕志光出去。說來還有令人不相信的地方，姑媽說：「那個姓趙的吧女還有三個孩子呢！」

我說：「都多大了？」

姑媽在電話中說：「大的十三四歲了，最小的有七八歲。聽說他們的爸爸是個印度人！」

我更加驚奇，連忙問道：「那個印度丈夫不吃醋嗎？」

「他們早已分居了！」姑媽說：「這消息還是我最近聽來的。」

怪不得素芬不再寄錢來，這個無底洞，誰也填不滿。

志光雖然在吉隆坡沒有了工作，可是，姑媽、素芬，還有我，都不願意他回怡保，好不容易把老虎調離山區，難道還縱虎歸山不成。我說好說歹先把志光留在吉隆坡，暫時住在我家，反正多一個人吃飯也花費不了我多少錢。

志光雖然是個老實人，但他一點也不笨。他大概已經多多少少知道了我的釜底抽薪的計劃，有一天晚飯後閒談，他無意中向我和太太說：

「表哥、表嫂，你們的好意我是知道的——不過要我和菁菁分開絕對不成，我不會聽你們的話。」

我太太美霞笑著說：「啊，你說的菁菁，就是你在怡保的女朋友？」

他點了點頭。

菁菁，這個名字倒是我第一次聽到。他既然對我公開了他的秘密，我不如單刀直入，立刻向他進攻。我說：

「是不是在長江酒吧工作的那個有三個孩子的女人？」

他尷尬地笑了笑，說：「表哥你什麼都知道了？」

我立刻擺出老大哥，甚至是擺出長輩的態度，先咳嗽了一聲，清了清喉嚨，開始向他說教：

「志光，你沒想想，姑丈死得早，是姑母一個人辛辛苦苦將你養大的！」

他很正經地說：「是的，我知道！」

我接了下去：「既然你知道，你就應該孝順你的母親。」

他說：「我從來沒有和媽媽吵過一句嘴！」

我說：「不吵架，並不等於你是好兒子！」然後像演戲的一樣，忽然把聲音提高，態度變得格外嚴肅，厲聲說：「我問你：你既然有了太太，做了父親，為什麼要去拈花惹草，逛酒吧，玩吧女？」

他的臉色立刻變為灰白。從他臉上頸上顫動著的肌肉，以及他雙手握拳、顫抖的情形，可以清楚地看出他這時已經十分惱怒，看樣子，假如我不是他一向尊敬的表哥，說不定我的臉上早已挨了他的拳頭。

他顫抖著從沙發上站起來，跺著腳，大聲說：「我不是玩吧女！我不是玩吧女！」

他這時發怒的情形，簡直和他小時候發脾氣的樣子一模一樣。我太太連忙走過去，連哄帶拉地把他按在沙發上，一邊假意地責備我不該這樣欺侮表弟。

太太既然給了我下臺的機會，我的戲就該向另一方面發展，我吐了一口氣，臉上的表情，由嚴肅變為溫和，溫和中又帶著關懷與慈愛，柔聲地對他說：

「志光，因為我是你的親表哥，你也是我最親愛的表弟，所以我才肯勸導你——你說你不是玩吧女，那麼，我問你：你把菁菁的家當做你自己的家，為的是什麼？」

他看見我不再疾言厲色，又聽見我提到「菁菁」的名字，灰白的臉，慢慢地換成了鮮紅，抬頭看了看我，沒有講話。

我太太接著問：「說呀，你老去菁菁的家做什麼？」

他咬著嘴唇仍不開口。

「志光！」我說：「難道你把你的表哥和表嫂都當成了外人？」

「你們既然逼著問我——」他吞吞吐吐地說：「我只好說給你們聽：菁菁愛我，我愛菁菁！」

假如不是怕激怒面前這個傻瓜，我真想按著肚子大笑一場。二十四五歲的大男人，居然會說出這麼幼稚的話，「與吧女談戀愛」，咗，如不是糊塗透頂，便是鬼迷心竅，也許真的是被人下了降頭。

美霞也覺得志光的話，奇怪得令人無法理解。志光的太太又年輕又漂亮，又有正當的職業，哪一點比不上那個快四十歲的吧女？即使這位吧女當年是個什麼皇后，歲月不饒人，如今也不會美到什麼地方。我太太生氣地說：

「到底菁菁有什麼好處？你說！」

「嘿嘿……嘿嘿……」志光搓著雙手，等了好一陣子，才說：「表哥表嫂……你們不知道……我一到菁菁的家，連骨頭、頭髮、汗毛，都是輕飄飄的、暖和和的……」這幾句話，簡直把我和美霞都聽得呆了！一個年華老去的吧女，居然對他有這麼大的魔力。美霞試探著問他：

「難道素芬不如你的菁菁？」

「素芬哪能和菁菁來比！」志光的眼中充滿了喜樂。「菁菁是一團熱火——」

「難道素芬是一塊冰？」美霞大聲地為素芬抱不平。

「素芬，嘿嘿！」他笑了笑。「木美人！」

*

經過上一次和志光的談話後，對下降頭的事情，連我也有點不能不相信了，他迷戀那個名叫菁菁的吧女，已經到了狂熱的程度。在短期之內，恐怕很難令他回復理智和清醒。不過我相信我小諸葛的作戰原則仍是完全正確的：要想洗志光的心，革志光的面，「時間與金錢」仍是重要的武器。

志光在吉隆坡人地生疏，憑他的學歷與經驗，如無人引薦介紹，要找份合適的工作實在不算容易。回怡保，更是絕路，這正是我作戰的計劃之一，他越沒有工作，他才越沒有法子常回怡保，只好賦閒在吉隆坡我的家中。

這樣又過了兩個月，我決定親自到怡保一趟。名義上我對志光說，是去看姑母；事實上，我是想去探訪那個吧女趙菁菁。

俗語說：「解鈴還須繫鈴人」，假如我能夠親自和那個吧女當面談一談，也許可以幫助我解決這個令人煩惱的問題。

下午兩點多鐘，到了怡保，我乾脆直接了當到玫瑰園去找趙菁菁，因為事先有了地址，很容易就找到了她。她的容貌，雖然姑母形容得有點過分，不過，長臉、高顴骨倒是真的，再加上她這時並沒有擦粉塗口紅，下午的陽光又那麼光亮，所以，她眼角的皺紋就更為明顯。她的身材也遠不如素芬苗條，腰那麼粗，腿又那麼胖，我真不知道阿光怎麼會對她如此著迷。

我一說我姓周，菁菁就知道我是誰了，頭幾句還稱呼我「周先生」，以後就「表哥」長「表哥」短地把我當成自己人了，我這時才發現我面前的這個酒吧女郎，並不如我想像的那麼簡單，她長得雖不漂亮，但她有一副討人喜歡的嘴巴，換句話說：「嘴甜得很」！我心中不由暗暗驚奇，莫非我這個小諸葛，今天竟真的遇見了司馬懿？

她的孩子們，這時在學校尚未返來。這樣，我和她談起話來就更為方便。

我說：「趙小姐——」

她連忙阻止了我：「請表哥直接叫我菁菁好了！」

好吧！既然演戲，就得像個戲中人，我說：「菁菁，你是明白人，你見的世面，比我要多得多！」

她說：「表哥，你太客氣了，我哪裡敢和你表哥來比！」

我說：「話不能這樣說，我絕對沒有看輕妳的職業！」

「志光就常常這樣對我說起你的為人，我知道！」

我把聲音放低了一些：「說到志光，你當然知道志光是個心地很直的孩子！」

「就是因為他太直，我才沒有法子去拒絕他！」她把責任一下子全推到志光的身上，讓我沒有了話柄。

我說：「他不但直，而且也很笨！」

「唉！」她嘆了一口氣。「也許正因為他笨，我才跳不出這個圈子！」

假如我們二人是演戲的話，我絕對不是她的對手。她這時說著說著，連眼圈都紅了。

我說：「你不知道志光有母親有太太有孩子嗎？」

她點了點頭，沒有出聲。

「假如你是志光的太太——」我進一步追擊下去。「遇見了志光這樣的丈夫，你該怎麼辦呢？」

更加出我意料之外，她居然抽抽噎噎地哭了起來，她說：「假如志光有一點點壞，只要比我所認識的男人中有百分之一的壞，我就可以再也不要見他；可是，像表哥你所說的一樣，志光是個好人！是個百分之百的好人！」

我說：「你既然知道他這麼善良，那你就不應該破壞他的家庭幸福！」

她說：「是呀，當初我也是這麼想的。誰知道他把逢場作戲的事情，看得那麼認真。我現在想拒絕他，也沒法拒絕了！」

我知道我今天是遇到了一等一的高手，看樣子我非要敗北不可。但我又不能不背城一戰，否則我怎麼向姑媽與素芬交代，我只好說：「菁菁，你沒想想，你既然做了如今的工作，當然是希望多找一些金錢來養活你的兒女，可是，志光如今連職業都沒有——」

「表哥，」她立刻打斷了我的話。「從認識志光到如今，你問問志光，我有沒有拿過他一分錢？」

她這一句話，可能也是真的。志光一向並不富有，他想揮霍，也沒有錢讓他揮霍。

我轉了轉口氣，對她說：「我也知道你愛志光，並不是為了他的金錢。不過，你也該想想你們在年齡上總有些差別！」

這一句話，是我有心要講出來的。我知道我必須用利刃去攻擊她的心臟，去摧毀她的堡壘。

她倒沒有生氣，只是低著頭說：「假如志光不嫌我，我還有什麼話可說呢！」

話已說到這個地步，就是再多兩個諸葛亮，也很難談出什麼結果來的，我只好起身告辭。

臨走時，不知是真情還是假意，她還說：「表哥，真的，下一次歡迎你再來！」

*

從玫瑰園出來，我立刻駕車到了打拇路姑母的家。他們的房子還是戰前蓋的，有一個很大的院子。我把車停在大門口，剛要推開大門進去，只見姑媽和志光的太太素芬，每人手中拿著一個小型的蝴蝶網，彎著腰，正從房門內衝了出來，而且用網向地面上連連撲去，好像是在捕捉什麼東西，看樣子十分緊張，根本就沒有看見我站在大門口。等我穿過碎石的小徑，走到她們的房門口時，姑母和素芬已經一邊撲著，一邊追進種有幾棵紅毛丹的後院去了。我心中不禁有點奇怪：她們兩個人到底在幹什麼呢？

等我快要走到她們的眼前，她們才從後院的草叢中站起身來，忽然看到了我，倒把她們兩個人嚇了一跳。姑媽拍著胸口說：「阿明，嚇死我了——你為什麼不先叫我們一聲呢？」

我說：「我看見妳們那麼專心，哪裡敢驚動妳們！」

素芬不好意思地向我笑了笑，拿著用紗布做成的捕網，獨自進房去了。

我問姑媽道：「你們也捕蝴蝶做標本？」

「唉！」姑媽嘆了口氣，撩起衣襟，拭了拭臉上的汗珠。「運氣不好，給跑啦！」

我笑著說：「跑了一隻蝴蝶，值得妳老人家那麼傷心！」

「唉，你不懂，不是蝴蝶！」姑媽一邊走，一邊對我說：「告訴你，我們要捉的是雙尾壁虎！」

「雙尾壁虎！」我不由得更加糊塗了。「壁虎就是壁虎，怎麼會有長了兩條尾巴的壁虎？」

「是呀！我一點也沒有看錯。」姑媽十分正經地說：「剛才那一條壁虎就是長了兩條尾巴，可惜，牠跑得太快，一鑽進後院就不見了！」

「是治風濕病的嗎？」我笑著說。因為我知道姑媽有許多希奇古怪的單方，專治一些奇難雜症，包括挑豬毛丹與腰生蛇。

「告訴你也不要緊。」姑媽說：「這種雙尾壁虎，是『神壁虎』。」

「啊！」我叫了一聲，但看了看姑媽那麼正經的臉色，我不好意思笑出聲來。

「不管是誰，只要捉了這種雙尾神壁虎，」姑母繼續說了下去：「把牠關在籠子里，等到夜晚十二時以後，夜深人靜，狗不吠雞不叫的時候，你只要對著神壁虎說出你的心願，你要什麼就有什麼！」

姑媽說到這裡，我才弄明白了她們剛才的舉動和心意。我說：「下一次捉多一條送給我，我只有一個心愿——發財！」

說得姑媽也笑了。

素芬這時沖了一杯阿華田給我。我把剛才去玫瑰園的事，簡略地告訴了姑媽。素芬聽到一半，就紅著眼進房內去了。

姑媽說：「阿明，你看這日子怎麼能過下去——」然後忽然壓低聲音問我：「志光在吉隆坡不會自殺吧？」

我連忙說：「不會的，不會的！你怎麼會忽然想到這種事情上去！」

她嘆了口氣：「唉，志光從小就有牛脾氣，死心眼——也許是我婦人家沒有能力管教他！」她說著說著就抽抽噎噎哭了起來。

那時候，已經是下午四點多鐘，因為，第二天在吉隆坡我有一個重要的約會，所以，不管姑媽多麼誠懇地挽留我，我還是當晚開車趕回吉隆坡。

想不到第二天的傍晚，我下班後，一回到八打靈我的住宅，就看到姑媽和素芬坐在客廳和美霞談話。自從志光住進我家幾個月以來，素芬從沒有來過我們的家，這還是第一次。女人有女人的自尊，何況她又是一個受人尊敬的教師，居然在愛情上輸給一個比她年紀又大樣子也不漂亮的吧女，這口氣如何能夠忍受下去。她也許認為：假如她來到我家，而志光又住在這裡，這就表示她已經向她的丈夫豎了降旗。所以，美霞曾經打過幾次電話婉言勸她來吉隆坡小住，她都沒有答應。想不到，今天她帶著孩子和姑媽忽然來了。

夫婦嘔氣反目，只要一方有低頭的傾向，那麼破鏡重圓的成分就大得多。我當時心中頗為高興。不過，我向客廳中看了看，卻不見志光的影子。於是，我來不及向姑媽及素芬打招呼，便問我太太道：「咦！志光呢？」

我太太美霞說：「也許是從後門出去買東西去啦！」

「畜牲！」我姑媽接著說：「連老母都不叫一聲，就跑啦！我要坐在這裡一輩子，看你回來不回來！」我從後門出去，追到巴士站，只見一輛巴士剛剛開走。這一晚，志光並沒有回來，他身上沒有錢，我也不知道他是用什麼方法去怡保的。

第二天是星期六，只上半天班。原來姑媽和素芬來吉隆坡，主要是要我陪她們一齊到芙蓉去找一位降頭師父。美霞告訴我，這是素芬的主意。

素芬一向把我當長輩看待，我不便直接指責她的看法幼稚可笑，再加上姑媽對降頭深信不疑的虔誠，我只好在那個星期六的下午，開車陪她們去到芙蓉。寶寶留在家中，由美霞照顧。

據姑媽說，這位降頭師父，原籍是泰國人，是馬來西亞最有名的降頭師父。因為有地址可尋，倒很容易地在芙蓉郊區一座古老的中國廟附近，找到了他。老實說，我一向不相信什麼降頭，這次前來，一方面是不願拂了姑媽和素芬的心意，一方面也是為了好奇。

這位降頭師父，光著頭，倒真有點像是電影中的光頭佬尤伯連納。他在他的木屋客廳中招待我們，我發覺他的客廳裡還有電視機及收音機，不知是降頭師父買給自己享受，還是買給他的老婆和孩子。我伸首向客廳後面的不大光亮的房子內瞧了瞧，房子內起碼有四個孩子，鬧哄哄的，大概這位降頭師父有一個頗大的家族。

我們用馬來話向降頭師父說明了來意，看樣子他高興得很，連說：「容易！容易！」

我恐怕「打死狗才要價」，連忙問明代價多少。

他伸出兩個指頭說：「二百元！」

我正要討價還價，想不到素芬倒一口答應了他。

我想姑媽事先已把下降頭的規矩打聽明白，當降頭師父問她們有沒有帶來志光的什麼東西時，素芬從手提包中，立時拿出來志光的貼身汗衫、內褲，還有手帕和襪子。

降頭師父接過這些衣物，一邊說：「要是有幾根頭髮，就更好！」可惜，姑媽和素芬沒有料到這一點。降頭師父又說：「沒有頭髮也沒有關係，有照片也行！」

素芬在手提包內又找了一陣子，居然找到了一張志光的照片，是二吋半身照，大概是以前辦理來往新加坡護照時照的。

降頭師父接過照片，口中念念有詞，閉目，打坐，然後把這些東西，一齊放在客廳靠窗的一張桌子上，跪在窗前，口中喃喃不止，也許他說的是泰國話，我半句也聽不懂。正因為我們都聽不懂，就更加加重了他的神秘。奇怪的是：降頭師父在客廳作法時，客廳後面那座房子的一群孩子們，忽然變為鴉雀無聲。不知是降頭師父的法力懾服了他們，還是他的巴掌對他們平時管束的效果。總之，在我們離開之前，就沒有再聽到孩子的吵聲。

降頭師父用雙手對著照片及衣物畫來畫去，畫了好一陣子，最後從一張破桌子的抽屜內，取出來一個小瓶和一個紙包，很嚴肅地交給素芬，用馬來話對我們說：「小瓶內裝的是鱷魚油，把鱷魚油滴在這個女人的丈夫的任何衣服上，她的丈夫就會回心轉意。」

我好奇地問：「紙包內是什麼東西？」

「是神粉！」降頭師父說：「把神粉撒在茶水、咖啡或者飯菜裡面，只要她的丈夫吃到一點神粉，他就會立刻回到她的身邊。」

我從素芬手中拿過來小瓶和紙包，只見小玻璃瓶內裝的是黃黃的液體，倒有點像是中藥店內的豆蔻油或拳頭油。我正要打開紙包，卻被降頭師父阻止，他說：「用的時候才能打開，現在一打開就不靈了！」

素芬付了二百元的降頭費用，我們三個人當天就趕回吉隆坡。

回到八打靈我的住家，已經是晚上八點多鐘。美霞抱著寶寶在客廳內來回走著，寶寶正在哭喊不停。

*

第二天是星期天，志光仍沒有回來。姑媽、素芬加上我太太和我，四個人一齊走進志光的房間，打開衣櫥，素芬拿出幾件志光平時常穿的衣服，姑媽立即打開降頭油的瓶蓋，將瓶中黃黃的油液，灑在衣服和褲子上，然後又將衣褲挂回在衣櫥裏面。

冰箱內有一瓶凍開水，是美霞專為志光預備的，因為我和美霞都沒有喝凍水的習慣。姑媽從冰箱內把凍水瓶拿了出來，打開瓶蓋，卻豫猶著要不要打開放在桌子上面的紙包。我和美霞當然不敢亂作主張，誰知道紙包內的神粉有沒有毒。素芬倒是鎮定得很，她看見我們三個人不言不語，立即從桌子上拿起紙包，小心地把紙包打開。紙包內的神粉是白色的，我試探著用手去摸了摸，滑滑的、光光的；又用鼻子去聞了聞，沒有任何味道。我心內想：假如不是用玉蜀黍做的調味粉，就是用木薯做的漿粉。不過，在這個時候，看到姑媽與素芬那麼慎重的態度，我就不好意思說洩氣話了。姑媽的手有些顫抖。素芬接過姑媽手中的水瓶，將水瓶放在桌上，把白粉慢慢倒在瓶中。然後蓋上瓶蓋，用力搖了好幾下，才算將白粉調和在水中。

姑媽小聲地對美霞說：「你們千萬可別讓志光知道，他一知道，就不靈了！」

美霞說：「他萬一不喝呢？怎麼辦？」

姑媽說：「這就要看我們陳家有沒有福氣啦！也許陳家的祖宗有靈，暗中會保佑我們的。」

素芬把水瓶仍放回到冰箱內，瓶外面揩得乾乾淨淨，儘量不露出一些痕跡。

第二天素芬還要上課。星期天下午三點多鐘，姑媽、素芬、寶寶，包了一輛的士，趕回怡保。

*

星期一，志光仍沒有回來。晚上，我在電話簿上找出怡保長江酒吧的電話號碼，直接打電話給趙菁菁，很湊巧的，趙菁菁正在酒吧。我在電話中說：「我是志光的表哥，你還記得我嗎？」

她說：「啊！是表哥！你是來找志光的吧？」

我說：「是呀，志光在你家嗎？」

她說：「在我家裡，最好是請你來把他載回吉隆坡吧。」

從電話中可以聽到長江酒吧中狂亂的歌聲與人聲。電話聲又不很清楚，我只好放下電話。

我和我太太美霞商量了一晚上，決定星期二一大早，我一個人駕車去怡保。

上午十一點多鐘到了怡保。我並沒有去姑媽的家，立刻開到玫瑰園去。

志光和菁菁正坐在客廳之中，衣著整齊，看樣子，好像早已知道我要來似的。

我大大方方地說：「天底下沒有不散的筵席，志光，我們回去吧！」

不知是真情還是假意，菁菁雙眼紅紅地，把我們送到門口。志光倒是什麼話也沒有說，低著頭上了汽車。

由怡保回來吉隆坡的路上，我儘量無話找話說，想打破我們二人之間的沉默，志光卻只是「嗯嗯」地回答，不表示任何意見，好像是一個木頭人似的。總之，這幾個鐘頭的路程，是既辛苦，又沉悶，我頗後悔沒有把美霞帶來怡保，否則也不會這樣呆悶無聊。

一回到八打靈我的家，我真累得要命，連晚飯都沒吃，就一個人先睡了。

美霞對志光照顧得頗為周到，當天晚上還特地宰了一隻烏腳雞給志光吃。

第二天，我又向公司請了一天年假，準備陪志光去逛一逛動物園——這還是美霞想出來的主意。

志光懶洋洋地說：「動物園我已去過兩次，你們要去你們去吧！我想一個人在家休息休息！」

美霞故意提高了嗓子：「唉呀，你不知道今天是我的生日嗎？你表哥特別請了一天假，你怎麼能不陪我們出去玩一玩？」說著，從沙發上把志光拉了起來。「快去，快去，換件乾淨的衣服！」

志光進房間的時候，我回頭看看美霞，只見她正向我擠眉弄眼，想不到美霞也有演戲的天分。

志光果然換了一套衣服，由房內出來，我故意走近他，為他整理整理了袖口，將襯衣塞進他的褲子裡面，其實，是想聞一聞他的衣服上是否還沾有降頭油的氣味。也許是降頭師父的鱷魚油偷工減料，水分太多而油分太少，現在連一點油味都沒有了。這樣更好，有了太重的油味，反而會引起志光的疑心的。

在逛動物園的時候，志光雖然不常講話，但有美霞在場，也許是他衣服上的鱷魚油真的發生了效用，美霞問他的話，他都一一回答，並不像以前一樣只用「嗯」來代表了。

中午，我們坐在水上餐廳一邊吃飯，一邊欣賞水池中的天鵝游來游去。我借題發揮，試著問志光道：「聽說天鵝是一對一對的，你知道嗎？」

他點了點頭。

美霞已經知道了我的用意，也試著輕輕問他：

「難道你只想念你的菁菁，不想念素芬和寶寶嗎？」

假如這句話是昨天說的，說不定志光會馬上起身離開。今天，他不但沒有生氣，反而低下頭來，然後拿出手帕，默默地在揩眼淚。

我不由得暗暗驚奇。本來，我是不相信什麼降頭術的，如今見他只是穿了沾有降頭油的衣服，竟然會自動地改了以往的態度，怎不令人感到神奇與奧妙。我繼續試探著說：

「你年紀也不小了，什麼事情都應該仔細想想，你說是不是？」

志光仍然低著頭，輕聲說：「我也知道我對不起素芬和孩子！」

我和美霞接著你一句我一句的，勸告他不要過於難過，又說他年輕得很，往後的日子長著哩。美霞還特地對他說：「你已是做父親的人，責任更大，寶寶還小得很哩！」

回家途中，志光仍然不講什麼話，不過，我和美霞倒是十分高興，有說有笑地，以為這二百元的降頭費用實在值得。

一回到家，大家都渴得要命。美霞故意倒了一杯熱茶給志光。志光說：「不，不，我還是喝凍水好了！」

志光獨自走進廚房。我輕輕翹起大拇指，表示對美霞的讚揚，美霞用擠眼作為回答。

衣服上沾了降頭油，居然起了這麼大的神奇作用；現在，志光毫無戒心地咕咕冬冬喝了大半瓶含有神粉的降頭水，豈不是更加可以發揮降頭的效力！俗語說：「打鐵趁熱」，這個時候不給他「指點迷津」，更待何時？

等到志光沖過涼，回到客廳，我自以為我是用了最婉轉的語氣，我說：

「志光，你沒想想，姑媽、素芬，還有寶寶，三個人的命運，都在你的手中，你不可憐她們嗎？」

他說：「我越想我自己越不配！」

「胡說！」美霞說：「素芬多麼愛你，你怎麼能說自己不配！」

他又說：「表哥、表嫂，謝謝你們這些日子對我的照顧！」

我說：「自家表兄弟，說『謝謝』就是見外了。不過，你想想，這樣下去，是不是好辦法呢？」

「我想過好多次了！」志光說：「我已經和菁菁說過了——」

「對！」我接著說：「菁菁是個很明白事理的女人，她一定會贊成你的主張的。」

志光本不是能說會道的人，我說到這裡，只見他張開口想要說些什麼，可是，過了一陣子，卻沒有說出來，只是含含糊糊地說：「表哥、表嫂，你們能原諒我就好了！」

我接著鼓起勇氣，直接了當勸告他說：「我們當然會原諒你，就這麼說吧，我明天送你回怡保！」

想不到他竟然默默地點了點頭，獨自回房去了。

我真是高興得無法形容，想不到如此令人煩惱的問題，居然在二三十分鐘之間就完滿解決。看樣子，我以後也要上芙蓉去拜那個泰國佬為師了！由這件事看來，降頭的法術，並不是沒有道理。天地是這麼廣大，誰又能真正明白宇宙間不可思議的奧秘呢！

做好事要做到底。第二天，我又向公司請了一天假，決定自己開車送志光回去怡保，因為有了上一次沉悶的經驗，這次請美霞和我一齊前往。在車上，志光雖然不說什麼話；但有美霞同車，說說笑笑，很快就到了怡保。

姑媽喜歡得直流眼淚，不知對我和美霞說了多少感謝的話，素芬中午由學校教書回來，雖然沒有和志光直接說話，不過，從她的眉頭與眼神上，已經看出她的內心是多麼地高興快樂，她的忍耐與等候，終於有了結果，她的丈夫，最後還是回到了她的懷抱。

臨走時，我還向志光交待了好些話，然後才同美霞開車回來吉隆坡。

回到家，已經是晚上八點多鐘。雖然有些疲乏，心中可真高興。俗話說：「浪子回頭金不換」，如今志光總算浪子回頭，姑媽與素芬，固然以後不必再那樣憂愁心酸；而我這一次，也算真正盡了一份做人的責任，自不免與美霞都有點沾沾自喜。

可是，當天晚上大約十一點多快十二點的時候，姑媽忽然由怡保打電話來，說志光並沒有在家中吃晚飯，八點多離開了家，到現在仍沒有回來。

我從美霞手中接過電話，只聽見姑媽正在低聲哭泣。我說：「到底是怎麼一回事呀？」事實上，我是真的被弄得糊塗了。

姑媽斷斷繼繼地說：「素芬做了晚飯，志光只是流著淚，沒有動一動筷子，後來、後來——」

「後來怎麼樣了呢？」我說。

「後來，」姑媽哭著說：「志光忽然跪在地上向我磕了一個頭，就那樣連頭都沒有回就出大門去了！」

我聽到這裡，心中不由得大吃一驚，可是又不敢讓姑媽知道，只好故作鎮定地說：「姑媽，你們先睡吧，勸一勸素芬，不要難過，我明天一早就去怡保。」

放了電話，美霞也正在呆呆站著，不知如何是好。

我話也沒說，立即用飛步奔上樓梯，像衝鋒似地衝進志光以前住過的房間。

美霞匆匆趕來，連連問我：「什麼事呀？什麼事呀？」

我一邊拉開抽屜，東翻西翻，一邊匆忙回答：「什麼事？找信呀！」

「找什麼信呀？」美霞仍然不大明白。

「遺書！」我大聲回答。

「啊！」美霞這時才恍然大悟。

真的，在志光的枕頭下面發現了三個信封。一封寫給姑媽，一封寫給素芬。另一封寫著我和美霞的名字。

在發現志光的遺書之前，我一直以為我是一個謹慎而聰明的人，現在我才知道我是既自負又愚鈍，既粗心又馬虎的糊塗蟲一個，在昨天晚上與志光的談話中就應該知道他的意念了，偏偏又是什麼降頭油與降頭粉，真是鬼迷心竅，說不定那時候中降頭的正是我，而不是志光，他那時心中清楚明白得很呢！我真想自己揍自己幾個耳光。

美霞看到我陷入胡思亂想的狀態，不由得生氣地大聲對我說：「快想辦法呀！你坐在那裡幹什麼？」

我立刻打電話到怡保的長江酒吧，對方說：「對不起，趙菁菁今天晚上沒有來上班。」

這更加令我吃驚，說不定他們兩個人是約好共同自殺的。我馬上打電話到怡保的警察局，正好我有一個做警長的朋友當值，我把菁菁在玫瑰園的地址告訴了他，請他立刻前去調查。他在電話中說：「好！好！我會多方面去調查去搶救。你也趕快拿著那三封信來吧！」

我沒有打電話給姑媽，我怕她們一時受不了這樣的刺激。

大約是凌晨三點多鐘，我和美霞飛車到了怡保。我們先去到警察局，果然不出所料，在警署的記錄上，記載著在玫瑰園發現了一男一女服毒的報告。

我顫抖著問那位當值的警員：「人呢？有救沒有？」

這位警員伸了個懶腰，懶洋洋地說：「好像沒死；送到中央醫院去了！」

我一向是不相信什麼鬼神與上帝的，現在不得不向上帝禱告祈求了。我茫無頭緒地一邊祈禱，一邊胡思亂想，卻又糊裡糊塗地立刻飛車飛到了怡保的中央醫院。由吉隆坡一直飛車飛到這裡，一路上都是這個樣子，迷迷糊糊，神不守舍，居然沒有出錯，真是僥倖！

到了醫院，那位熱心的警長老友，正在醫院門口等我。

我衝上前去，緊張地問他：「人呢？人呢？」

他笑著說：「已經洗過了胃，看樣子沒有什麼大礙！」

我不知是高興，還是什麼，眼睛流著眼淚，忽然癱瘓似的，一交跌坐在醫院的硬木椅上，再也起不來了。

那位警長老友與美霞左右挽著我，在男病房內看到了志光。病榻一旁，還站著一位警察。志光睜開眼看見了我們，又閉上了眼睛，我這時才確定他還活著，並沒有死去；心頭的大石才放了下來。美霞一直在流淚。我們兩個人都不知該向他說些什麼話才好。

警長陪著我們，又到女病房看到了趙菁菁。她看見我們來了，想要坐起身來，但被護士小姐勸告阻止。我說：「菁菁，志光是傻子，他做傻事，你應該勸勸他，你怎麼也會跟著他一同去做傻事呢？」

她苦笑了笑，說：「本來我是不要死的，可是志光要我同他一齊去死，我怎麼能不答應他呢？」

美霞本來是不認識菁菁的，聽了這兩句話，也許是出於女人的本能，她立刻跑上前去，緊緊地拉著菁菁的雙手，雙眼不停地流淚。

我對菁菁說：「你沒有想想你還有幾個孩子嗎？」

菁菁流著淚說：「現在志光又活了，我也就不必再去死啦——現在，我們誰也不欠誰了。」

想不到這個在酒吧工作的女人，居然會說出這樣的話來。

臨走時，她勉強笑著說：「我會活下去的，我欠了孩子們的債還沒有還完。」

＊

也許是那位降頭師父的神油與神粉，最後才發生了效力，志光自殺沒有死成，倒格外增加了素芬對志光的愛情。現在，事隔兩年，他們小兩口子，早已搬來吉隆坡居住，如今已有了第二個孩子。美霞有時候故意向志光提一提往事，他仍是從前的樣子，臉紅脖子粗地，吃吃地答不出一句話來。

那位趙菁菁呢？出院後就帶著孩子離開怡保。有人說，她現在住在泰國。

走死運的人

小說家周志奮可以說是寫了一輩子的小說。從他十七歲讀初中三那年開始，他就下了最大的決心，要用他鋒利的筆尖，戳破虛偽者的臉孔，打倒強梁者的蠻橫，發揚被隱埋了的正義與真理。雖然他在寫作的過程中，經歷了千百次的退稿，但他白天在寫，夜晚在寫，即使在生活最困苦的時候，他也捨不得放下他的筆桿。他像那些為宗教犧牲的殉道者一樣，把寫作當作他的第二生命。因為他有如此的決心和勇氣，在他二十來歲的時候，他的小說就在各種報章雜誌上刊登發表；凡是愛好文藝的青年，沒有不知道周志奮這個名字的。三十歲那年，他和他的一位最忠心的讀者結了婚。當時在馬來亞文化界的人士，都知道這個美麗動人的故事，不知羨煞了多少青年男女。

可是，在實際上，周志奮的生活，遠不是讀他小說的人所猜想的那麼幸福和快樂。好像戲臺上的小丑一樣，人們只看到小丑在裝癡賣傻，逗人發笑；私下裡，這個小丑可能正在流淚。以賣文煮字、靠寫小說為生的人，也是這個樣子的；誰要幹上了這一行，真如瘦馬被套上轡軛，你不拉也得拉，一直拉到筋疲力盡，倒斃在溝壑為止。周志奮正像這匹瘦馬，從他結婚那年開始，生活的韁軛就越來越重；因為馬來西亞是個多產的國度，他的太太雖然個子瘦小，卻一連給他生了八個兒女，四個男的，四個女的。最要命的是他整整五十歲那年，他的太太的肚子又大了起來。他太太比他小五歲；假如他們不實行節育的話，女人們到四十八歲仍然會做母親。

單單靠著一枝筆桿，如何維持這個十口之家？他的太太是在此地頗有名氣的一家中學畢業的，教書應當沒有問題，但結婚後老是鼓著個大肚子，而且家中的孩子又讓誰管理——請一個家庭女工，其支出遠比一個小學教師的收入要多得多。這樣一來，太太讀的書等於白讀，只好一天到晚忙在廚房裡，忙在洗衣盆上。

仔細算起來，現在完全禿了頭的小說家周志奮，他每月所寫的稿子，要比他頭髮烏黑的青年時代所寫的多兩倍。可是，他們家庭的生活水平，卻一天比一天下降。剛結婚時他們住的是花園洋房，後來住板房，現在卻住亞答屋，還時常拖欠房租。假如不是房東念在老交情的分上，早就把他趕了出來。這樣窘迫的生活，都是孩子們帶來的；但孩子是自己骨肉，要丟也丟不開。

周志奮並不是一個糊塗人，當他生下第三個孩子後，他就已經看到將來的窮困了。他也曾想過「改行」做生意，或者乾脆去割膠也好。可是，隔行如隔山，文人們只能在失眠的夜裡胡思亂想，真的改了行，他又能做什麼？古往今來，歷史上的文人們，誰不是潦倒一生？文人們的唯一缺點，就是偏偏向死角裡鑽，一鑽進去，任誰也拉不回來。周志奮既然走上這條路，命裡註定，非窮不可。

*

有一天，周志奮從一家報館的編輯部出來，氣得他簡直要痛哭一場。這些年來，真不知受了編輯老爺多少的氣。這一次，不但是氣，簡直是侮辱。他拿著稿件到那家報館去會見那位二十來歲的副刊編輯時，這位編輯老爺架子十足，竟坐在那裡站也沒站起來一下，好像法官對犯人一般，指著站在桌子前的周志奮說：

「什麼事？」

為了吃飯，周志奮還是忍了下來，低聲地說：「我那篇連載的《青綠的原野》怎麼這兩天不見刊登，我想稿子還有存留的吧！」

「不登了。」那位年輕的編輯說：「不合讀者的胃口。」

「這是文藝呀！不是武俠傳奇！」周志奮也有點生氣了。

「你怎麼不看看人家的小說？」年輕的編輯說：「管它文藝不文藝，有人看才行。譬如說，加插點刺激的描寫，連載的東西怎能沒有高潮！」

「這麼說，我那篇小說腰斬了！」周志奮又氣又惱。

「存稿你一起拿回去吧！」這位編輯從抽屜裡拿出一大卷稿子來。這全是周志奮用心血嘔出來的。

他猶豫了一下，把稿子接過來，似乎是噙著眼淚離開的。

他平常很少進城，因為他住在鄉下，進城來要坐一個多鐘頭的巴士。既然來了，順便到另一家報館走走也好。有幾位編輯他都認識的。但另一家報館，也只選了一二篇文章，有一位戴著二千度近視眼鏡的編輯輕聲地對周志奮說：

「周先生，這年頭內，寫文章要隨著時代進步才行！」

周志奮沒說什麼，拿起不用的存稿告辭出來。他也很清楚地知道這家報館選稿的標準，可是，文人都有文人的怪脾氣，寧可喝風餓肚子，卻有他們的硬骨頭，不是出於本心的文章，他們就很難寫出來的。

在回家的路上，他越想越氣，也越想越難過。猛然間，他竟起了「死」的念頭。「死了也好！」他心中想道：「兩隻眼睛一閉，也就看不見世界上這些混帳事情了……」

他這個念頭來得恰當其時，猛然間他坐的這輛巴士，不隨著公路轉彎，卻箭似的向著路下邊的巴生河衝了過去。車上的人們還沒有來得及驚喊，這輛巴士就空中飛車，「隆」然一聲，翻落在河身中間。河水很淺，但公路高，河身低，這樣向下走去，衝力之猛，可想而知。全車男女三十二人，當場就被撞死了十八個，血肉模糊，慘不忍睹。九個重傷，四個輕傷。那個昨天晚上和太太吵架因而闖下大禍的司機，死得更慘，方向盤如一把切刀，竟將他的身體切成幾塊。

天下的事情常令人沒法思議，想死的周志奮卻沒有當場死去，不過也受了重傷，完全失去了知覺。

這件慘案發生後，警察局派來了三十個警察，才驅散了看熱鬧的人群，由醫院派來了好多輛救傷車，先把重傷和輕傷的送去中央醫院緊急救治。當場氣絕的人，只好由警局人員查明身分，通知家屬來認屍辦理後事。

可是，其他十七具死屍身上，有的有身分證可查，有的有記錄在身，當天就把死者的家屬找來了；只有一具死屍，面目被窗上的碎玻璃刺得連眼鼻都無法分清，身旁除有一卷被血染紅了的稿紙以外，身上一點可以找到家屬線索的文件都沒有。這件事情可真難為了警局的人員，除了在報紙上登啟事，簡直無別的辦法。

像這樣轟動的大悲劇，第二天報紙刊出後，差不多全馬來西亞的人們都在談論這件事情；可是，周太太卻還不知道一點消息。因為孩子太多，她一天到晚忙個不休，根本沒有時間讀報。雖然周志奮當天晚上並沒有回來，她也沒有在意；以前他也有過在外過夜的情形，何況是進城。但第二天沒有回來，第三天還沒有回來，她不由得不暗暗吃驚。慘事發生後的第四天早晨，還是隔鄰的馬來人在閒談中告訴了這件事情。她慌慌忙忙拖著那個最小的男孩子，挺著個大肚子，到離家一哩處的幾家小店內去找了一份報紙，才知道一具死屍正待人認領。她當時在預感中就猜想這一定是她的丈夫，差一點昏厥在那家店內。

*

周太太把孩子們托交給鄰居的馬來人，帶著最大的女兒，哭哭啼啼地乘了巴士，向城裡趕去。在路上，她的頭痛得要炸了開來，假如不是車上人多，她真要嚎啕痛哭而無法抑止了。

警局的啟事登得很明白，她和她的大女兒很容易地就找到了停放屍首的醫院。因為悲哀過度，那時候她的神智簡直已近於恍惚昏迷，一看到那具血肉模糊的屍首，她的眼睛就被眼淚蒙蓋，無法看清楚任何東西了。她的大女兒十來歲，哪裡見過這樣可怕的事情，早已嚇得面青唇白，躲在媽媽背後連看也不敢向屍首多看一眼。事實上，假如死的這個人真的是周志奮的話，她們母女兩個人也是無法認出來的：屍首的臉上沒有一塊好肉，雖然放在冰房之內，但天氣過熱，屍首已經有點臃腫腐臭了；較容易辨認的鞋子，早不知在什麼時候已經丟掉；奇怪地，事情有那麼湊巧，這個不知名的死者，也是穿著一件開口的夏威夷白衫，一條黃色的舊褲子，和周志奮進城前穿得一模一樣；個子大小也差不多。而且屍首旁邊有一卷血污的稿子，稿紙上的筆跡，周太太是最熟悉的；一看到這卷東西，不是她的丈夫又是誰呢？

她坐在地上，披頭散髮，力竭聲嘶地痛哭著，似乎連心臟都要哭出來了。周志奮本人呢，這時候卻依然昏迷不醒人事，躺在醫院的手術房內。不過，警局和醫院主要是先把死了的人安葬了再說；其他沒有死的人，找不到家屬也沒甚重要，反正他們醒過來時會說出來的。於是，錯認屍首的烏龍，就這樣擺了出來。

在認屍房內，一家報館的記者正在那裡等候新聞。周太太坐在地上痛哭的時候，他背著架照相機，在一旁走來走去，悶熱的天氣使得他直張嘴大打呵欠。周太太哭了一陣，疲乏得連氣力都沒有了，才由嚎啕轉為低聲哭泣。這位記者先生等得已經有點不耐煩了，這時候便走過去探訪死者的新聞。他把眉頭故意蹙成痛苦的樣子，低聲地對周太太說：

「太太，人死不能復生，你應該要節哀順變，保重自己的身體要緊。」

周太太仍然在哭，沒有理他。

他又低聲地說：「太太，保重身體，為你的孩子想一想吧！」

周太太只顧在哭，根本沒聽清他的話。但她身邊的女孩子卻偏著頭看了看他。這一看，他忽然想起自己為何這樣笨：問女孩子不比問母親要好得多嗎？

「你爸爸叫什麼名字？」他和善地說。

「周──志──奮。」這個女孩子張著紅腫的眼睛告訴他。

「周志奮」這個名字好熟悉啊！他低頭想了一陣，「啊！」他幾乎叫了出來，連忙問她：「小妹妹，你爸爸就是常寫文章的那個周志奮吧？」

女孩子點了點頭。

這位記者先生，職業使他有了機警的頭腦，他的眼睛一亮，「這是個多麼好的獨家新聞呀！」在這個城市裡有兩家報紙出版，為了爭取讀者，記者就不得不出奇制勝。現在，死的人竟是本地頗有名氣的作家周志奮，假如只有他們這一家報紙發表這個消息，或者再故意渲染一番，豈不是增加銷路的好機會！他馬上很殷勤地對周太太說：

「周先生的意外，我們都非常難過──不過，我和周先生是老朋友了，一切後事，我會幫你們處理。現在，哭會哭壞你的身體的。我看還是由我先送你們回去吧。這裡的事，由我來負責好了。」

這一番話，不啻是雪中送炭，馬上就感動了哭泣中的周太太。其實，這位記者先生只是怕別家報紙知道了這個消息，他的新聞就無法獨得了。誰都知道，做記者要有一副會說話的嘴巴，好說歹說，連勸帶拉，請她們母女坐上這位記者先生的私家車，把她們送回到她們鄉下的家。到家後，一群孩子圍著母親哭喊叫鬧不休，記者先生卻神不知、鬼不覺地拍了幾幅動人的人生淒楚的照片。

第二天，這家報紙就以頭條新聞把周志奮慘死的情形發表出來。編者還特地把周志奮的生平作了介紹，最後則把周志奮家屬目前的窮困情形告訴讀者。當天的社論，標題是：「死者已矣，生者何依！」除了責備社會人士平時不顧作家的死活之外，並呼籲群眾應盡最後一點責任，踴躍捐輸，方能免除作家的遺屬死於凍餒。同時，第一版內刊出了周家一家九口抱頭痛哭的照片，那座漏雨的亞答屋也上了鏡頭。

人非草木，孰能無情！何況周志奮寫作的態度向來嚴肅，他寫的小說雖然欣賞的人並不多，但一聽說他死得這麼慘，身後又這麼蕭條，凡是讀到這個新聞的人，自不免為他傷心。尤其是一般年輕的學生，一看到這個消息，更加激動，有的咒罵社會黑暗，有的痛哭流涕，有的就寫詩追悼憑弔。一向平靜無浪的馬來西亞社會，頓時為周志奮之「死」而轟動了。當然，發表這個新聞的報紙，銷路激增。經理先生大拍那位記者的肩膀，說他真聰明能幹。

另一家報館雖然失掉了這個可以轟動的新聞，但他們的記者也不後人，馬上跑到周家，把那卷帶血的稿紙，用重價買了過來。第三天就在他們的報上連載發表。題目之前加了個「血、血、血！血的稿紙！」等字樣。於是，讀的人更加感動。文化界的人們，莫不以失去這個馬來西亞的作家而痛惜。其實，這些文章，以前他們連看也不屑看的。

那些出版商們，想法更出奇。他們連夜收集了周志奮在各報章刊登過的小說或散文，由周志奮太太簽名授權，連夜排版印刷專集問世。一向冷落的馬來西亞各華文書局，也因為周志奮之死而熱鬧了起來。

有幾個老教授，以前從沒有讀過周志奮的小說，現在仔細一看，始發覺他的小說技巧及內容，大可以和外國的大作家媲美。於是，老先生們開始把周志奮的小說譯成英文，寄給外國的英文出版社。這一來，使得馬來西亞的人們更為驚奇，居然周志奮的英文小說譯本，不到半年之內，竟風行了世界每個角落。有兩家電影公司也來電和周太太商量電影版權的問題。

世界上的事情，就是這麼地奇奇怪怪，巴士車上那個不明身分的替死鬼，竟給周志奮帶來了這麼大的運氣。現在，周太太不再住在他們那間破陋的亞答屋了。版稅源源而來，再加上兩家報館，賭氣競賽似的「募捐」，周家已經在城裡有了座不錯的房子；那幾個失了學的孩子，目前也已經背起書包上學了。

＊

這一切情形，周志奮躺在醫院內並不是完全不知。起初他的傷勢很重，一連昏迷了一個星期。等他清醒過來的時候，當地兩家大報館正競賽著為周志奮的遺屬募捐；醫院內幾個較輕的病人，也在不時地談論著這件轟動的事情。周志奮看了報紙上的報道，又看見他幾年以前被塵封了的小說居然用大的篇幅刊出；而各報章的青年園地欄內，天天都有哀悼的詩文；有一個一向專門吹毛求疵的文學批評家，這時也改了作風，大力地宣揚周志奮的小說是如何超人，把他比擬為星馬文壇的巨星，可惜這顆巨星竟橫死在公路旁邊。

周志奮剛讀這些牛頭不對馬嘴的消息時，心中十分氣憤，恨不得馬上宣布自己尚在人世；後來又一想，這樣的「死」，倒比他活著還有價值，最起碼他的一家人的生活，就不必擔心了。那些編者先生和出版商們對他生平的讚揚，雖然有點過分，不過，假如不是這個意外的「死」，說不定他的文章只是一堆廢紙，最後變成白蟻的食物。

那天晚上，醫院內靜得如死了一般，連病房內兩位看守的護士也偷懶去打瞌睡了。在如此寂靜黑暗的深夜裡，周志奮更可以平靜地思索他今後的去向。

第二天，醫生們來到他的床前替他診治時，發覺他精神已經清醒，便問起他的姓名、地址以及職業、親友等，以便醫院中的人員登記。

他稍加思考，就在姓名欄內隨便填了個「張阿三」的名字，沒有固定的地址，沒有職業，也沒有親友。醫院內的人們，見他每天不言不語的，以為他的神經可能有點毛病，再加上前些時發生過神經病人用玻璃瓶大鬧病房的事情，大家對他更敬而遠之，能不和他談話最好。

半年過去了，周志奮的傷勢已經完全痊愈。那時候，報紙上正刊登著有兩家外國電影公司和周太太商議電影版權的事情。

出院時，有幾個好心的病人，送了他幾塊錢。他本來想坐巴士先回到他鄉下的亞答屋去看一看的，因為報紙上說那裡已經成了馬來西亞的聖地，「周志奮的墳墓」就在亞答屋的後面。後來又轉了念頭；世界上哪有活人去看自己墳墓的事情。「我現在已經不是周志奮了，以前的我與現在的我又有什麼關係相連呢！」他這樣反覆想著，就走到車站，搭上了去東海岸的巴士。

他會說幾句馬來語，東海岸的漁村，總可以渡過他的餘年的。在巴士上，當然他也懷念他的太太和孩子們，但他想到這個意外之「死」對他們有這麼多的好處時，他不由得自言自語說：

「早知這樣，十年前我就該自殺了！」

石碑上的微笑臉孔

那時候，我和我太太芳芳還沒有結婚。其實，那時我已經三十八歲，芳芳也有三十六歲，在馬來西亞來說，我們早應該兒女成群了，甚至有的人到了這個年紀，已經做了祖父。可是，芳芳是個「愛情至上」的忠實信徒，她說：

「愛情怎能等閒兒戲？愛情需要時間的培養，需要歲月的考驗；否則的話，說得天花亂墜都是假的。」

我縱然有向她求婚的念頭，但被她的大道理當頭一澆，溜到嘴邊的話，只好又收了回去。我也曾拐彎抹角向她說了許多有關愛情的故事，都無濟於事。例如我說我曾看過一篇翻譯的小說，裡面說，有兩個沒有講過話但卻彼此互相熟悉的男女，住在同一條街上，他們窗子對著窗子，他每日在自己的窗內看到對面的女郎如何梳妝、如何彈琴，甚至如何支頤長嘆。而那個女郎同樣也是默默地注視著對面窗子內的年輕人，看他每日如何翻讀書籍，如何踱來踱去。他們兩個人雖然在私心內很愛慕對方，但沒有機會也沒有勇氣讓他們互訴內心的愛情。有一天，男的拿著一束花朵從窗前經過，他站在窗子下面，清楚地聽到窗內悠揚的琴聲。這時候，如果他有勇氣，只要他輕輕地把那束花朵擲進窗內，女的會很快地打開門來，投進他的懷抱。可是，他站在門口遲疑了半天，卻默默地走開了。最後他們分開了。等到若干年後，男的成名歸來，女的早已嫁了別人。彼此偶然在一個朋友的宴會相遇，等他們有機會認識談話時，卻已經太晚了。

我自以為我很有說故事的天分，在說這個故事的時候，連我自己都受了感動。可是芳芳聽了之後，卻撇一撇嘴說：

「哼！幸虧，那個男的沒有去敲門，不然他們沒有經過考驗的愛情，一定是盲婚，一定沒有幸福，一定後悔一輩子的！」

一連三個「一定」，氣得我真想和她不再來往。不過，我和芳芳在中學已經同學，彼此認識已有二十年以上的歷史，我怎麼能下得了這個狠心呢！

差不多二十年來，我和她的愛情，可以說維持得相當正常，按時間通信，按時間約會，按時間拍拖，沒有拌過嘴，沒有嘔過氣，親友們都說我們是天造地設的一對，但芳芳一定要堅守「愛情至上」的原則，用時間來慢慢考驗我。

離開學校後，我和芳芳都做了教師，雖然不在一個學校，但每逢星期六的下午，我和她很規律地一同出去散步、釣魚，或者一同坐在那座不知名的小山頂上，觀看落日。

那座小山只有幾百呎高，山上面有幾棵參天的高樹，樹邊有許多叢低矮的灌木，山半腰疏疏落落地有幾十個墳墓。也許正因為有墳墓的緣故，許多人才不肯到那座小山去散步。由山下到山半腰，有一條崎嶇的小路，有幾段似乎曾經鋪過石板，但如今已破裂不堪，裂口的地方長滿了綠色的小草，幾乎把那些石板都遮蓋了。

第一次我們兩個人走上這座小山的時候，我看了看周圍的墳墓，頗有一些鬼氣森森的感覺。芳芳倒談笑自若，給我壯了不少膽量。以後，差不多每個週末，我們兩人就會一同穿過那條被野草覆沒的小徑，穿過那些白色石砌的墳墓，慢慢地向山上走去，山頂上的大樹下面，有一小片草地。其實，那些野草已經長得比膝頭還高，在夕陽的晚風吹拂下，好像是一小片灰白色的禾苗生長在荊棘的中央。

我們席地坐在那些野草上面，一方面欣賞那如火球似的落日，看著它越變越大，越大越紅，由紅轉紫，慢慢地落在山後；一方面又可以欣賞山腳下如梭的汽車，響著長短不一的喇叭，在蛇似的公路上疾速來去。我們兩個人，彼此不必講一句話，好像這個世界已與我們遠遠隔開，我們是從別的星球來的客人似的，靜靜地欣賞這個寂靜而又喧囂的塵寰。

每一個週末，我們都是如此度過的。可是，有一個週末，我們又去那裡登山散步時，卻發現離開小徑不遠的地方，新挖了一個土穴，黃色的土壤夾在綠草的中間，在山腳下面就可以很明顯地看到了。我指了指說：

「你看，說不定這裡要新添一個墳塋了！」

「也許！」芳芳一邊走著，一邊漫不經心地回答。

我們剛走上山頂，還沒有坐下休息，就看到一輛黑色的殯車也在這時候停在了山腳下面。殯車後面有兩輛私人的汽車，看樣子是送殯的人。棺材尚未從殯車上抬下，連接著又來了七八部汽車，奇怪的是，從汽車內鑽出來的人們，只有一兩個是女的，其餘的都是男人，看他們的服裝，雖然整整齊齊，卻不見有一個披麻戴孝的孝子孝女，連黑色的衣服都不見一件。這時，棺材已從殯車上抬了下來，在陽光斜照下，閃閃地發著黑色的亮光。

山並不高，等這些人隨著棺材走進那個新挖的土穴跟前時，我們已可以頗為清楚地看到那些送殯者的面孔，原來他們都是二十四五歲的年輕人。雖然送殯的人沒有一個嚎啕大哭，但從他們的眉目間，可以清楚地看到他們內心的苦痛。我對芳芳說：「我敢打賭，棺材裡的人，一定不是年老的人！」

她說：「你猜得也許對——那麼應該是什麼人呢？」

「也許是一位教師，才有這麼多的學生來送葬。」

「這裡只有一間中學。」芳芳說：「學生們不可能有這麼大的年紀。」

芳芳說得頗有道理。那麼，躺在棺材裡的是什麼人呢？我想了一想說：

「再不然是什麼教會的青年團契，給什麼牧師或者長老送的葬吧！」

「你離題更遠了。」芳芳說：「你不見送葬的都是年輕的男人，那麼死的多半是女人！」

「對！」我說：「一定是女人——是個年輕的女人！」

芳芳笑著說：「你我倒變成偵察家了！」

這時，棺材已經入了穴，有幾個工人正在蓋土。那二十來個送殯的人，團團地圍著墓穴，低著頭，拿著花圈，不知是為死者祈禱，還是在為死者流淚。除了工人鏟土撒土的聲音外，這座小山簡直像死了一般的寂靜。

這個簡單的入土儀式完畢後，他們分別地把他們手中的花圈放在了新堆的黃土冢上，然後默默地向山下走去，分別上了各人的汽車，彼此沒有招呼，似乎連聲「再見」都沒有說就走了。

本來，我和芳芳是去看落日的，想不到卻看到了這一個淒涼而又單調的葬禮。那時，距離落日時分尚早。我提議說：

「我們也去憑弔一下黃土中的陌生人吧！」

芳芳笑了笑，沒說什麼，彼此心照不宣地，一齊向新起的墳塋走去。

黃土冢上已經堆滿了花圈。有的花圈沒有題字，也沒有落款。但有的花圈上寫著「周盧云小姐千古」或「盧云女士千古」的字樣。

我心內想；如果死者不是教師，可能是一個歡場上的女人，不然哪裡會有這麼多的年輕人來送花圈！在墳前，我們當然不便瞎猜，回來路上，我說：

「我想那位盧云小姐可能是一個交際花！」

「也不見得對！」芳芳說：「看那些送殯的人的面孔，不像是些涉足歌臺舞榭的人！」

我是個不十分用心的人，既然猜不對，也懶得去費心機。不過，那一天傍晚，我發覺芳芳除了回答我的問話外，很少開口講話。我想：也許是受了那一幕葬禮的影響。

有一個週末，當我們又上那座小山去散步時，發現那個新墳已經用洋灰圍成半圓的弧形，而且在弧形的最後面，砌豎著一個五呎高的石碑。

為了好奇，我和芳芳不約而同地向石碑走去。第一眼讓我們看到的是砌在石碑上面的瓷像。

我不知該用什麼字眼，來形容那副瓷像上的美麗臉孔。我只能說，無論是我親眼看到的，或是從銀幕、照片上看到的，從沒有見過如此美麗、如此甜蜜、如此清秀的面孔，她沒有燙髮，卻有兩條粗而黑的束著花朵的長辮，自然而蓬鬆地垂在她的兩肩。她用如星如火閃亮的眼睛，正在注視著站在她面前的人。由她的眼睛，由她的鼻尖，由她的嘴角，由她整個均勻而無法描述的臉孔上，可以清晰地看到她正在微笑——不知比達文西《蒙娜麗莎的微笑》要逼真多少倍的微笑！假如在她生前，我曾經看到她這麼的一笑，即使是僅僅的這麼一笑，我也會像那些前來送殯的人一樣，不惜長途跋涉來參加她的葬禮的。

瓷像下面的碑文，卻最簡單不過，碑中間有一行「周盧云小姐之墓」的大字，其他沒有任何紀念的碑文，也沒有什麼死者生平的敘述。

最左邊是立碑者的名字。這一大堆的名字，幾乎占去碑的面積的一半，大約有三四十個之多。奇怪的是，這些名字什麼姓的都有，卻沒有一個和死者同姓——周。

墓碑前面有一大堆尚未完全枯萎的花圈，看樣子大概是這兩天才送來的。

走到山頂我們常坐的地方後，我像有了新發現似的對芳芳說：

「不管這位盧云小姐生前是做教師的，是做會計的，或者做任何職業——但我敢斷定送殯的、立碑的，沒有一個是她的姐弟或父兄。」

「那還用你說！」芳芳說。

「而且，」我更加大膽地假定下去：「那些送殯的、石碑上有姓名的都是死者的朋友，當然大多數是愛情上的朋友，或者說是仰慕她的美豔的追隨者！」

芳芳反問我：「你怎麼知道都是愛情上的朋友呢？」

我說：「如果不是為了愛情，誰願意來送殯？誰願意出資立碑？誰願意送那麼多的花圈？」說到這裡，我的靈感忽然如涌而至：「也許這就是『愛情至上』的表現，假如有一天我忽然死去，我敢相信你一定會為我建造墳墓，豎立石碑，也會每星期為我送一個花圈，在墳前為我默禱——」

我正要大發一套空想的死後偉論，想不到芳芳卻已經低著頭在揩抹眼淚。我不知道她是聽了我的偉論而感動，還是為那一位夭折的漂亮小姐而嘆息！

這以後，我們還是經常到那座小山去看日落，而且每次總要有意無意地到那座新砌的墳墓去走一遭。說良心話，我願意到那座墳前，只是想看一看那個美麗而帶著微笑的面孔——不過，我只是站在欣賞藝術的立場去欣賞這副面孔罷了。芳芳呢，卻是為了她的「愛情至上」的測驗，她想看一看死者那麼多的愛人，到底會送花圈送上多少個日子——這當然是她以後才告訴我的。在當時，我還以為她也是去欣賞去憑弔那幅微笑的瓷像哩！

一個星期、兩個星期、三個、四個——花圈越來越少了。只有一個紫色的花圈每星期都規律地放在那座墳墓的石碑下面，差不多有半年之久。可是，後來，也就是僅在半年之後，那個紫色的花圈也不再見了。我想，那個送紫色花圈的忠於愛情的唯一男孩子，可能是找到了新的對象，去另外奉獻他的「愛」了。

一年以後，那幅美麗的瓷像下面，再也見不到一束花朵。不過，未被墳墓洋灰覆蓋的土地上，已經長滿了野草，倒是在那些野草叢中，卻長出了一兩枝野花，時不時地被風吹著，彎著腰對著石碑上的瓷像致敬。

而且，馬來西亞的氣候是如此炎熱，這裡所有生物，都以最快的速度繁殖增長，所以，不到一年半的時間，當我和芳芳再上那座小山去看落日時，已經看不到周女士的墳墓了。原來，四周的野草，早已把石砌的墳墓和墓碑密密地覆蓋了起來。我和芳芳吃力地找了半天，才在刺人的野草葉子中間，找到了那副仍然帶著微笑的臉孔。不過，僅僅在一年半以前，她的微笑面對著那麼多年輕人憂愁的面孔；如今卻面對著隨風起舞的草葉。這一次，是我最後一次，看到她那副微笑的臉孔。因為後來野草和荊棘阻住了去路，我也懶得冒著撕破褲子的危險，去欣賞她的微笑了！

不過，我能和芳芳提早結婚，還得感謝那副微笑的瓷像臉孔對我們的啟示：也就是我們最後一次看到那幅瓷像，然後走上那座小山，看著即將沉下的落日，我感慨地對芳芳說：

「你的『愛情至上』原則是對的！用『時間』去考驗愛情也是對的。不過，假如有一天，我們兩個人中間，有一個人忽然失去了『時間』時，那麼，送花圈的愛情又能維持到多久呢？」

說起來，還不算太晚。我們結婚那年，我差一個月四十歲；芳芳差一個月三十八，脂粉搽得厚一些，在結婚照片上還不至於看出她眼角的皺紋。

真的，還不算太晚，就像打個折扣活六十歲吧，還有二十年日子好過呢！

矮冬瓜

靠近戴村的兩邊，有一條鋪著卵石的小河。村上的姑娘們，每天都到這條小河來洗衣。河水從不遠的翠綠的小山旁邊繞了過來，經過了火車橋洞前聚了一個小潭；然後像一條銀色的小蛇一樣，曲曲折折地向南面的大海流去。小潭的水，清澈得像鏡子一般；村上的姑娘們，赤著雙足，將褲腳捲得高高地，站在河水裡面，一邊洗衣，一邊說笑，尤其是當那個矮得有點像冬瓜一樣的姑娘和她們在一起洗衣時，她們的笑聲更大。

這天，其中有一個梳辮子的姑娘，和往常一樣，又故意將一件衣服拋在潭口，讓它隨著河水急速地流去，然後尖著嗓子大喊：

「矮冬瓜！快點呀！我的衣服沖跑了，追呀！追呀！」

那個被叫做矮冬瓜的姑娘，一聽見喊聲，連忙拋下她正在洗的衣服，跳著、跑著，順著小河向下流追去。水花向四下飛濺，濺得她滿身滿臉都是水珠。不知是不是上帝故意作弄她，讓她的手和腳生得又粗又短；肚子和腰部卻那麼又粗又圓；她的頭部似乎和平常人一樣，但配在她那麼短而圓的身體上也就顯得特別大了。因為腿短腰圓，跑起來的時候，只能看到她那圓圓的身體，像不倒翁一樣左右不停地擺動著，遠遠看去，就更像一只矮矮的冬瓜了。其他的女孩子們，看到她那種有點像「滾」一樣的跑著的姿勢，就會前仰後合地笑個不停；有的人竟會笑得直不起腰來，連著衣服跌坐在潭水裡面。於是，尖銳的笑聲就更加高了。

她們已經無形中把這一件讓矮姑娘追著拾衣的事情，當作了一種樂趣。矮姑娘踏著光滑的卵石，連跌帶爬地追趕衣服，其他的女孩子們，則拍著手為她喝彩。可是，當矮姑娘捧著濕衣，從老遠的下流喘著氣回來時，她們竟把矮姑娘撿衣的事情完全忘了，開始笑談著另外一件事情。村子上的一則新聞，在她們中間傳來傳去：例如禿了頭的鄉長添了一個孫子，請了多少桌客呀；嫁到城里的阿紅，第二個月回來時，頭髮捲得像鬆毛狗一樣呀；還有，妳家的母雞一個月生了多少蛋呀，我家的黃狗昨夜不知為什麼叫個不休呀。即使像芝麻一樣大小的事情，在她們的口裡，講的、聽的都覺得津津有味。當然，她們講得最多的還是阿蘇，最有興趣的也是阿蘇。今天，那個尖下顎、大眼睛、新聞最多的姑娘，又發表了她特具的見解。

「你們不知道呀！」這個大眼睛的姑娘一邊漂著衣服，一邊向她的女伴們說：「人家阿蘇天天早上都舉著鐵錘呀。就因為他會一連舉幾十下，連氣都不喘，那個番鬼佬隊長才看中了他，請他做教練的呀！」

這時，矮冬瓜抱著濕的衣服，已回到她們的旁邊，傻傻地流著口水，站在一旁聽她們談話。人家笑的時候，她也咧著大嘴隨著大家一齊笑。

一直到中午吃飯的時候，這群女孩子才慢慢地收拾好她們各自的衣服，談笑著向家中走去。路上，有幾個女孩子們故意說她的濕衣服太多，拿不動，也不管矮姑娘同意不同意，就一齊堆進矮冬瓜的大竹籃內。濕衣服多了，矮姑娘提不動竹籃，她只好用兩隻短手將竹籃抱在胸前，一搖一擺地走著，活像一隻推糞的蜣螂，推著個大糞球一般，蠕蠕地向前滾動。

這群女孩子們，笑著說著，剛走到村口，忽然從她們後面的石板路上傳來了皮靴的聲音。即使她們不用回過頭來，她們也會知道是誰從後面來了；因為在戴村，只有她們剛才所討論的那個阿蘇才有高統的皮靴，而且皮靴底上還釘著釘子。在平常，每逢阿蘇出去操練穿著皮靴在戴村的石路走過時，幾乎全村的人們都會聽到這個清脆而悠長的聲音。

她們的脖子像被一條電線指揮著一樣，隨著後面的皮靴聲，一齊轉過了頭去。對於這個風度翩翩、儀表不凡的青年人，她們這群女孩子，在私心內都把他當作偶像一般地崇拜著。

阿蘇有一個結實的身體，才二十四五歲，就已經做了後備消防隊的教練，就是連戴村老一輩人們的眼中，也都說阿蘇是個有出息的孩子。年輕的人，更不用說了，有幾個年輕人曾托人向消防隊報名，如今連個隊員還沒有被批准呢！何況阿蘇是個教練。雖然消防隊只是義務性質，做個教練，每星期出操兩次，也不過七十多元一個月的車馬津貼；但是，教練起碼還是個教練，單單他那身筆挺的黃色軍服，他那頂船形的帽子，他那副黑色的手套，他那對帶釘的高統皮靴，他那條寬寬的黑色皮帶，還有他腰中那把亮晃晃的小斧頭，就已經令戴村的全村父老另眼相看了。何況是女孩子。

這天，阿蘇把船形帽子扣在肩頭的黑色肩帶內，像出操一般，邁著堅定而整齊的步伐，趕上了這群洗衣歸來的女孩子。石板路有點狹窄，女孩子只好側著身子站在路邊，讓這位年輕的教練走過。他用手套打著手，左右顧盼，點著頭，微笑著，像他們那個洋隊長檢閱他們一般，向這些女孩子打著招呼。當他忽然看到矮姑娘胸前大竹籃堆得高高的濕衣服，不由得笑出聲來，接著，本來就喜歡笑的女孩子們，隨著笑聲更加笑了起來。

走進村子，偷懶的女孩子們，從矮姑娘的竹籃取回自己的衣服，向各人的家中走去，矮姑娘才透過來一口氣，可是，她那短短的僅僅蓋著耳朵的黃頭髮，這時候已經被汗水濕得緊緊貼在她那圓而大的頭頂上了，看起來頂滑稽的，有點像門聯上畫的那個戲金蟬的劉海的頭髮。她坐在地上休息了一會，才向家中走去。

矮姑娘沒有家，這是她女主人的家，女主人是個好心腸的姓李的老太太。這時，老太太自己已先吃過飯，對她說：

「飯菜留在廚房的櫥子裡，你自己去吃吧！」

「嗯！」矮姑娘點了點頭。

「為什麼回來這麼晚呢？才兩件衣服。」

「嗯！」矮姑娘放下竹籃，逕自到廚房去了。

李老太太走過去將竹籃內的衣服取出來，晾在院子內的竹竿上。她不願意去責備這個無父無母的矮姑娘。李老太太，本不是戴村的人，為了養病，才暫時在這個村子裡租座房子。因為她自己有病，剛來這裡時需要找一個傭人伺候。有人告訴她，說一個矮姑娘頂可憐的，是一家外地來的人家，從車站旁邊的孤兒院中領回來的。後來，這家人家搬走了，嫌矮姑娘傻裡傻氣，就把她留在戴村，現在連吃飯都成了問題。李老太太把矮姑娘找了來看了看，雖不容易看出她的實在年齡，大約二十歲總有了吧；只是個子又圓又矮。反正她只是養病，只要有人會洗洗衣服，打掃就可以了。再說，這個無人管的傻姑娘也挺可憐的；李老太太又是個虔誠的基督教徒，就這樣，她收留了她，既然收留她是為了憐憫，縱然矮姑娘常常做錯了事情，也就不去責備她了。

離戴村四五哩遠的車站上有一間教堂。李老太太還領她去受了洗。每逢星期天，就要她到「主日學」去跟著別的孩子們一齊唱詩，讀聖經。主日學的教師起初說她年紀大了，不想收她；後來；經不起李老太太再三請求，反正她的個子還比不上一個十歲的孩子，也就無可奈何地收了她。

在主日學內，矮姑娘倒挺認真地唱歌、識字。雖然，她的嗓子特別高，特別尖，唱起歌來常常不合拍子。

＊

不知是上帝考驗這個世界的人心呢，還是故意進一步作弄這個連自己姓都不知的傻姑娘？大約是李老太太來戴村後一年多吧，一樁頂奇特的事情，在戴村發生了。

一天夜裡，十二點多，李老太太忽然聽見矮姑娘在自己的房子「哎喲」、「哎喲」地叫個不止。李老太太慌慌忙忙端著油燈，走到矮姑娘的房裡，只見她正捧著肚子在床上打滾。那時候正是最熱的天氣，李老太太心內想，這傻姑娘一定是白天亂吃了東西，現在說不定是發了痧。

「肚子痛是嗎？」李老太太將燈放在窗臺上，問她。

「嗯！」這時她似乎覺得好一點，就點了點頭。

「你等一等，我去取點藥來！」其實，這句話李老太太好像對她自己說的，她也知道傻姑娘未必能聽懂這句話的意思。她回到房內，從抽屜內取出了那隻從城內帶來的小藥箱，她記得裡邊可能有八卦丹，或者濟眾水、十滴水之類的成藥。雖然她明知道這些成藥不會有多大用處；可是，黑天半夜裡，又在鄉下，除了這些成藥外，她也沒有法子。她把小藥箱拿到矮姑娘的房內，就著窗前的燈光，找了好一陣子，才找著了一瓶十滴水。這時，矮姑娘忽然痛得又喊起來了。在夜半寂靜的鄉間，這聲音特別覺得陰森淒涼。

李老太太又慌忙地出去端了一碗涼水，回到矮姑娘的床前，對她說：

「張開嘴，喝下這一口藥水就不痛了。」

在燈光下，矮姑娘臉上一粒粒豆大的汗珠，閃閃地發著光；臉上的肌肉，不時地抽搐著。李老太太不由得為矮姑娘感到十分難過。她想，她這時一定痛得很厲害；她默默地禱告著，希望這小瓶的藥水會發生奇跡。可是，當李老太太正要把藥水倒在矮姑娘的口內時，她忽然看到矮姑娘的床上一片濡濕，還有點紅色的血水。這個突如其來的發現，連平時頗為鎮定的李老太太，這時也不能自禁地「哎呀——」驚喊了一聲。她仔細又看一看，真是血，連腥味都可以聞出來。矮姑娘卻一聲連著一聲，「哎喲」、「哎喲」喊個不停。

「天呀！是甚麼一回事呀？」李老太太的手戰抖著，連那瓶藥水都抖到地上去了。

她心內想：不可能是凶殺吧？在鄉下誰去凶殺這個又醜又矮的矮子呢！她連忙戰戰兢兢地向姑娘身上看了看，只見她雙手不斷地捧著肚子，大概是肚子正在劇烈地發痛。李老太太再用戰抖的手，向矮姑娘的肚子上摸了摸，不由得更令李老太太吃驚了。原來矮姑娘這個有點像冬瓜的肚皮裡面，這時候膨脹得更大，甚至裡面似乎還有東西在動來轉去。

「天呀！要生孩子了！」被驚駭、迷惘攪昏腦子的李老太太，這時才忽然清醒過來，高聲地似乎是對傻姑娘，又似乎是對自己這樣喊著。

李老太太再去仔細摸了摸矮姑娘的肚子，覺得胎兒正在裡面劇烈地轉動著，或許就在這個時候馬上要生了。李老太太雖然生過兩個孩子，可是，她對接生連半點經驗都沒有。當時，她的腦子如同亂麻一樣，不知道該怎麼辦。在鄉下，根本沒有接生的醫院；僅有一個會接生的產科看護，還是住在五哩以外的車站，這時候即使有人去請來接生，時間上也來不及了。何況還是在半夜三更，而她又不能一個人離開這裡，孩子可能馬上要生出來了。

矮姑娘在床上痛得打著滾，一聲比一聲高地喊叫著；這聲音簡直如同刀子一般，連連地刺在李老太太的心上。她戰抖著走到房門口，仰著臉，望著天，跪在地上，大聲地重複禱告著：「主啊！你教我怎麼辦呀！主啊！你教我怎麼辦呀！」

天空仍然是昏黑的大幕，透著暗藍的顏色；繁多的星星還是和往常一樣，互相競賽似地，一開一閉地眨著眼睛。天仍然是神祕的，正像上帝是那麼神祕一般，任憑李老太太多麼虔誠、痛哭流涕地祈求著，天使並沒有張著翅膀飛到她的跟前。

可是，矮姑娘反而在床上喊得更厲害了，她用她那兩隻短粗的小手，緊緊地抓著床頭上的木板，抵抗著上帝給予女人們的刑罰。

在最後，「哎——呀——」她用了她平生的氣力，這樣喊了一聲，幾乎要昏了過去。

這個有類鬼嚎一樣的聲音，倒把李老太太從昏迷的禱告中喊了過來。她連忙從地上爬起，走到床邊一看，奇跡竟真的來了——孩子就快要落地了。她到底是生過孩子的人，雖然是在混亂的狀態中，她不得不做了矮姑娘的「接生婆」。孩子算是生下來了，是個又白又胖的男孩子。手腳長長的，絕不像他的母親。

李老太太替孩子洗乾淨，用破布包紮好放在床頭之後，不由得噓了一聲；回頭看了看矮姑娘，只見她目不轉睛地正在注視著這個孩子，臉上有奇異的、傻傻的笑容。

「是誰的孩子？」李老太太這時有點生氣地問她。

她先是眨了眨她的大眼睛，然後慢吞吞地回答：「我——的！」

聽了她這句糊塗的回答，李老太太不禁有點好笑，又可憐起她來了。接著說：「我知道是妳的孩子——我問的是：孩子的爸爸是誰呀？」

「爸——爸——」她仍然瞪著她那雙大而傻的眼睛，不知道李老太太問的是什麼意思。

「孩子的爸爸！」李老太太說：「是誰？告訴我，我去找他！」

問了好半天，矮姑娘總算明白了李老太太的意思，才含含糊糊地說：

「阿——蘇——」

「阿蘇！」李老太太不由得更加糊塗了，自言自語地說：「哪裡還有個阿蘇呀！」

其實，戴村上只有一個阿蘇，而且是任何人都知道的那個做教練的阿蘇。不過，李老太太實在不能相信矮姑娘的話，那麼一個漂亮的男孩子，除非是瘋了，才會愛上這麼又醜又矮的姑娘。

「哪個阿蘇呀？」李老太太高聲地問她：「是別的一個男孩子吧！」

「阿——蘇！」矮姑娘說的仍然是這兩個字。

李老太太皺起眉頭，想了一陣，忽然如有所悟：村上這麼多的男孩子，為什麼她偏偏只說「阿蘇」一個？也許就真的是阿蘇幹的事吧！

「是不是穿皮靴的阿蘇？」李老太太說。

矮姑娘點了點頭。

第二天，天色還沒有大亮，李老太太就去敲阿蘇家的大門。

敲了好半天，開門的是阿蘇的守寡的媽媽。

「我要找你們的阿蘇！」李老太太劈頭這樣說。

蘇太太看見李老太太這樣來勢洶洶，心中就有點不高興：外地來的人，竟敢這樣對待人！

「什麼事？」她有點不高興地反問李老太太。

「什麼事？」李老太太更加生氣了：「你們家阿蘇做的好事！我要找阿蘇！」

「阿蘇出操去了。」蘇太太也生氣了：「給我說吧！」

「我家的那個矮女生小孩子了！」

「生孩子了！」蘇太太先是用驚奇的眼光看著李老太太，然後說：「你找我們做什麼呢！」

「做什麼？」李老太太更大聲說：「是你家阿蘇的孩子！聽清楚了沒有？」

蘇太太吃驚得不由自主地往後退了兩步，吃吃地說：

「你……你……你說什麼呀……什麼呀！」

「阿蘇是孩子的爸爸……走吧！你到我家去看看！」李老太太一邊說著，一邊就去緊緊拉著蘇太太的衣服。

蘇太太一時失了主張，呆呆地站在門前不知如何是好。這時，隔鄰的人家聽見吵聲也走了過來看熱鬧，就你一嘴、我一嘴地問李老太太到底出了什麼事情？

蘇太太一看見人來得多了，更加覺得李老太太不該這樣來丟她蘇家的臉，於是用力推開李老太太的手，大聲說：

「你怎麼敢一口咬定是阿蘇？阿蘇還沒回來呢！」

李老太太既然拉不走蘇太太，臉都氣得有點青了。「好！好！回來問阿蘇，問阿蘇！」她這樣自言自語地只好又回到家去。

矮姑娘生孩子的消息，像海風一樣，馬上傳遍了整個戴村。大家紛紛議論著，有的人認為這孩子可能是阿蘇的，為什麼矮冬瓜不指第二個人呢？但多數的人都說矮冬瓜胡說八道，阿蘇就是一輩子沒見過女人，也不會找到她。可是，有人到李家去過，矮冬瓜生孩子則是一件千真萬確的事情：這個「謎底」是什麼，戴村的人們都急著想去揭曉，雖然這只為了他們的「好奇」。中午時分，家家門口都站著人，一個個交頭接耳地談個不休；因為他們知道這時候做教練的阿蘇，馬上就要回來了。

果然，沒有多久，阿蘇的皮靴聲在石板路上響了過來。每家門口的人都伸長著脖子，向阿蘇身上看去。阿蘇仍然如往常一樣，船型帽扣在肩頭，一手拿著手套，穿著筆挺的黃軍服，腰中繫著小斧頭，挺著胸口，大踏步向這邊走來。起先，他並沒有注意站在門口的人們；過了幾家，他忽然發覺每一個人的眼睛，都在注視著他，不由令他更加挺起了胸脯。可是，當他走到李家的門口，李老太太便過來一把拉住了他：

「矮女生孩子了！是你不是？」

阿蘇挺起的胸脯頓時彎了下來，說：

「李家伯母，你說什麼呀？」

村人像蜜蜂一樣，團團地把他們圍了起來。

「矮女生了個男孩子。你是孩子的爸爸！」李老太太說。

這個突如其來的消息，驚得他滿頭滿臉都是汗珠。他憤怒地吼著：

「胡說！」

李老太太倒被這個吼聲給嚇得呆了，先是怔了一怔，接著說：

「矮女說的是你！不信你到我家去看看！」

「不去！」他憤怒得有如一頭獅子。用力向前一推，前面厚厚的一道人牆，竟被他輕輕一推給推開了一條道路，然後連頭也不回地回家去了。

看熱鬧的人群，想不到會這樣地看不到精彩的鏡頭，似乎有點掃興；接著，就又紛紛議論起來，仍然是兩大派，就在當街辯個不休，但沒有辯出結果。

「找村長去！」不知是誰這樣提議。

「對，找村長去！」許多人附和。

李老太太走在前面；許多人，男的、女的、老的、少的——最多的還是孩子，說著、吵著，一齊到了村長的門口。

村長的家就在村子的最西邊。這個村長不是政府委派的，也不是村民選舉的——他們還不知選舉這一回事；不過，大家卻公認他是村長。第一，他的房子比別家的蓋得高一點；第二，聽說他以前在外地做過「事」，世面見得比別人多，警察偶爾來這裡時，他就出面代表村民說話；還有，他不必下田做活，所以，有時間去替人家排難解紛。

這時，村長還沒有起床，因為他是個吸鴉片的人，往往吸到快到天亮才睡覺的。

李老太太把這件事情告訴了他，要他主持公道。

村長對這件事情也非常有「興趣」：矮冬瓜竟會生孩子？而且還硬說阿蘇是爸爸！

村長到底對事情的處理有經驗，他先隨著李老太太到了李家，再三對矮姑娘很「正經」地說：

「矮冬瓜！不能亂說！到底是誰欺侮過妳？」

「阿——蘇！」矮姑娘還是這一句話。

李家的院子內已站滿了人。有個中年婦人伏在窗口喊著問：「矮冬瓜呀！在什麼地方？」

「橋——洞！」矮姑娘忽然說出另外兩個字來。

「火車橋洞？」這個婦人隔著窗子又大聲地問。

「嗯！」矮姑娘傻裡傻氣地點了點頭。

這個婦人忽然像發現了驚人的秘密似的，回轉身來高聲地向大家說：

「真有趣呀！就是在東邊的火車橋洞裡成的親呀！」

接著是一陣笑聲。忽然大家就你一句我一句地推測起來：有的說，一定是去年天后誕村裡賽會，請土戲班子來唱戲的那兩天發生的事情，因為矮女曾去看過戲；有的說，一定是矮冬瓜夜晚到村外的廣場去搬木柴，被阿蘇看中了；有的又說，說不定是別村的野孩子幹的事情，阿蘇不是那一種人……

他們一邊談論著，一邊跟隨著村長和李老太太，一邊擁到阿蘇家。蘇家的門是閉著的。

蘇太太走來開了門，但除了村長和李老太太兩人外，其餘的人，一概被擋在門外。

「阿蘇！」村長說：「是你就承認是你吧！傻子還會說謊話嗎？」

「不是！」阿蘇氣得把臉側向著牆壁。

村長是見過世面的人，從阿蘇的眼光中就已經知道八成是「真」的了。

李老太太接著說：「你不承認也得承認——村上那麼多男人她不賴，偏去賴你？」

「是啊！」村長溫和地說：「年輕人誰不會做錯事呀！說吧！」

阿蘇臉向著牆，不講話。看起來，背更有點彎了。

蘇太太一瞧這個樣子，也覺得有點著慌了，剛才，她問他，他還矢口不承認呢！

「說吧，阿蘇！」村長說。

一陣沉默後，阿蘇嚅嚅地說：

「是她先引誘我的……」他不再向下說了。

李老太太轉過臉對村長說：「你想想看，傻姑娘會引誘他？村長！」

這一問倒把村長也問得笑了起來！

「既然是你的孩子，你就得和她結婚！」李老太太說。

「不——」阿蘇忽然暴躁地跳了起來。

「你不結婚，你就不該欺侮她這個可憐的女孩子！」李老太太說。

「我死也不！」阿蘇大聲地吼著，用力抓著他的船形帽子。帽子給抓得像一團破布了。

村長站在那裡沒有再說話。他心內想：阿蘇承認了反倒是件麻煩的事情；按理是應該和矮女結婚的。可是，村長的腦子裡馬上就浮現出矮女的樣子：大而圓的頭顱，短而粗的身體，胖手胖腳則像個五歲大的孩子；像她這麼一個十足像隻冬瓜的姑娘，怎麼能和他眼前這個英俊的阿蘇配在一起啊！他心內忽然這麼想：假如硬要逼著他們結婚，反而在良心上是一種罪過！

「我們先走吧！回頭再說也不遲！」最後，村長這樣勸李老太太。

他們一出蘇家的大門，就被門口的人們擋住了。

「是不是阿蘇？」有人提高腳跟在後面大喊，好像惟恐他得不到消息似的。

村長笑了笑，沒說話。

「這樣就是阿蘇了！」大家不約而同地高聲喊叫著。

村長排開眾人，微笑著走了出去。

「嘩！真是！」「哈哈哈！真是！」看熱鬧的人群，這時不知是興奮，還是好奇，大聲笑了起來。有的人說阿蘇一定是鬼迷心竅，才去找了矮冬瓜；有的人又說，情人眼中出西施，想不到西施就在戴村啊！這句話越發使得大家笑個不止。

＊

一個月過後，矮冬瓜所生的那個孩子，被送到靠近車站的一間孤兒院；是村長作的主。本來，這個孩子的母親，也是從孤兒院出來的啊！

這一個月來，李老太太曾到蘇家去談過許多次，都沒有談出個結果。到最後，李老太太反倒變成哀求了：

「阿蘇！矮女並不傻呀！你就做好事收了她吧！」

「不——」阿蘇冷冷地說。

「矮女是個好心腸的女孩子呀！阿蘇！她什麼都能做呀！」

「我死也不！」阿蘇還是這一句話。

「那麼，你就收下這個孩子吧——這是你的骨肉呀！」李老太太只好退一步要求他。

「不！」阿蘇理直氣壯地說：「我還要娶老婆！」

李老太太只好流著淚回去。除了對上帝禱告外，一個從外地來的老太太又有什麼辦法呢？

孩子被送走的那一天，村長陪著蘇太太來到李家。這個又白又胖的孩子，正在媽媽的懷內吃奶。村長說：

「把孩子交給我吧！」

「不！」誰知那個一向被認為傻裡傻氣的矮姑娘，張著驚慌的大眼睛注視著他們，卻緊緊地抱著孩子不放。

「你想死是不是？」村長憤怒地罵著她：「你會把孩子養活嗎？憑妳這個樣子！」

蘇太太幫著村長，硬把這個孩子從矮女手中奪了過來。孩子大聲地哭著。矮女喊叫著撲了過去，卻被村長推在地上，因為產後虛弱，等她爬起身來的時候，村長和蘇太太已經抱著孩子出了大門，並且在門外邊還上了鎖。她一直哭了好幾天，連嗓子都哭啞了。

戴村上的人們呢，在「謎底」揭曉之後，對這件事情也就已經不大感興趣了，有幾個老太太看到阿蘇時曾這樣問過他：

「阿蘇呀！你真傻，要找姑娘，怎麼不找個好的呢！」

阿蘇笑了笑沒有回答，仍然挺著胸在石板路上走過；帶釘的皮靴聲音，和從前一樣「卡卡」地響在每個人的耳邊。

萬里長城

雖然隔了這麼多年，但這件稀奇古怪的事情，到現在我還記得清清楚楚。

那是個陰曆三月間的一天，我帶著懶洋洋的心情又到城外的長城城垛上去曬太陽。因為那時候我還是一個王老五，而且又住在虛有其名的山海關那個頗為冷落的城市，成天都覺得無聊與煩悶。假如那時候我住在新加坡或吉隆坡的話，我會一天去看一次電影，或者和一群王老五們到彈子室去消磨時光；可是在山海關，說來真可憐，連一家三流的電影院都沒有，僅有一家用破廟改裝的露天電影院，上演的都是《孫悟空大鬧天宮》之類的無聲片，看了之後會更加煩悶。除了到那破舊的但尚具雄姿的長城城垛上走一走之外，我又能用什麼方法消悶呢？

我是那一年的冬天到山海關的，只要天氣放晴，不管由海上吹來的寒風如何刺骨，我總要順著城外那條荒蕪的小徑，慢悠悠地到城牆上去溜達一趟。因為唯有在那樣具有歷史性的偉大建築物上，才能使我吐一口悶氣。

大家都知道這個萬里長城是從山海關起頭建築的，它像一條巨型的恐龍一樣，蜿蜒匍匐在那些群山的山峰上。你站在城牆上向上望去，它又像是一條通向天宮的橋梁，巍峨、壯觀，甚至使你驚心動魄。我每每撫摸著那些城牆上殘缺的大石塊，拭揩著那些久經風雨而剝落的不復是原來面目的磚塊時，不禁從衷心內發出呼聲，好像是對群山，對大海，又好像是對我自己喊著說：

「偉大啊！中華民族！偉大啊！建造這巨牆的古人！」

站在城牆上向大海望去，白茫茫地一望無際；迎面的大風吹得衣襟和褲腳「嘩啦嘩啦」地響著，不由得又會令我起了「乘長風破萬里浪」的念頭。我常常一個人站在那裡前後左右環顧一番，為建築這個曠世工程的民族自豪，更為我是這個民族的後裔而自豪。

那年冬天過後，春天來了，我更要常常到那荒蕪的城頭去踏青，看著那些在磚縫中擠出來的綠芽，分外使人精神爽快。有時候，我索性坐在城垛下面曬一會太陽。在山海關，雖然是三月天，但還要穿上厚厚的棉衣才行。太陽曬在棉衣上，慢慢地傳到全身，本來就有點懶洋洋的身體，這時候就會更加想要打瞌睡了。能在我們祖先遺留下來的偉大建築物上睡一會覺，也可以分享一點他們的光榮啊！反正那段時期我也沒有什麼事好做，到這裡溜達一陣，然後再坐下來閉目養神一番，倒成了我每天例行的事情。

誰知有一天，我在城頭上散了一會步，照例坐在我常坐的那個破缺的城垛下面，正想打一會盹，忽然聽見有一個沉重的聲音說：

「喂！老朋友！你怎麼老坐在我們的身上呢？」

我記得來時並沒有看見什麼人呀！我慌忙地向左右看了看，奇怪地竟不見一個人。我想大概是我的耳朵一時出了什麼毛病吧，不由得自己好笑了起來。可是，緊接著這個沉重的聲音又來了：「讓讓路好嗎？老朋友！」

這聲音好像是在背後，比上一次更清晰了。

雖然是在白天，任誰在這種情形下也會跳起來的。我不由得慌忙站起來向後一看，果然就在我剛才坐過的地方，緊挨著城垛站著一個白頭髮的老頭子。

我一時竟納罕地講不出一句話來，我剛才為什麼沒有看到他老人家呢？我仔細地打量了他一番，在陽光照耀下，他的白頭髮閃閃發光如銀色一般；鬍子也是白白的，長長地直拖到胸前，頗有點道貌岸然的樣子；可惜他的衣服實在夠破舊，一件破大襖——後來才知是一件破道袍——全是密密層層的破補釘；腳下一對古舊的大皮靴，好像是牛皮做的，可是卻開著口，連腳趾頭都露出來了。

像這樣裝束，這樣古怪的老年人，我平生還沒有見過哩，自不免有點驚異。可是，這位老先生的態度卻很自然似的，他一邊用他粗大的甚至裂著縫紋的手掌，拍打著他身上的塵土，一邊仰著頭對著太陽說：

「天氣真好啊！你說是不是？」

「唔——」我吃吃地說：「天氣真——真不錯！——你老人家也來曬太陽是嗎？」

「我就住在這裡呀！老朋友！」這位老頭子笑著說，用手指著這個城垛。

城垛上只是剖落的磚塊和石頭，又沒有半條破被子，連一根鋪草也沒有。

「就在這裡？」我幾乎是叫著說。

「是的，就在這裡。」這位老先生仍然笑著說：「過一會你就知道了！」

我小時候讀過不少飛俠隱士的小說，下意識使我不由得向四周望了望，前面是海，波平如鏡；後面是山，那恐龍似的城牆仍然蜿蜒盤伏在那些高插入雲的山峰上；左面也是山，一層一層地看不到盡頭；右面是蜂窩似的房子——那是山海關城內的屋舍。真把我弄迷糊了，我到底是在這裡做夢呢，還是真的遇見了什麼隱士劍俠之流的人物了呢？

他見我兀自發愣，就笑著說：「坐下來談，咱們作個忘年的朋友吧！」

他說著就靠著城垛坐了下來，我隨便在附近找了一個破磚塊，有點迷迷糊糊地在他的跟前坐下。

他見我坐下後，邊理著他那銀白的鬍鬚，邊笑著說：

「看到我，你當然有點奇怪呀！」

「是呀！」我喃喃地說：「聽你口音不像這裡的人，可是你——你來這裡做什麼呀？老先生！」

「皇上的旨意呀——你怎麼不知道呢？我是奉命來這裡造城牆的呀！」他說到這裡，又抬頭看看太陽。「日頭真好，難得出來曬曬呀！」

我越發糊塗了，什麼「皇上的旨意」呢？我心裡想：這個老頭子大約年歲太大了，說話顛三倒四也不一定。我說：「哪一個『皇上』呀？老先生！」

「當然是我們的『始皇帝』呀！」他說。

我最初沒聽清楚，以為是什麼「死皇帝」「活皇帝」的，於是笑著說：

「皇帝當然都是『死』的呀，這時候哪還有活皇帝呢？」

他聽了這句話，卻忽然大聲問我：

「你說什麼呀！哪個皇帝死了？」

我斷定這位老頭子一定是神經不正常，但又不好意思不回答他，只得平心靜氣告訴他：早幾十年就已經沒有什麼皇帝皇后，現在時興的是「總統」或什麼「主席」了。

他聽了之後，奇怪地竟坐在那裡楞了好一陣子，然後皺著眉頭問我：

「小伙子，說實話——咱們的『始皇帝』真的死了嗎？」

我差一點大笑了：「你指的是哪個死了的皇帝呀？老先生！」

「當然是他呀！」他見我發笑，竟當真生起氣來，鼓著雙腮對我說：「是平六國，定天下，又叫我們築長城的始皇帝呀，你怎麼連他都不知道！」

我一見他發了這麼大的脾氣，不由得嚇了一跳；又仔細瞧了瞧他的臉色，只見他一本正經，不像是開玩笑。我於是用試探的口氣問他道：

「這樣說來，你真是秦朝時代的人了？」

「當然是秦朝——你不是秦朝的人嗎？」

我當時有點心怯，弄不清楚這個老頭子到底是人還是鬼。我抬頭看看太陽，陽光仍然暖和和地照在我的身上。我只好怯怯對他說：

「老先生，秦朝到現在已經兩千來年，改朝換代，不知有多少皇帝了！」

誰知他聽了之後，竟坐在那裡嗚嗚哭了起來，弄得我一時不知所措。為了安慰他老人家，我將錯就錯地說：「反正皇帝死了，哭也哭不活啦！」

「他為什麼不早點死呀！」他老淚縱橫地哭著說：「照你這樣說，我們現在想回家都不成了！」

假如他真的是秦朝時候的人，兩千兩百多年了，不要說是「家」，就是連咸陽城他也不認識了啊！我用幻想著的心情告訴他說：「阿房宮早已變成灰土，恐怕連你家的土地都變了顏色！」

他越發悲不自勝，坐在那裡，搐動著肩膀，哭得那麼傷心。我一時找不到安慰他的話，只好轉個話頭對他說：

「老先生，不用再哭了！假如你真的是來造長城的人，你瞧！」我指著這雖然已經殘破了的城牆。「如今這是世界最古老最壯觀的建築物，我們兩千年來，直把它當作我們民族的光榮！這個光榮應該屬於你才對！」

「光榮個屁！」想不到正在哭著的老頭子忽然大吼了起來。「你知道這個光榮要了我們老百姓多少百萬條命嗎？流了我們多少血、多少汗嗎？」

我吃吃地說：「是呀，——正因為你們流了血、流了汗，才造成如此偉大的萬里長城呀！」

「什麼偉大不偉大——你挨過皮鞭嗎？你挨過飢餓嗎？你吃過穀糠嗎？你流過血沒有？你在雪地上爬過沒有？你想到過凍死的滋味沒有——」

我喃喃回答：「我——沒有——」

「沒有就別瞎說！」他的火氣更大了。

沉默了一陣子，我說：「雖然我沒有受過這麼多的苦頭；可是，正因為你們受了苦頭。築了這座長城，城外的匈奴人才不能『南下牧馬』，我們後一代才有好日子過呀！」

「為了誰的好日子？」他瞪起眼睛逼視著我說：「為了後一代——為了我們看不到的後一代是不是？可是，我們那一代的人卻差不多要死光了，你知道不知道？你說！」

這位老先生火氣真大，他的聲音沉重得好像古廟裡的古鐘，震得我不敢不回答他的話。我不由得上牙打著下牙說：「這個——死了多少人命，我在歷史書上還沒有看到過。不過——不過人家都說你們的始皇帝雖然不怎麼講理，可是，他派人築長城，對我們後人倒是很偉大很有意義的工作。」

「哼！很有意義的工作！」這位老先生幾乎用鼻子的聲音這麼說了下去：「意義在哪裡——在始皇帝的皇位身上，在他兒子孫子的皇位身上。可是，為了他的兒子，卻死了我的兒子——」

「你的兒子？」我張大了眼睛。

「是的——我的兒子！」他發紅的雙眼逼視著我。

忽然在這時，又一個聲音說：

「是的——還有我的兒子！」這聲音尖銳有如鬼叫。

我不由得打了個寒顫，慌忙眨眼一看，在那位白頭髮的老先生旁邊，卻忽然多了一個骨瘦如柴，滿面都是皺紋的老太太。她的眼睛雖然小，但如黑色發亮的豆子一般，死狠狠地盯著我。

我戰戰兢兢地說：「你——你是誰呀？」

「是誰？來做城牆的工人！」

「不要怕，」老先生對我說：「這是和我一組做工的一位韓家老太太！」

看她瘦得像一根稻草一樣，她如何能做工呀！我不免向她多看了兩眼。

老先生似乎知道了我的懷疑，接著說：「在我們的那個年代，孩子當兵的當兵了，到各國打仗戰死的戰死，做工累死的累死了；最後實在抽不出壯丁，只好把我們老年人也拉了來！你看她瘦嗎？可是她也要爬在雪地上背磚頭呀！」

「你們的孩子都沒來？」我說。

「我只有一個孩子，早年伐燕那一役就死了。」這位老先生一提起孩子竟暗暗哭了起來，過了一會，指著那個瘦老太太對我說：「韓家老太太倒有三個孩子：老大戰死在上黨，老二築長城凍死在城垛上，小的老三隨著蒙恬將軍伐匈奴也死了。——」

老先生的話還沒有說完，那位老太太就坐在地上蒙著面大哭起來。聲音真尖，一聲一聲地簡直像刺在心上一樣的難受。我實在找不出話來安慰他們，想了好久，才想起「烈屬」這個名詞，我連忙說：「老太太，別哭了！你的孩子雖然都為國犧牲了，可是你還有個『烈屬』的榮譽啊，你——你是世界上最偉大的母親。」

老太太不哭了，卻瞪大著眼睛直望我。老先生問我：「你說什麼『烈屬』呀？」

我告訴他們說，「烈屬」就是壯士的家屬，而他們的兒子都為秦國犧牲了，豈不是「烈屬」嗎？這是他們的光榮！我說完之後心裡有些高興，因為我總算說了些安慰人的話了。誰知，那個瘦小的老太太忽地向地上吐了一口痰，然後恨恨地說：「我不稀罕這光榮——我只稀罕我從小把他們養大了的孩子！」

老先生也跟著說：「光榮對我們有什麼用？我和她還不是要上來和泥、搬磚、做苦工，而且天天還挨皮鞭、受凍、吃不飽——」

他們兩位老人家哭得這麼傷心，連我也有點難過，眼淚蒙住了我的眼睛，大粒的淚珠從我的面頰上滴了下來。當我正用手背揩淚時，忽然另外又有了聲音：

「韓家伯母，別哭了！該回去休息了！」

我馬上抬頭看去，又多了兩個人：一個是男的，頂多不過十三四歲，又瘦、又黑，顴骨高得要露出來了；一個是女的，二十來歲，蓬頭垢面，幾乎連上衣都沒有穿，比叫化子還不如。這兩個一左一右正在用力拉著老太太的手臂，請她不要再哭下去。

一時驚得我連眼淚都沒有了。他們真像變戲法一樣地到了這裡。

「不用驚異。」老先生開口了：「一個寡婦，一個孤兒；他們也是在我們這裡一組的工友。同樣要受凍、受飢，和泥、搬磚、挨皮鞭——當然他們也分享了剛才所說的那個我們弄不清楚的

『光榮』！」

我想我真的遇到鬼了，不由得渾身打起哆嗦，正要拔腿飛奔，忽然內心一急驚醒了過來。原來剛才我是在做夢。

抬頭一看，紅日當中，四周靜悄悄地不見一個人影。我用力揉了揉眼睛，耳朵中似乎還聽到「光榮」這兩個字的餘音。當時雖然明知道是在做夢，可是心內還是有些餘悸，慌慌張張地從地上爬了起來，連塵土都沒有來得及拍，就連忙尋路回頭走去。可是，奇怪的事馬上又來了，我大概只走了十多步吧，忽然聽到背後「轟隆」一聲，連我正在走著的城牆都震得跳了一下。回頭一看，剛才我靠在那裡打盹的城垛卻塌了下去。不知是我膽怯，還是為了什麼緣故，我站在那裡卻走不動了。

我站在那裡，像傻子一般呆了兩分鐘，最後，好奇心驅使著我，我又躡腳躡手地向剛塌了的城垛邊上走了過去。走近前去仔細一看，那個城垛塌了；城垛的下面卻有一個淺淺的土洞，洞內赫然竟有四具死人的骷髏。

我哪裡還有膽量去分辨哪一個是老頭子、哪一個是老太太啊，我扭轉身，狂叫著飛也似地跑下城牆。這以後，我再也不敢到那裡去散步了。

不過，現在想起來，我真有點難過：我當時應該大一點膽子，把那幾具骷髏掩起來才對！

四個結婚的故事

無論工作如何煩忙，身心如何疲乏，甚至在外邊受了一肚子的委屈；可是，回到家以後，大的女孩子站在門口高聲呼叫「爸爸」，小的男孩子也「呀呀」地跳個不休，然後他們像蝴蝶似的撲在身旁，一個跳在身上學著騎馬的姿勢，一個抱著褲腳不放，而妻子卻站在一旁微笑。這時候，所有的苦惱、煩悶、委屈、全部都飛跑得一淨二光。

沒有家的人，永不可能知道家的可貴；當然，有了家以後，誰也不輕易地再去失掉它。所以，有時候看到孩子追逐奔躍的情形，不由得就會想到我在軍隊中的那段生活；想到出神的地方，往往自己一個人又會啞然失笑——雖然在笑中帶有淒苦的滋味。

*

是一九四二年的冬天，我被派到駐在雲南下關的一個部隊裡去當少尉排長。我要去的那一連，駐在下關附近的鄉下，找了半天才找到了那個小村子。在雲南，冬天還是相當冷的，再加上順著洱海吹來的大風，吹得我的臉和手都有點痛。我一到連部，連長從房內出來，一眼就看出來我一定是新來報到的排長，他連忙接過我的一小包行李，就把我拉到他的房子內，說是先取取暖再說。房子內有一盆木炭火，正熊熊地燃著。圍著盆火已經有兩個人坐在那裡。火旁邊有一張小凳子，上面有一小堆花生米，還有一個酒壺，看樣子他們是在一邊烤火，一邊喝酒。連長的個子很矮，是個拿破崙型的人，嗓子很好，一進門就大聲叫著說：

「老弟們！新排長駕到，見面禮，咱們乾一杯！」

火盆旁的兩個人都站起來了，給我倒了一杯酒要我喝。我不會喝酒，又不好意思推卻，只得硬著脖子喝了一杯。他們還要給我斟酒，我連忙推辭著對連長說：

「還是先給我們做個介紹吧！」

連長似乎是忘了介紹的事情，經我一提，不禁用力打著自己圓圓的腦袋說：

「真該死！對啦！介紹，介紹！」

我看到他那副短而粗的身體，和他說話的樣子，未免覺得有點好笑；但因第一次見面，又不好意思就笑出聲來。

「這位是新來的陳排長！」連長指著我對其他兩個人說：「你們早聽說過了！」然後指著其中一個大個子向我介紹說：「這位是第一排排長張德明，綽號大洋馬！」

我們互相點了點頭。張德明的個子，倒真的像一匹大洋馬。

「這位是第三排排長屠龍。」連長指著另一個瘦長個字的人對我介紹：「其實，他龍倒沒有屠到，上個月屠了一條豬倒是真的！」

這一句話，說得我們都笑了起來。

我在外邊凍了半天，倒是真的有點冷，就不客氣地坐在火盆旁邊烤起火來。我們剛坐好，連長仰起脖子喝了一大口酒，酒順著口角流出，衣服上濕了一大片。他用袖子抹去嘴角的酒痕，然後對他們兩個人說：

「接著講下去吧，我們還沒有講完哩！」

他們兩個人，都哈哈笑了起來。那個被叫做「大洋馬」的張德明說：

「連長，還是講你的吧，反正你的經驗有的是！」

「對、對、對！」屠龍附和著說。

連長的圓臉本來就有點紅，這時在炭火的反映下，越發映得成為紫色了。看樣子，他已經有三十六七歲了。他姓王，是我在團隊報到時就知道的。他又喝了兩口酒，興致似乎很高，然後搖著腦袋說：

「經驗雖不多，但比你們要多一點。譬如說，衡陽的淘沙井、武漢的新市場、西安的開元寺、開封的第四巷、昆明的碧雞路……」

「好了、好了，別背經歷了。」屠龍阻止了連長的話：「就說你最精彩的一段吧！」

這番話，倒把我弄糊塗了。我說：「你們到底說什麼話呀？」

連長忽然哈哈地笑了起來。「老弟！」他說：「說什麼？這年頭我們不說『女人』還說什麼？」他把『女人』這兩個字提得特別高，我想外邊的士兵們都可以聽得見。

「精彩的倒沒有。」連長又接著講了下去：「我的老是那一套。不過，剛才說的昆明那個小蘭，我敢賭咒，我真想救她出火坑。×他媽，這小妮子沒福，第二天我的錢又輸得一淨二光！」

我們都笑了。

「反正女人都是婊子！」連長站起來打著哈欠說：「老子哪天有了錢，老婆有的是！」

我又想笑了，但我偶然間看到張、屠兩個人都坐在那裡沒有笑，似乎還有點不高興的樣子。連長呢，好像是故意地提高嗓子笑著說：

「老弟們呀！別搞什麼屁戀愛，反正有錢就有女人！」

張德明忽然站起來，拿起帽子逕自出去了，連招呼也沒有打，頗令我感到奇怪。不過，初來此地，我又不便打聽。屠排長隨著也站了起來，說是該集合隊伍了，因為他是值星官。

等他們兩人走出去後，連長邊輕聲地笑著對我說：

「你瞧！我一說到他們的心窩裡，他們就生氣了！」

後來，我才知道，原來張排長已經有了未婚妻，是他的表妹，現在還住在他的老家山東德州，經常來往書信。屠龍也有一個女朋友，是他中學裡的同學，住在陝西，一星期起碼有三封信來。

因為我和張、屠兩個人的年紀相若，在連上沒有好久，我們都成為好朋友了。有一天，我在張德明的房內，他告訴我說：

「假如不是打仗，說不定我已經和我表妹結婚了。」

「有相片嗎？能不能給我看看呢！」我說。

「當然可以、當然可以！」他顯得特別高興，順手就在衣袋的小日子簿內，取出一張三吋的相片給我看。

是張全身的相片，穿著厚厚的棉衣服，頭髮剪得短到耳朵邊，像個學生。因為日子久了，相片已經有些皺紋和褪了色，面部無法看得清楚。不過，我還是說：

「真漂亮啊！她還在讀書嗎？」

「高中已經畢業了，沒法讀大學……想從淪陷區逃出來又不可能……」張德明說著忽然低下了頭，背過臉去，看樣子像在揩淚。

真的，等他轉過臉時，他的眼睛有些紅了。我當時頗有點奇怪，像他這麼高大的人，也會如此兒女情長。不過，我是不善講話的人，也不知如何去安慰他，只好搭訕了兩句，就走了出去。以後，我盡可能不向他提起這件事。

屠排長的女朋友，據他自己說：個子高高的，他們在中學讀書時，她還是校花呢！只是，屠龍捨不得把相片給我們看。有一次，張德明和屠龍在一起，我有點生氣地故意對屠龍說：

「看一看相片，又有什麼關係，誰也不會搶走你的！」

可是，無論怎麼說，他還是不肯拿出相片來。我只好改口說：

「公開公開情書也可以，反正你有的是情書，讓我們見識見識吧！」

屠龍覺得實在不好意思再推卻了，無可奈何地對我們說：

「那麼，你們只看個開頭就可以了，絕對不准多看！」

說著就從床底下抽出他的破皮箱來，然後打開皮箱。嗶！這個小皮箱內幾乎滿滿地全是「情書」，而且這些情書像裝訂好的筆記簿一般，一本一本整整齊齊地放在裡面。

不愛講話的張德明也不由得驚叫了起來：

「屠龍呀！你簡直是個『情聖』了！」

雖然是說要看他的情書，但真的要我們看，我們又不好意思起來，只隨便看了兩眼，看見信上的字體寫得很清秀而已。屠龍顯著得意的神氣，蓋上了他的情書箱。

說良心話，我對張、屠兩人倒是挺羨慕的。我想，假如我有一位女朋友的話，也可以在朋友們的面前故示神祕而誇耀一番了。

我們的拿破崙型的連長，和我的態度就不同了。每逢在一塊談到女人的事情，他總要提高嗓子挖苦他們一番。起初，他們也頗不開心；後來，講得多了，大家也不再去介意。反正王連長這張嘴最不饒人，你生氣也沒有用。也難怪他對女人這樣的態度，因為從他十五歲當兵開始，一直到現在當了連長，他所接觸的女人，幾乎沒有一個不是婊子。不過，在對人方面來說，王連長倒是挺直爽的，很有當軍人的氣概。而且，他也是一個很勇敢的軍人。從一個二等兵，一直能升到上尉連長這個地位，十餘年來，不知要經歷多少次戰役，身上不知要穿過多少顆子彈啊！據說有一次在山西大別山和日本人作戰，他們守的那個山頭，前後只有他一個人了，他竟一口氣投擲了一百多枚手榴彈，結果山頭守住了，他頭上、臂上、腿上都挂了彩。他就是在那一仗後升的連長，軍部還特地頒了一個銀盾的獎章給他。他把這枚獎章看成寶貝似的，一星期總要拿出來用白布揩幾次。這是他的榮耀！

可是，誰也沒有想到，我們連長這個榮耀，後來竟完全敗壞在一個賣橘子女人的手裡。

說起來，倒是挺有趣的。那年冬天剛過完後，天天下午出完操，連長一個人老往下關街上去閒逛，並且往往一直到晚上快要點名時才唱著戲歸來。以前，我們在一個桌子上吃完飯，他總要說一兩句挖苦張、屠兩個人的笑話；現在呢，吃過飯就獨自吹他的口哨，不再談及女人的事情。

屠龍是個細心的人，有一天下午連長上街以後，他笑著對我和張德明說：

「喂！連長天天都刮臉上街，一定有什麼祕密的事情！」

果然沒有多久，全連的弟兄都知道了這個秘密。原來那個炊事班長每逢上街買菜，總看到連長穿著筆挺的軍裝，坐在一個賣橘子的女人的攤旁；而這個女人，就是下關街上有名的「橘子西施」。

消息證實之後，有一天吃飯時，屠龍就向連長說：

「報告好消息吧，不然我們就要代你公布了！」

想不到最愛挖苦人的連長，這時倒有點忸怩起來。他吞吞吐吐地說：

「哪有啥好消息？不要胡說八道！」

我那時比他們都年輕，有時講話也不知顧忌，就跳起來拍著手說：

「連長要談戀愛了、要談戀愛了！」

門外正在吃飯的弟兄，聽見了我的叫聲，也端著碗筷擠進屋子來，一同喊叫著要吃連長的喜酒。

連長顯得格外開心，答應明天上街買十斤酒給大家喝，大家才散了出去。

既然這件祕密已經公開，連長也不必再去隱隱藏藏了。那天下午，他一定要請我和屠龍到街上去吃東西。張德明是值星官，不能一齊去。吃東西是假的，連長想在我們的面前誇耀一番，他也有「女朋友」了。

那個橘子攤就擺在下關的街口。連長給我們介紹時，故意把他的胸脯挺得特別高，指著我們兩個人對那個女人說：

「這是『我』的兩個排長……」

他把「我」字說得特別重，好像是這樣就可以提高了他的身分似的。

我和屠龍微笑著點了點頭。

「這位是鄭小姐……」連長介紹時也頗有點屠龍蓋情書箱時的神態。

連長的「女朋友」倒很大方，從攤子底下抽出兩張圓凳子要我們坐，還要請我們嚐嚐新運來的橘子。

看樣子，連長的女朋友，大約有二十七八快到三十歲了吧！臉上搽了一層厚厚的白粉，好像兩隻眼睛都隱藏在白粉裡面了。她的個子又瘦又高，和我們的矮連長站在一起，一長一短，看起來頗有點滑稽。說實在的，當時在我和屠龍看來，這位有「西施」之稱的鄭小姐，不但不美，反而有點醜怪。

後來連長在附近一家小館子內請我們吃飯，我知道他是在動筷子之先非酒不可的，今天竟沒有叫酒。我說：

「怎麼？今天不喝酒了！」

連長不好意思地用他短粗的手指頭在鼻頭上擦了兩下子，然後對著街頭的橘子攤呶了幾下嘴，低聲地說：

「喏！戒酒了！」

這不由得我和屠龍都笑出聲來，後來偷眼一看連長那副難為情的樣子，我們也就不好意思再笑下去。

吃過東西，我們兩個人藉口有事就先回連了。在路上，屠龍打趣地對我說：

「怎麼樣？老弟！你也應該趕快找一個『西施』了！」

我笑得幾乎流出眼淚，我說：

「假如西施都是這樣子的話，我簡直要抱獨身主義了。」

不管人家怎麼說，就在第二年的春天，王連長和橘子西施在下關正式結婚了。上帝造夏娃時，就賦予了女人魔力，不論這女人是俊是醜。我們的連長也在這種魔力下，做了他太太的俘虜，他不惟滴酒不再入口，甚至連香煙也戒了。結婚後，他不再和我們談女人的事情，有一次屠龍偶然地質問他：

「女人不都是『婊子』嗎？連長！」

他馬上面紅耳赤地笑著說：「這個麼……這個麼……」竟一時答不出話來。

*

那年五月間，我們部隊離開了下關，開到保山，然後奉命去到怒江沿岸擔任「江防」。日本人雖然和我們僅僅只隔一條河，可是，他們那時候已沒有力量進攻，倒比在後面集中訓練還要輕鬆得多。所以。連長太太也跟著到了江邊。那年冬天剛過完，她生了一個女孩子。我們全連兄弟狂歡了一整天，連我也喝醉了。

這個女孩子長得很像連長的樣子，短腿短手，大腦袋，黑中帶紫的皮膚，哭起來的聲音也有點像連長的嗓子，吵得住在連部的弟兄們整個夜晚都不能睡覺。可是，我們的連長卻十分疼愛他的女兒，在她滿月的那天，他還買了幾斤豬肉，給我們加菜。

屠龍和我，都對這個頭大眼睛小的女孩子誇獎了一番，連長和他的太太更加樂得要命，他抱著孩子，一邊逗著她，又像是對他自已說：

「乖乖，等你長大了，我一定送妳進洋學堂讀書。爸爸是老粗，連一個大字都不識，可吃虧哩！」

*

沒有多久，我們接到命令，開始滇西大反攻。其實，在這以前，我們老早都知道早晚有一天要反攻的。可是，我們的連長在接到命令後，著急得連飯都不想吃了。他慌慌忙忙地幫著太太收拾行李，倒把全連應該準備作戰的事情連提都沒有提。命令上規定：明天一早就有另外的部隊換我們的防線；我們要在明天下午三時之前，在後方團部集合，然後開始渡江作戰。我們看到連長失魂的樣子，心內不免有些好笑，也有些好氣。那天下午，張德明和我準備去到連長房內，想提醒他，假如他老是這個樣子，弟兄們會笑話的。但還沒有走進連長的房內，就已經聽到連長太太的哭聲。她一看到我們，哭聲更大了，一把鼻涕一把眼淚地對我們說：

「早知道你們要過江打仗，說什麼也不和這樣沒良心的人結婚呀！」

我想：連長一定會罵她兩句的。誰知連長坐在床沿上，垂頭喪氣，一句話也不說。

「連長！明天就要出發了，什麼東西我們全連都沒有準備呢！」我說。

「隨便你們吧，老弟！」連長低著頭，有氣無力地說：「我真是煩！」

我和張德明頗有點不高興地走了出來。

第二天早上，連長先派人送走了他的太太和孩子，然後要大家集合。連上的弟兄們，似乎已經看到了連長的紅眼睛，背地裡談著笑著。有一個平時很調皮的班長，竟扯起嗓子唱了起來：

「送郎送到五里坡，再送五里也不多，小妹子送乾哥！」

弟兄們都哈哈地大聲笑著，連長裝做沒有聽見。

自從連長太太走後，王連長老是心事重重地提不起精神。部隊在團部集合，團長訓話，開始出發，渡過怒江，一直到真正地「攻擊前進」，他好像變了另外一個人，連話都很少和我們說。王連長以前的戰績，在我們這個部隊中一向是有名的，所以，我們這一連被我們的部隊長官很器重，零星的小接觸都捨不得派我們。最後攻擊敵人死守的一個倉庫據點，前面有兩連曾經屢攻不下，部隊長才拿出我們這一個「王牌連」，並且命令我們「非一舉攻克不可」。

敵人的陣地我們可以看得很清楚，一共有三個並不太高的山頭，只要我們攻破一個，其他兩個也就容易得多。可是，他們的陣地很堅固，不容易進攻。好在四邊都已被我們包圍，他們除了死守之外，也別無他法。

王連長打了一輩子的仗，他很清楚這個任務是艱巨的。在下攻擊前進的命令時，他的聲調都有點不自然，當時我們還不大覺得，可是，等到攻擊開始時，張屠二排是第一線，我這一排是第二線；連長的位置應該是在第一線的中央，或者和我這一排在一起，才好指揮攻擊；誰知他一個人躲在我這一排的最後面，跟著我們前進。

我敢說張德明是一個勇敢的人；屠龍在我們兩個人面前，也不好示弱；我呢，那時才二十一歲，氣勢很盛，還不知道死和打仗是甚麼一回事，反而覺得這是挺好玩的；全連的弟兄們，也以我們是「王牌連」而感到驕傲與光榮。可是，我們這個得過二等勳章的「王牌連」連長，卻不聲不響地落在部隊後面，不能不令我們感到幾分洩氣。

攻擊前進是早上六點鐘天拂曉就開始的，到了太陽射出刺眼的光芒時，我們距離敵人陣地還有一千公尺哩！而且這一千公尺的距離內只是一些稻田，稻苗也只有半個膝蓋那麼高，可以說除了幾道泥畦外，簡直沒有一點掩蔽。因為連長一個人躲在後面，部隊成了無人指揮的狀態；人的身體都是肉長的，誰肯無緣無故地和子彈頭作對。所以，我們這一百多人，疏疏落落地伏在稻田內，比蝸牛爬得還要慢。日本人只偶然射來幾排機關槍，聲音清脆而悠長，不然我們倒要在稻田內打瞌睡了。

團長在後面看到我們這樣膠著不進的情形，除了連連吹號督促前進外，對我們也沒有辦法。這樣一直拖到了將近中午十二點鐘，我們仍沒有前進。我當時真氣得要命，乾脆向後退了一段距離，爬到連長的跟前說：

「我們不能爬在這裡一天啊，小心團長槍斃人呀！」

「老弟呀！」這個得過勳章的連長，卻意外地上嘴唇打著下嘴唇，哆嗦著說：「我昨晚做夢見了棺材，今天非死不可了，兩條腿一點也爬不動，由你看著辦吧！」說著說著，他竟伏在泥坎上哭起來了。

「我又不是連長，我怎可『看著辦』呀！」我幾乎光火了。

「老弟呀！」連長哭著說：「看在你嫂子和孩子的份上，你就看著辦吧！」

假如我是團長的話，在當時我非馬上槍斃他不可。打仗的時候想老婆孩子，做夢夢見棺材，要這種指揮作戰的連長做什麼？我一生氣又爬到前面去了。大概張德明也等得不耐煩了，竟率領他的一排開始單獨前進；屠排長仍爬在那裡不動；我不客氣把我的一排向前推進，和屠排長橫在一起，他不好意思也只好前進了。連長一個人呢，躲在後面最隱蔽的地方，連望也不望我們。

大概將近敵人陣地五百公尺左右，對方的輕重機關槍才開始如驟雨一般地向我們射來。子彈落在稻田的淺水中，有點像夏天裡忽然落下來的暴雨似的，前前後後都是濺飛的水花；迫擊砲也響了，砲彈在我們四周爆炸，濕泥和士兵的血肉，在這裡四下飛舞。

假如是在拂曉，我們在這個距離內可以減少很大的犧牲。等到天色黎明，敵人有效地射擊我們時，我們應該已到鐵絲網邊，那該是衝鋒的時候了。勝敗在此一衝，我們的犧牲是有價值的。可是，這時已十二點多鐘，卻正好落在敵人的火網之中。未到鐵絲網跟前，我們全連已傷了十分之七八。當時張德明傷了右手；屠龍左臂掛彩；我最倒楣，大腿上的肉被砲彈片削了一大塊，當場就昏了過去。只有連長一個人沒有受傷，因為他躲在後面根本就沒有上來。

幸虧敵人沒有從陣地出來向我們攻擊，否則，我們全連的官兵，除連長外，可能一個人也活不了。

我躺在稻田甦醒過來，自信必死無疑，因為後方擔架隊無法上來，而我們又無法退下。這樣一直到晚上九點鐘左右，擔架隊才敢爬了過來，把重傷的人抬了下去。我們全連一百八十多個人，現在沒有帶傷的只有十幾個人，既無人指揮，又飢又渴，只好跟著擔架隊退了回來。

奇怪的是：我們的連長並沒有受罰。也許是我們的部隊長還以為他真的一如當年在大別山一樣，身先士卒呢！

我們這一仗受傷的官兵，一齊被送到後方醫院，有幾間病房，差不多都是我這一連上的人。我因為傷勢太重，曾昏迷了好幾天，當我完全醒轉過來時，發覺我和張德明住在一間房內。我迷迷糊糊曾記得屠龍也受了傷，便問張德明：

「屠龍呢，他沒有什麼事吧？」

「老早回陝西去了！」張德明躺在床上，悠然地吹著菸圈說。

我當時很奇怪，他怎麼忽然會一個人溜走了呢？

「當然哪！」張德明笑著說：「負了傷再去會見愛人，豈不是更光榮嗎！」

「啊！」我有所悟了。受傷的官兵，不受誰管，誰也管不了，歸隊不歸隊也沒人去問。「這倒是一個好主意啊！」我也笑著說。

張德明哼了兩聲，沒說話。

「為什麼張德明不這樣做呢？」我心內這樣想著。過了一會，便試探著對他說：

「屠龍的主意倒不錯呢，你怎麼不回山東結婚呢？」

「我沒有這樣想過！」仍然吸他的菸。

「你反正要結婚的，現在不是時候嗎？」我說。

「我不想回老家！」

「為什麼？」我頗有點驚奇！

「什麼也不為。」他淡淡地說：「因為我是從那裡逃出來的！日本人不走，我永不回家！」

他這幾句話，倒使我覺得有點慚愧起來。不過，我偷偷地看了他一眼，只見他背過身去，許久沒有轉過面來。但等會轉了過來，他的眼卻是紅紅的。

張德明左手的傷並不重，不到兩個月就完全好了。我們的營長還特地給他來了一封信，請他馬上回去接任我們那個連的連長的職務。信中順便提到：我們的王連長已經「臨陣逃脫」了，軍部已下令通緝。

在醫院中，我們常常拿王連長討老婆怕死的事作為笑談；現在，聽到這個消息，更增加了我們的笑料。

張德明回去部隊，升了連長。

*

我在那個後方醫院一直住了九個月，傷口才算完全痊愈。在戰時，九個月的變化很大，我們那個部隊已經在我出院前五個月離開了滇西，由空運調到廣西前線了。因為由印度向這邊攻擊的部隊，和我們在滇西向外攻擊的部隊，已經在緬甸邊境會了師——滇緬公路已經打通，而廣西正在吃緊，所以，滇西的部隊一齊調到廣西。

我的傷好了之後，好像軍人這一行已成了我的職業，假如我不繼續當兵，我又能做什麼呢？雖然原有的部隊已去了這麼遠，我還得設法追上去。在那裡，我到底還有幾個沒有死去的老朋友啊！

醫院裡送給我一部分路費，還為我介紹了一輛順道到貴陽的軍車。

任何人都有這種感覺：住在某一地的時候，你可能嫌它單調，沒有變化；可是，當你一旦離開這裡，不覺又有些留戀。滇西這個地方，我對它最熟悉，但也最討厭。這裡的山高峻而聳直，這裡的公路陡斜而漫長；尤其令我不能忍受的，是在這裡永遠不可能一望無際，我的心則好像被囚在這群山之間，永遠無法暢快地透一口氣。現在，我要離開這個討厭的地方了，卻又無形中對它留戀起來。在這裡消磨了我最寶貴的壯年中的幾年光陰；在這裡的永無盡頭的公路上，不知留了我多少穿著草鞋的足跡；那些高高的山嶺上，我曾有多少次在它上面憩息；還有，凡是我從前住過的一些村落和城鎮，它們的每一角落我都是那麼熟悉。現在，我竟要和它們分別了；並且，這一別，在一個人短短的一生中，很少可能再回到這個邊疆的地方。

坐在軍車上，瀏覽著公路兩旁合抱的松樹，和那些不知名的有如碗大的紅色花朵，甚至連那高過人頭的雜草和荊棘，我對它們也覺得有了親切之感。

當然，車過下關時，我一定要下來在那鋪著石板的街道上往返走上一趟，好讓我的足跡再吻吻這個我從前走過的地方。誰知，當我有意地走到那個從前擺橘子攤的街頭，而當我無意地向那個橘子攤一望時，我們的那位「王牌連」連長，卻正站在攤旁邊向一個鄉下女人兜生意。我當時雖然有點意外的吃驚，但心裡還是很高興的。我連忙走過去喊著說：

「王連長！」

他先是大大地吃了一驚，後來看見我站在那裡微笑不語，似乎放了心，惴惴地說：

「老弟！部隊都已走了，你怎麼還在這裡？」

「醫院的醫生不讓我走呀！」我說：「現在我就要離開這裡了……生意還不錯吧！」

「啥生意不生意！」他態度仍然很不自然地說：「這年頭還不是混一碗飯吃算了！」

我仔細再一看他那身黑色的衣服，原來是從前的軍裝改做的，胸上那兩個被拆去的口袋，顏色就特別深一些，被針縫過的地方還有許多小小的黑洞哩！

「就打算這樣一輩子嗎？」我笑著說。

「嘿！嘿！」他從攤底下拉出一條木凳——和從前他太太拉木凳讓我和老屠坐的姿勢一樣，對我勉強地笑著說：「老弟！我還去拼個啥，再拼還不是個連長。不像你，年輕、有為……」

「嫂子呢？」我打斷了他的話。

「喏！」他用手向我站的後面指了指：「來了！」連長太太一手抱著孩子，一手提著個飯盒來了。她還是那個樣子，只是衣服穿得比從前破舊了一些。她一看到我，就吃驚地問我：

「不是來抓他吧？」

我不由得笑了起來，我說：「我還沒有找到部隊呢！」

她一看我真的不是來抓她的丈夫，心就放寬了，話也就如連珠砲似的向我射了過來：

「好，你們那個王八部隊還通緝人呢！誰沒有老婆孩子，他一死，教我帶著孩子受罪嗎？哼！下關街上有的是寡婦，你們為什麼不替她們想想辦法？沒有男人的女人，不如死了好！打仗、打仗，為了啥？什麼日本人、中國人，我只要男人……」

後來，他們很誠意地邀我到他們家去吃一頓飯再走。我說：

「車子馬上要走了——我搭人家的車。」

「那麼，你以後常來信吧！」王連長說：「不過，你回到部隊，最好……最好……」他吃吃地沒說下去。

「放心好了，老連長！」我說：「我不會說在這裡看見過你的！」

當我和他們在下關街頭分別時，他們的女孩子已經會搖搖手，含含糊糊地跟著媽媽叫「再見」了。

坐在車上，忽然想起三年前我剛來下關到連部報到時的情形：那時候的王連長，和現在的王連長，簡直是兩個人啊！

是結婚改變了他嗎？

像王連長這樣的人，我應該可憐他嗎？還是應該鄙視他？他應該結婚呢？還是根本不應該？這一連串的問題，直到今天我還是不能回答。

＊

經過昆明、貴陽、獨山，一直到廣西的金城江，我趕上了我們的部隊。我們的部隊長見我這樣從老遠的雲南趕來，感到相當驚喜，恰好我們那一營有個連長受傷，我馬上被派到那個連上做了連長。張德明和我在一個營，大家有如隔世見面，我們的感情更加比以前好了。有許多以前的朋友也都跑過來看我，我像是回到了家似的快樂。

在廣西只有零星的戰鬥，我做連長不及兩個月，日本人就投降了。這以後，我們只是加緊行軍、坐車、坐船、步行，很快地就到了上海。

在上海，我們駐在閘北。部隊不管接收的事情，我們住在那裡，不打仗，也沒命令來要我們開始訓練，反而使得大家有些無聊起來。

我的老家在徐州，離上海坐火車只有三天的路程。雖然我的老家已沒有什麼親人，父母親老早都死去了，一個姐姐嫁給了一個外省人，久已失去聯絡，只有一位老年的叔叔還活著，但我十分想回家一趟去看看。古人說：如果富貴而不回家一趟，有如「衣錦夜行」。我雖然沒有大富大貴，起碼上尉連長這個身分在我們家鄉已是了不起的了。再說，我離家已經十年，有機會回去看一看小時候遊玩過的角落，在童年奔跑過的土牆上再登臨一遍，也是人生一件頗饒趣味的事情。反正住在上海又沒有什麼事情，我就請了半個月的短假，回到家鄉看了看我的叔叔。

在這裡，我不想多用筆墨來形容我回家後的情形，因為這與這篇文章沒有多大的牽連。不過，在我離開家鄉想返部隊的時候，無意中在徐州的火車站遇見了屠龍——我以前同連的那位排長。

有情人終成眷屬，他和他那位一星期三封信、而這些情書又裝成滿箱的女朋友結了婚。當時我們都在火車站的候車室等車，要不是屠龍先看到我，我真認不出來他們夫婦哩！

他穿了一身灰黑色的中山裝，一看就知道他也不幹軍人這一行了。他的太太看上去不比他小，甚至在燈光下還可以看到她眼角的皺紋。那時候，天氣很冷，她穿了一件棉旗袍，脖子上圍著一條大圍巾，腳下一對厚棉鞋；個子不高，穿上這麼厚的衣服，越發顯得矮了。

屠龍為我和他的太太介紹了之後，我心內就在想：「情」這個字真不可思議，英俊瀟灑的屠龍，也會為了他這位並不漂亮的愛人，裝了成箱的情書，並且還從老遠的雲南邊疆，不顧一切閒言閒語，偷偷一個人回到陝西。我簡單地告訴了部隊的情形，就問他到什麼地方去。

「到鄭州。」屠龍說：「去軍官隊報到！」

那時候，各地都臨時成立了軍官隊，收容登記所有未在職的軍官。我頗驚訝屠龍已經脫了軍裝，為什麼反而又去軍官隊報到。我說：

「乾脆和我一齊回上海吧，團長還是我們的老團長，你回去，連長這個職位雖一時沒有缺，起碼一個中尉獨立排長還是少不了的，何必去軍官隊登記！」

「不！」他的太太忽然插上了嘴：「我們要去鄭州軍官隊報到！」

他的太太不但有皺紋，臉色也不十分好看，我心內想：放著老部隊不回去，反而去軍官隊報到，豈不是有點傻嗎？

屠龍見我這麼驚奇，才吞吞吐吐地對我說：

「我想……我想先到軍官隊報到，然後申請改行郵政，軍人我是不幹了！」

我還是有點不清楚，便說：

「改行郵政就改行好了，那又何必到軍官隊去？」

「你不知道。」屠龍說：「郵政是一個專門機構，退役軍官才有資格轉業郵政啊！」

「啊！」我這時才恍然大悟。

在候車室裡，我們一同等了一個多鐘頭的車，但我和屠龍談的話並不多。不知是他談得沒有勁，還是我談得沒有勁，總之，和他談起來十分乏味。而且，他的太太那雙冷冰冰的眼光，老向我臉上射來，似乎比候車室外面的大風還要寒冷刺骨。我心內想：不遇見他們還好！好容易向南行的火車來了，我趕快向他們告別。火車緩緩地開行了，我不由得在想：又是一個！

虧他能想出這個辦法：做郵政工作，第一用不著打仗，只要過馬路小心，就不會橫死；第二，郵政的飯碗只要抓到了，很少會失業餓肚子。結婚的魔力真不少啊！

＊

當我回到上海閘北，張德明正在籌備婚禮。他的表妹——那個提起了就令張德明流淚的未婚妻，這時已從老家德州趕到上海來。

在我們部隊裡，凡是認識張德明的人，沒有一個不為他的結婚而高興；不認識他的人，聽到了這個消息，也為這對新婚夫婦祝福。單單他們兩個人的戀愛經過，就可以寫一部長篇小說了。他們兩個人是親戚，剛會說話的時候彼此就認識了；可是，一直到她將近三十歲的年紀，他們才結了婚。在這動亂的三十年來，他們彼此需要付出多少眼淚來編織他們的戀愛史啊！

結婚那天，熱鬧極了。我們的師長給他們證的婚，差不多有一千位客人來參加他們的婚禮。這一對新婚夫婦，實在令人羨慕。張德明的身體本來就很高大魁梧，穿上禮服，越發顯得格外英俊；新娘呢，雖已將近三十歲了，但北方人的皮膚白嫩，看起來不過二十三四歲罷了。再加上大家都知道他們那麼久堅貞相愛的故事，對他們除了羨慕之外，還加上了幾分敬仰的心情。

席上，有好多朋友高聲呼叫著，要求新郎新娘報告戀愛經過。張德明的口才本不十分好，他推辭著不肯站起來報告。大家轉移了目標：

「新娘報告！新娘報告！」

新娘當然也不肯說。可是，有些人卻一聲比一聲高地喊叫不停。雖然他們只是好玩，並沒有惡意；不過，一面不肯說，一面卻竭力喊叫，這個場面許久都沒法下臺。我當時也有幾分醉了，就跑過去拉著張德明說：

「你再不說，我就要替你報告了！」

大家的笑聲和叫聲越發高了。

最後，張德明只好站了起來。

「諸位！」他幾乎有點口吃了。「今天……這個場面，真令我萬分感激！」

大家聽見新郎起來講話，一時不由得都靜了下來。

「不過——」張德明說：「要我……要我講這個戀愛經過，我真不知道該從什麼地方講起。

大家都知道，十年前我就離開我的老家德州，那時候我們就訂了婚……」

說到這裡，他忽然低下了頭，不再向下說去。我站得離他們最近，看到張德明面前的白色桌布上，正有眼淚落在上面，一滴一滴，看得很清楚；而新娘的桌面上，也已經有些濕了。

他驟然的停頓，大家起初有些驚訝；靠近他的人，都看到了這個情形，擺手示意大家不要再胡鬧下去。當時，就有幾位參加婚禮的太太被感動得流下淚來，弄得氣氛有點沉悶。後來，張德明又站起來說：

「我真是……高興……高興得流淚啊！」

大家這才恢復了原有的歡笑，猜拳的聲音，簡直震破了耳朵。

我那天的確太高興了；我不會喝酒，竟醉得被人抬了回去。

*

我們在上海僅僅只住了四個月，也就是說，張德明婚後不到一個月，忽然有命令要我們的部隊開到東北去。命令很緊急，三天內就必須上船，到葫蘆島登陸，然後向錦州方面推進。

日本雖已投降了，戰雲卻密佈了整個中國，東北更是一個火藥的地區。出發前一天，我去看看張德明，順便還告訴他在徐州車站時曾遇見了屠龍夫婦，連我一向保密的王連長在下關賣橘子的故事也告訴了他。

張德明聽了之後，笑著問我：

「假如你是我，你這時候該怎麼辦？」

想不到他會這樣突如其來地反問我。我那時年輕氣盛，有時候說話不知顧忌，有時候說話也常常愛吹一吹。當然我不能說我會學屠龍改行，或者像王連長賣橘子。我想了幾秒鐘，當時自認為很成功，就這樣對他說：

「我不知該怎麼辦，但我一輩子不結婚。」

他的太太在一旁聽了，也不由得勉強笑了笑。張德明卻「哈哈」地笑了起來，打趣地對我說：

「老弟，別發愁！將來你嫂子一定給你介紹個漂亮的小姐，包你不會獨身！」

因為大家都要忙著準備出發的事情，我沒有再和他們多談就回來了。雖然我去他那裡的原意，是想勸一勸他；後來被他一打岔，又不便說出口來。其實，要我明明白白勸他走王連長的路子，或者學屠龍改行，我也是說不出口的。做軍人就得像個軍人！

東北雖是個火藥味最濃的地區，但因為這一去距離太遠，眷屬也都一齊上了船。到了葫蘆島登陸後，就把這群眷屬全留在這裡，部隊很順利地向錦州方面前進。

我們那一營是前哨營，在我們部隊最前面一邊搜索，一邊前進。頭三天，沒有看見一個敵人。那時候，東北的天氣正是最冷的期間，大雪封蓋了整個原野，連枯樹枝上都壓了一層厚厚的白雪。我們的部隊幾年來一直在南方過慣了，忽然遇上了這麼冷的天氣，似乎都有點吃不消，戒備也就鬆弛了一些。

第四天夜裡，我們被突來的敵人包圍了。這是來到東北後的第一仗，但這一仗，我們這個部隊幾乎在一夜之間損失殆盡。

我呢，左臂上負了傷，還不算重，所以還能逃出命來。

張德明呢，據他連上逃回來的士兵說，當時就陣亡了。像那樣的潰敗情形，連屍首都沒法找回來。

我自己死不死都是次要的事情，但我聽到張德明的死訊時，我卻抱頭坐在雪地上痛哭起來。為什麼不讓我替他死去呢？上帝難道真的這麼殘酷無情嗎？

我拖著疲乏無力的腳步，剛回到葫蘆島後方醫院，就看到張德明太太蓬亂著頭髮在區院內的大病房找來找去，我知道她在找她的等候了十餘年而新結婚的丈夫。

我想，我還是不見她好。我正要退出來，不幸已被她看見了。她一看見我，好像驟然遇見了親人似的，從那些躺著的傷兵身上，跳了過來，一把拉著我，顫抖著嘴唇，用了很大的氣力，但又似乎很艱難地說：

「德明呢？你說……」

「我……不知道……」我把眼睛轉向別處。我不敢再看她。

「他是你的好朋友。」她用力地搖著我（搖得我那隻受傷的臂膀簡直要斷了），厲聲地問我：「你不知道誰知道？」

我像木雞一樣，似乎還知道臂上發痛，又似乎完全不覺得痛；我著急地不知用什麼話去回答她，在那麼冷的天氣內，汗珠竟一粒粒地從我的額上流下。

「好，你不告訴我，我也知道了！」然後她無力地鬆開了我，忽然跌坐在地上，放聲哭了起來。

醫院內亂糟糟地，有許多太太如穿梭一般在傷兵堆中找她們的親人。有的一邊找著，一邊哭啼著；還有幾個五六歲的孩子，也夾雜在人堆中哭喊著他們的爸爸。

這哪裡像個醫院，簡直像個地獄。我呆呆地站在那裡，恨不得這時候馬上天坍了還好。

我正站在那裡不知所措，張德明太太忽地站了起來，又一把拉住了我，厲聲說：

「不行，你得還我的德明來！」

「大嫂，妳應該安靜些再說！」我真怕她馬上要出亂子了。

「不行，你得還我的德明！」她的眼睛都有點直直的了。

「還你、還你！」我只好改口這樣哄她。

「不行，你現在就還！」她哭喊著，拉著我不放手。

後來還是來了幾個看護，才把她從我身邊拖開。

真的把她拖開了，她跌坐在那裡啜泣著，我卻站在那裡躊躇起來。萬一她這時候有了什麼差錯，在朋友的道義上，我還是良心上說不過去的。好久好久她才停止了哭泣，看情形，她的神志似乎已經恢復了過來。我說：

「大嫂！時候不早了，你還是回去休息休息吧，德明也許三兩天就回來了！」

她站起來揩了揩淚，沒有說話，走了出去。

我在下意識裡推測著一定要發生什麼事情了，等她出去後，我連忙寫了一封快信寄到張德明的家；這地址還是他在雲南作戰時給我的，想不到這時候竟真的用得著了。我告訴張德明的哥哥，說德明已陣亡了，要他趕快接德明太太回去，越快越好。

張德明太太天天如此，一大早就跑到醫院來回地找。我一看到她，就躲起來不讓她看到，心裡則是同她一樣的沉痛。

大家都儘量隱瞞著張德明的死訊，可是混帳的軍部在一張宣布死亡的通告上，卻寫了張德明的名字。這通告就貼在醫院的門口，她看到後就立即昏了過去。

護士長和一群看護，七手八腳地把她抬進病房，施救了半天，才把她救活了過來。其實，她不再活過來，說不定比她活過來還好些呢！

她一醒了過來，就掙扎著大哭：

「還我的德明來！還我的德明來！」

她這樣一叫，我更不敢去看她。

好在十天之後，張德明的哥哥和張德明太太的父親，從山東匆匆來到葫蘆島。她一看到她父親，也是一把拉住了他，睜著血紅的眼睛大喊：

「還我的德明來！」

他們硬把她帶回山東去了，臨到上船的時候，她還是披頭散髮地哭喊著：

「還我的德明呀！還我的德明呀！」

這以後，我再也沒有得到過她的消息。

＊

四個結婚的故事，已經講了三個，最後一個當然是輪到我了。我的故事最為平凡，我也希望它今後還是這樣平凡下去吧！

原先我打定主意一輩子真的不結婚的。但在國破家亡之後來到香港，卻在無意中和一位香港小姐結了婚，現在已經生了二男一女：女的是香港人，男的一個是星洲人，一個是馬來西亞人；而他們的爸爸卻好像是沒有國籍的人了。

過去的事情，應該早把它遺忘了才對。不過，有時候偶然想起這些結婚的故事，而我這時又已結了婚，就會不期然地這樣問我自己：

「假如這時候讓你過著你以前的軍人生活，那麼，你學王連長呢？學屠龍呢？還是學張德明？」

在人面前，我將說：「我要學張德明！」

但在我的心內，我卻對我自己說：「賣橘子去！」

約會

電影票他在昨天就已經買好了。他是在上一個星期和她見面時，約好今天一齊去看第二場九點半的電影的。

破天荒他刮了他並不濃密的鬍子，以前他只是每回在理髮店理髮時刮一次鬍子外，平時是從不用剃鬚刀的。他穿著新從洗衣店內取回來的長褲，熨得那麼均勻，褲腿上兩條中縫筆直尖削，簡直和刀口一模一樣；長袖的襯衣，潔白如雪，新買的袖扣，閃閃地發著金光；領帶也是新買的，雖然他對鏡子結了好半天，總覺結得不十分中意。

結著結著，他忽然對著鏡子笑了起來——好像他把他自己打扮成另外一個人似的，他連他自己也不認識了。

然後他在抽屜裡、床頭上，找了好半天，總算把那只缺口的梳子找到了；長長的頭髮卻好像故意不聽指揮似的，梳來梳去，仍然顯得那麼零亂。在封滿灰塵的床底下面摸了好一陣子，那盒將近枯乾的鞋油也被找了出來。他一邊擦著油，不由得又對這雙滿是皺紋的皮鞋起了慚愧的心情：自從他穿上這雙鞋子後，這還是第一次在它上面擦油啊；假如這對鞋子換了另一個主人的話，它的壽命一定要比在他腳上要長得多！

他裝扮自己雖然花了這麼多的時間，可是他覺得手上的腕錶走得仍然是那麼慢。好容易等到九點，他就離開了他那令人有點討厭的宿舍，叫了一部的士，趕到他們約好的那一家電影院的門口。

下了車，他悠閒地對了對戲院門口的時鐘——這時鐘和他手錶一樣地緩慢，離開映時間還有二十分鐘哩！他站在那裡，而且穿得又這麼整齊，反而使得他有點拘束起來。他無聊地在幾個掛滿電影照片的窗櫥內瀏覽了一遍；其實，窗櫥內掛的是些什麼照片，他根本就沒有看清楚，因為這時他實在有點飄飄然的感覺。他一邊看著照片，一邊不時地回過頭來向門口望一望，他雖然知道她不到九點三十分是不會來的——女孩子家哪能站在戲院門口等人呢！

慢慢地，戲院門口來了更多的人；售票窗口的長龍，也似乎更長了一些，彎彎曲曲地，盤了好幾個圈。在從前他一到電影院門前，他最煩的就是那些站在門口談笑的男女，尤其是那些成雙成對的青年人。他絕對不承認他「嫉妒」他們；可是，他特別地「討厭」他們。因為以前他從來沒有和女朋友一道去看過電影；所以，他往往是一直要遲到半個鐘頭，差不多前面的新聞片、廣告片都映完了，他才肯「孤孤獨獨」地進去的。

可是，今天，他卻並不怎麼討厭那些邊說邊笑的青年男女了。他內心暗暗在想：你們有什麼了不起！這一會，我也可以向你們驕傲了。

戲院門口既有這麼多的人，而且大家都穿得這麼花花綠綠，他一時實在不容易分辨出誰是「她」來。他原先站在門口的正中，他想她來到時一定會經過他的面前的。後來，他又一想這個地方太低，她可能會找不到他。於是，他向後擠了擠，差不多正站在售票處的窗口，因為那地方高一些，可以看得見整個廊內的人群。他集中他的目力，有近於焦急地一個人一個人地辨認著。可是，他這樣搜索了三遍，卻找不出她的影子。他忽然靈機一轉：她可能這時正在門外等他呢。於是，他馬上又分開前面的人群，連忙向門外擠去，也許是用力過猛，幾乎推倒了他身邊的一位嬌滴滴的小姐；陪這位小姐的一位年輕人，粗口粗聲地罵了他兩句；他也只好假裝著沒有聽見，仍然向外邊擠——假如是在平時，說不定他會和罵他的那個青年人打一架呢，他一生以來，從沒有受過任何人的白眼。

擠到門口，他站在臺階上匆匆忙忙地向人群中搜索，奇怪地，他仍然找不到她。他看了看手錶，已經整整是九點三十分了。這時，上一場的觀眾正蜂擁著從太平門出來，這更增加了他搜索找尋的困難。

幸好，這時戲院入口的繩子解開了，廊內和門外的觀眾陸續地向戲院內走去。人一少，他也就容易分辨出周圍的臉孔；可是，卻仍沒有她的臉。他用原諒的心情，自己對自己說：「女孩子們總有一點遲到的習慣吧。反正這時上映的也只是些不關重要的宣傳片罷了！」

又過了十分鐘，她還沒有來。他還是第一次和女朋友看戲——他心中不由得暗暗好氣起來：講定的是九點三十分在戲院門口等她哩。

這時，戲院門口除了他之外，還有三五個等候人的人：有兩個是男的，有三個是女的。他們手上都拿著票，每逢巴士從前面的車站停下，或者有的士從戲院的門口經過時，他們一律地用著焦急的目光，向車站或者向的士內搜索。他看了這個情形，心情寬馳了許多：好像是有了「同道」的人，他就沒有那麼孤獨和尷尬似的。

他抬頭看看戲院門口的時鐘，它走得比蝸牛還慢。他心中著急、煩惱，再加上氣憤，覺得起碼他已經等了兩個鐘頭。剛才那些等候別人的看客，都已進去了；偌大的戲院門口只有他孤零零地一個人。幾個售票的窗口都掛著「客滿」的小牌子，連裡面賣票的小姐也都起身走了。

他心中實在煩，可是他不得不眼巴巴地注視著戲院門口前面不遠處的巴士站。他想，她可能因為搭巴士誤了車也說不定，九點多正是人多巴士擠的時候。可是，一輛過去了，一輛又過來了，他的眼光向來是銳利的，但每次下車的搭客中都不見她的影子。這時，他忽然想起古人「過盡千帆皆不是」的詩句，不由得想把它改為「過盡千車皆不是」來自我解嘲一番。

正在這時，忽然有一輛的士在他後面停下，他高興得連忙轉過身來，可是下車的卻是一個高個子的年輕人，他氣得幾乎想迎面揍這個人一拳。高個子似乎沒看見他的表情，只是慌慌張張地向著售票的窗口跑去，但一見到那個「客滿」的牌子，不自覺地又洩了一口長氣。看樣子他是專程來看戲的。

那個高個子在售票窗口徘徊了一陣子，知道已完全沒有了希望，只好轉過身來不時地向著他手上的戲票看個不停。高個子心內可能這樣想：這個人拿著票不進戲院，豈不是白白糟蹋了兩張票，讓一張總可以的吧？於是，他向他走進了兩步，向他笑了笑。

他知道高個子的動機，但他氣憤憤地把戲票裝進口袋裡，馬上背轉身去。他心內一邊在想：我就是把票撕了也不會讓給別人。

高個子站了一會，沒奈何似地走了。

又留下他一個人，他心中越發氣憤個不停。有好幾次，他都想撕掉戲票馬上離開這裡，不知怎地他又恨恨地在那裡站著不動。

整整十點了，他站在那裡幾乎有點腿酸了。他越想越氣，他想他平生以來從沒有受人這麼樣奚落過。「假如所有的女人都這樣捉弄人的話，我寧可做一輩子的王老五！」他設想著假如他這時看見了她，他要把撕碎的戲票扔在她的臉上，然後啐一口痰在她的面前，一句話都不說，從此一刀兩斷。

雖是這樣想著，他還是不由自主地注視著車站上的巴士。那些巴士仍和往常一樣，過來了，停下，又過去了。可是，仍不見她來。

十點十分了。

十點二十分了。

十點半了。整整他在那裡等了一個鐘頭。早到的二十分鐘還沒有計算在內。

「她一定不來了——這個狠心的毫沒有信用的姑娘！」他詛咒著，無力地抬著他的沉重的雙腳，像從戰場上敗下來的士兵一樣，一步一步地下了那家戲院的階梯。好像他小時候受了大人的委屈，不知道這股怨氣該洩在什麼地方才好。他真想當時在那裡痛哭一場；他從沒有想到，他第一次和他私心相愛的女朋友的約會，竟會如此收場！這時，午夜的涼意早已趕走了白天餘下的暑熱，可是他一身都是汗，他覺得他的背上如一條小河，正在不住地往下淌著汗水，長袖的襯衣早已浸透得如被淋雨一般；脖子上的領帶幾乎勒得他透不過氣來。他好像忽然找到了發怒的對象，死命地拉他的領帶，差不多要把它扯斷了，總算把領帶拉了下來。假如這時有個攝影家在場的話，馬上把他的這副形象攝下來，真是一幅出類的傑作：你瞧，他散著頭髮，頭已垂到胸口，一隻手提著領帶，一隻手像棍子一樣僵直不動，兩條腿卻像僵屍一樣機械地一前一後地拖著。

可是，就在這個他失魂落魄的時候，忽然銀鈴似的聲音傳進他的耳朵：

「真——真對不起！我來遲了！」

他猛地抬起頭，用力地睜開眼來，在昏黃迷離的燈光下，就在他的面前有一個他熟悉的影子。他想他大概是在做夢吧！他搖了搖頭，仔細地再看了看，果然是她——是遲到整整一個鐘頭的她，是熬煎了他半個世紀似的一個鐘頭的她，是他想當面把戲票撕碎扔在她面上的她，是他想啐一口痰然後掉頭就走的她……

可是，他什麼也沒有做，他只是呆呆地站在那裡一動不動，眼睛裡卻含滿淚水。

「家中忽然有事——」她站在他面前，正要說出她遲到的理由。

僅僅就在這一剎那之間，他腦中半個世紀的怒氣，竟一下子跑個精光。他慌慌忙忙地向身上的所有口袋內搜找出來已經揉皺了的戲票，然後像小孩子一樣，拉起她的手來就向戲院的門口跑去。

石縫中的一朵小花

靠近海灘有一個荒蕪的小土丘，也許是土地乾燥的緣故，土丘上沒有一棵樹木，只有一些稀稀落落的野草，隨著微風在搖著它們白了的穗頭。下面的海灘雖是一片如雪般平坦的白沙，可是因為這裡是個偏僻的地方，除了不遠處小市鎮的孩子們來這裡互相嬉逐之外，很少有人肯來這裡走走的。

和這個小土丘毗連著的，卻是一座低矮而漫長的小山，山上有個碧綠如墨般的熱帶森林，被一些長藤和綠草纏繞著。它與左邊的小土丘相比，顯然地十分不配合：土丘上黃澄澄，顯得那麼淒涼；而這座矮山，卻像熱帶多情的少女，拖著她的長髮，頻頻地向起伏的海潮送著秋波。

繞著這荒蕪的土丘，卻有一條通往那座綠山的小徑。誰也不知道這條小徑是什麼年代屬於什麼人所修。因為它小得只能容納一個人走過，而它還是用一些稜角的石塊隨意砌成的。赤腳的孩子們誰願意從它上面跑過呢？

歲月和著那些起落的海潮，一天天地過去了，從前那些在海灘上遊嬉的孩子們，也一天一天地長高了，面上也起了皺紋了，老了，然後讓他們的孩子們又去到那個沙灘追逐。可是，綠山上依然濃綠圍繞，小丘上依然飄搖著細長的草莖，草莖上依然有白茸茸的頭髮。那條小石徑呢，也像睡熟了似的，躺在那裡無聲無息。

又是多少個歲月過去了。

世界上的事物，有時候改變得往往讓人無法臆猜。距離這個美麗海灘不遠處的一個小鎮，如今竟大大地熱鬧了起來。原因是小鎮附近的港口，忽然為了某一種需要——也許是為了戰爭，也許是為了商業——竟大事修築挖掘，大的輪船也可以在那裡靠岸。不用說，這小鎮馬上變成了熙來攘往的城市。連帶地，那個海灘上也多了紅顏綠色的人們。

於是，那條久已被人遺忘了的小石徑，這時竟也有人肯去拜訪它了。那是一天中午，太陽恰好躲在雲中沒有露出它凶狠的面龐，有一位牧師，挽著他的白頭髮的太太，繞過海灘，想到土丘後面的綠地上去散散步，看看風景。因為他們已不像年輕人一樣，不能夠在海上載浮載沉了，雖然他們是來海濱度假，但不如說他們是來這裡散步還更適合些。他們走著走著，慢慢地踏上了這條崎嶇不平的小石徑。

就是在這個時候，奇跡被他們這對老夫婦發現了！

首先發現奇跡的是那位年老的牧師。他本來是低著頭在前面走的，順著山徑只走了二十來步，他忽然蹲下身來，凝凝地向石徑上注視著，緊接著不由自主地「啊！上帝呀！」驚叫了一聲！

年老的牧師太太還以為他的丈夫忽然遇見了什麼毒蛇，於是她馬上就用雙手掩著面大聲喊叫了起來。

牧師卻沒有為他太太的驚喊回頭，只是說：

「趕快跪下吧！安娜！」安娜是他太太的名字。

她永遠是聽從丈夫的，看到丈夫已經跪在這嶙嶙的石徑上面，她也毫不猶豫地隨著丈夫跪下。

「喏，你看！」這時候老牧師才指著他面前石隙中的一株小紫花，請他的太太觀看。倒弄得這個老太太一時摸不清頭腦。

「這是上帝的奇跡啊！」老牧師對他的太太解釋道：「這朵小紫花長得多麼美麗啊！」

老太太戴起了老花眼鏡，才看清楚這雖是一朵小紫花，卻真的與其他的花朵不同。

「你瞧！」牧師跪在地上繼續說了下去：「這朵小紫花不是來榮耀我們的上帝嗎？我們的主——我們的救主曾說過，所羅門所有的寶藏，還沒有一朵小花富足呢。你瞧，它的莖細弱得如同蜘蛛的腳肢，它只有兩片如米粒的綠葉，可是，在它的頭頂卻有一朵與太陽相耀輝的紫花。雖然這朵花小得如米粒一樣大小，但它是那樣平均地分展著這些花瓣，花瓣當中還堆著黃黃的花心，即使是世界上最精巧的手匠也永遠無法造出這樣的奇跡。而且，它是在堅固的石徑的小隙中鑽了出來的。它不是代表著仁慈敬畏的上帝給我們的啟示嗎？」

他的太太沒有講其他的話，只是連連地輕聲叫著：「阿門！」

老牧師實在受了感動，他就俯在地上禱告了起來。

「我們的阿爸父——正直的神啊，你借著這一朵小紫花給我這個最大的啟示，你的仁慈、你的奇妙，真是無所不在，我們該用怎麼樣的感謝心情來向你讚美呢！你是萬王之王啊，我的主啊，我的阿爸父啊！——」

一直等到他跪在那尖削的石徑上面，實在忍受不了刺心的痛苦的時候，才停止了他的禱告，把坐在地下的太太攙了起來。

其實，發現這朵小紫花的，並不是這位老牧師。剛剛不久，有位年輕的和尚穿著袈裟，曾在這條小徑上走過，而他也看見了這石徑上的小紫花。因為在光禿的石徑上是很容易看見它的，雖然它是那麼地弱小。他也曾經蹲下身來向它看了幾眼。不過，他不但沒有獲得如老牧師那樣的感動，相反地他忽然由這朵小紫花的身上，想到了海灘上那些嬌小玲瓏的女人。「這是魔。」他心裡這樣想著，馬上站了起來，雙手合十，閉目養神了一會，才緩緩離開。所以，沒有人知道他曾經來過這裡。

老牧師的禱告卻給人發現了，也許是剛才他太太喊叫的聲音，驚動了在附近散步的一位老教授。

這位老教授有雪白如銀的頭髮，看起來有點像愛因斯坦。不過，他教的是哲學。他曾在這個國度內幾間有名的大學教了四十多年書，現在他也是來這個海濱度假的。

他剛聽到牧師太太的喊聲，以為是出了什麼事情呢，連忙走了過去，卻看到這兩位老夫婦正俯在地下禱告，所以也就沒有去驚動他們。

等那兩位老牧師夫婦回轉身走去之後，為了好奇，他也走上了這石徑。因為是有目的的尋找，他很容易地找到了那株細弱的小紫花。他蹲下身來，向這朵小紫花細看了一會之後，又慢悠悠地站起身來，對著太陽對著大海，噓了一口氣，然後自言自語地說：

「這朵花到底是為誰而生長得如此美麗呢？它——這株沒有生命的小東西，也和我這個教了四十幾年書的老教授一樣，真的『無所為而無所不為』嗎？」

當然，太陽和大海不會回答他這個問題；老教授也知道沒有人肯去思索這個問題。他於是用自我解嘲的心情，向太陽和大海笑了又笑，又回轉身對這朵小紫花說：

「好朋友，過一兩天也許你就會憔悴，像我一樣地要在頭上長了白髮，以至於枯焦；也許明天有一陣大風刮起一把細沙把你埋蓋了起來，或許有一隻小羊或一個粗心的孩子從你身上踏過，像這個世界上忽然落下了氫彈，你的細莖會和我的軀體一樣，倒在這個世界，太陽和大海依然年輕，而你我卻無聲無息。」

這朵小花似乎聽不懂老教授的話，它依然用它細弱的莖幹，支撐著它僅有的兩片綠葉和米粒般大的花朵，面向著太陽微笑。

老教授嘆了一口氣走了。

可是，老教授在那裡自言自語的情形，卻給一位年輕的畫家看見了。他本來是拿著畫板出來寫生的，如今看見了這個白髮老頭子瘋瘋癲癲的樣子，正想把這位老人家繪在畫板，想不到剛一落筆，老教授卻緩緩地走開了，臨行時還特地回頭向石徑看了幾眼。

畫家立即收住了畫筆，順著石徑走去。在老頭子剛才站立的地方，他也看見了這朵奇異的小紫花。他還是生平第一次看到如此玲瓏、如此嬌小、又如此美麗的花朵哩！

畫家是應該抓住這個靈感的，何況是年輕的人，靈感更容易湧現。

可是，他抓起筆來在畫板畫他的腹稿時，倒使他為難了起來。像如此嬌小的花朵，如何可以用他的那枝粗筆把它纖毫畢露地畫下來呢！但是，他的靈感的衝動催促著他，他不由自主地硬把小紫花繪了出來。憑著他的天才，他筆下的花朵，與石徑的花朵，如果讓人家乍看起來，不細心是分辨不出來的。

不過，繪圖最重要的是全幅的結構，偌大的一塊板如何只能單單繪這一朵小花呢？於是，他又繪出了這條小石徑，又繪出了那座長白毛穗頭的小土丘，又繪出了毗連著小丘的綠山。可是這還是太單調了，他又在背景上塗抹了碧藍的大海，天上有飄浮著的乳白的雲塊。

「這真是一副傑作啊！」他抹著手指上的污漬自言自語地說。

「真是傑作！」忽然在年輕作家的後面響起了另一個人的聲音。

畫家回頭一看，只見有三個人並排地在他後面站著，正在欣賞他的傑作呢！看樣子，這三個人已經站在他背後好半天了。

「蒙各位先生過獎了。」畫家嘴裡是這樣謙虛地說著，心裡面卻有著幾分驕傲與喜悅。「那麼，」畫家繼續指著他的手說：「既蒙各位過獎，就請批評批評或者指出這幅畫的主題吧！」

這三個人雖然不是畫家，可是都是搞文學的人，如今既然畫家請他們批評品題，他們當然樂於接受了。

「我猜這幅畫的主題，一定是那飄渺不定的雲海。在如此湛藍的碧空上，就可以捉到我們的靈感了。」說話的是個禿頂的中年人，沒有鬍子，下巴卻剃得光光的，嘴角的皺紋也就特別顯明了。

畫家搖了搖頭，不過面上還堆著禮貌的笑容。

「那麼一定是表示這座翠綠如黛的青山，正如我們人生的青春一般的美麗，生動——」

「你更離題了。」年輕畫家頗有點不高興，打斷了第二人尚未講完的話。第二個人是個小個子，頗有點弱不禁風的樣子。

第三個人發言了，他倒魁梧，像摔角家一般，聲音也很洪亮。他對畫家說：「我敢用生命和你打賭，你一定是個感傷派的象徵主義的崇拜者，所以，你用荒蕪的土丘，來對照那飄忽不定的碧海。」

畫家沒有回答他，卻抱著頭坐在地上，俯視地面，一句話也不說。

三個批評家驚得呆了。過了一會，第二個發言的那位小個子的人對畫家說：「請你自己說說你的主題吧。我是詩人，我的詩如不經我的解釋，世界上永不會有人明白它的意思的。」

畫家幾乎是用哭泣的聲音，用手指著石徑上的小紫花，對大家說；

「各位先生，我想表現的是這朵小紫花啊！」

「啊！」三個人不由得同時吃了一驚。

「那麼為什麼我們在這幅巨大的傑作上面看不到這朵小紫花呢？」大個子的人說，他是文藝批評家，所以也最愛責備人。

「我所要表現的，我常常表現不出來；而我不要表現的，卻被像你們這般批評家一樣，說出連我也不明白的主題。」畫家一邊說著，一邊拿起他的畫板，狠狠地向石徑上摔去，畫板粉碎了。然後畫家拖著疲乏的步子緩緩離去。

餘下這三個人，在那裡呆了一陣，方始注意到那株小紫花。三個文學家在一起，當然也要發表自己的意見的。於是，剛才第一個發言的那位嘴多皺紋的中年人開口說道：

「剛才那位畫家一定是神經不正常，才會摔碎畫板。我是寫小說的——寫最現實而又最有益於人生的小說的人。假如我把這朵小紫花納入我的故事，我要把它形容成堅強的鬥士、勇敢的英雄，使它服務於人生——」

「去見你的活鬼吧！」那位小個子自稱詩人的人，馬上打斷了小說家的話，氣得紅著臉說：「我是為藝術而藝術的詩人，我有權力去寫出這屬於真正美麗的小紫花的詩篇，我要把它的靈魂獻給大自然，因為大自然是它的母親——啊！」他仰著臉，忽然閃起了眼睛，看樣子詩神已經駕著雙輪的雲車飛駛進他的多感的心靈了。

那位小說家卻狠狠地向地上吐了一大口口水，「啐」地一聲，打斷了詩人的靈感。詩人氣得握著拳頭，恨不得馬上揍他幾拳。

大個子的批評家說話了：「兩位且慢動怒，依我看，你們兩位的觀點都不正確，又都正確！」

小說家和詩人一時摸不清他話中的含義，瞪大了眼睛看著他。

「老實告訴你們——」大個子加重語氣說：「我對各位的作品，是照著我自造的一把尺去量的。合我的尺度的，我說它正確；不合我尺度的，我就說它錯誤！」

「你用的是什麼尺？」兩個人異口同聲。

「我用的是我們黨的『主義尺』，知道嗎？」

兩個人的眼睛更大了，氣得臉也更青更白了，牙齒直打著戰。

「假如我是小說家或詩人的話——」這位批評家的臉色更莊嚴了。「我就把這朵小紫花說是為人民服務而生，為人民服務而死，為黨抽芽，為主義開花，知道嗎？」

其他兩個人咬著牙說：「你簡直是個瘋子！」

「你們敢罵人！」大個子有氣力，緊握著他的拳頭。

「罵你又怎麼樣！」兩人鼓起餘勇。

「好！」大個子的拳頭送了過去。

好一場混戰。不過，到底是大個子打勝了。小說家和詩人被打得頭破血流，拖著痛得不能忍受的身體，「哼喲」著去尋找他們的醫院和靈感去了。

大個子拍拍手上的泥土，本想摘去那朵小紫花準備拿回去自己供養的，但又嫌它太細小，而且又懶得去彎腰，竟吹著口哨走出石徑。

這一幕惡鬥，卻被伏在小丘上草叢中的兩個孩子，看得清清楚楚。三個人混戰當中，嚇得這兩個孩子連氣也不敢出，一直等到打架的人們扶著創傷離去之後，才敢從草叢中伸出他們的頭來，互相伸伸舌頭，扮了一個鬼臉。

這兩個孩子，大約只有八九歲左右，一個是男的，一個是女的。男孩子的頭髮有點卷曲，眼睛雖是黑的，鼻子卻長得又高又直，簡直有點像羅馬人的鼻子；從他那厚厚的嘴唇上可以看到他的誠實；從他破舊的衣著上，可以看到他的淳樸。女孩子有一副甜甜的面孔，薄薄的嘴唇、扁扁的鼻子、靈活的眼睛，配上她頭上蓬亂而並不過分的短髮，顯得她更加可愛，雖然她的膚色比較黑了一點。說不上他們屬於什麼種族的人，也許他們的父親是亞洲人，母親是歐洲人；也許剛好相反。

且不要管他們是屬於什麼種族的人了，世界上除了如今尚在森林中過原始生活的土著之外，又有什麼種族的人們敢確定他們的血統中沒有外來的成分呢！

這兩個孩子的家，距離那個新發達的港口並不太遠，港口和城市都繁榮了，他們的父母卻依然貧窮得和他們祖父一模一樣。正因為貧窮，他們才有機會天天跑到這個海灘來嬉戲。

「黛黛，我們下去看看吧！」男孩子對俯在他身邊的女孩子說。

那個叫黛黛的女孩子，用她靈活的眼珠向四周掃射之後，「好吧，阿順！」她說著就爬了起來。

那個叫阿順的孩子也站起來了。他們先跑到石徑上去，撿了幾塊被摔碎的畫板木片，看了一會兒，覺得那上面花花紅紅的顏色並不十分好看，又把這些木片丟了。

「打架的人們不是說什麼花嗎？」女孩忽然想起了打架的人們所說的話。

「啊！」男孩子也想起來了，拉著女孩子的小手，低著頭向石徑上搜索。

「真的是一朵小花！」女孩子高聲叫了出來。

他們蹲下身來，小心翼翼地觀看這朵小紫花。雖然他們這兩個孩子沒有如和尚的動心，也沒有如老牧師那樣的感動和啟示，也沒有如老教授的喟嘆，更沒有畫家的靈感；當然，他們也沒有三位打架的文學家有如此豐富的學識，他們兩個人便無須乎劍拔弩張地去辯論而至於動武了。

「我敢打賭，我家的園子從來沒開過這樣又小又好看的一朵花。」男孩子慎重其事如此聲明。

「我敢打賭，我家盆內的花朵，連一朵紫顏色的都沒有。」女孩子的態度也很嚴肅。

「那麼，」男孩子有點遲疑說：「我看還是把這朵好看的小紫花移種到你家去吧！」

女孩子笑了：「你真傻！」她說：「像這樣又細又小的花莖，我們怎麼能移走呢？」

他們又俯在地上仔細地看了看，真的，不要說掘移它，就是用指頭動一動，它的莖也會弄斷的。

「這樣吧！」男孩子說：「我們把這朵小花身邊的石頭設法弄走，讓它自由自在地在這裡生長吧！說不定它會在這裡長大生孩子呢！」

這句話說得女孩子朗聲地笑了。

於是，他們兩個人又拾起了幾堆畫板的碎片當做工具，很小心地先在遠處挖出小徑上的石塊。男孩子為了表示他的腕力，他把石頭拋得遠遠地。

「不對。」女孩子忽然如有所悟地說：「我們挖掉石頭，不是沒有路可走了嗎？」

男孩子思索了一下，說：「我們把石頭在另一邊築一條石子路接上去不就可以了嗎？」

他們一邊哼著山歌，一邊快快樂樂地挖著石子，由遠而近，把小花附近的石子竟真的全部移走了。

第一天的工作沒有做完，臨走時他們還到綠山腳下找了一點水來向小紫花身邊輕輕灑去。

「祝你晚上做個好夢，明天我們還要來幫助你。」女孩子親切地向小花告別。

第二天他們來了，第三天也來了，第四天也來了，一連做了五天，另條小徑才算建好，和原來的小石徑一模一樣，只是稍稍彎了一點。

這朵小紫花的身邊不但沒有了石頭，兩個孩子並且還從小土丘上用小手捧來了許多黃土，在它的細弱的根部加多了土壤。

*

太陽照舊地從東邊出來又落向西邊，海潮依舊如故地拜吻了崖石又退了回去，歲月一天一天地，十年的光陰很快地走過了。

可是，那株十年前被那兩個孩子灌溉培植的小紫花，如今不但長滿了從前孩子們用小手挖過的泥土，甚至一天比一天茂盛繁榮，竟由那一塊小角落開始繁殖，漸漸地爬上那座從古以來只長白茸茸茅草的小土丘，現在滿丘滿谷竟全是小紫花的天下了。

在那密密的紫色花叢中，這時有兩個年輕人，正肩並肩坐在那裡，悠然自得地欣賞著大海中的落日。太陽紅色的餘暉照在紫色花叢的上面，更顯得它們的美麗與耀目。

男的用手輕輕地摘了一朵小紫花，插在她的鬢角，然後對著她的耳朵，用只能讓對方僅僅聽到的聲音說：

「黛黛，這一朵和十年前我們所看到的那一朵小紫花一模一樣，這——算是我向你求婚的表示吧！」女的回過頭來，對著他笑了，笑得如同這滿地紫花一樣美麗。

半塊燒餅

斜對門的向嬸子，每次來我家串門的時候，順手牽羊總要帶走一兩樣東西。說起來，我對我們全村的伯母或嬸嬸們，印象最壞的就是她。無論冬天或夏天，她一來到我家和母親閒談起來，非要到坐麻屁股，她是一直不肯走的。她的個子大，肥甸甸地活像一尊泥塑的菩薩；嗓門也特別高，坐在前院說話，連後院都聽得清清楚楚。我的嗓門也不小，和別的孩子們玩起來的時候，聲音最響最亮的總是我。於是，一逢到向嬸子來了，我的母親不得不拉長脖子對我喊著說：

「阿拓呀，你不能靜一點嗎！大人家說話時，為什麼老是在一邊叫呀叫呀惹人討厭！」

平常間，即使我吵破了天，母親也懶得罵我兩句的；唯有向嬸子來了，我才會當眾丟臉。這是我恨她的第一個原因。再一層，學校內戴老花眼鏡的老師，曾好幾次用紅木板子，敲打那個愛在別人抽屜摸鉛筆的瘦皮猴同學，他老人家說，摸別人的東西就是「偷」，長大後一輩子被人看不起。我的向嬸子偷不偷別家的東西，我雖不知道；不過，每逢她離開我家的時候，趁人不覺，袖子內就捲走了一兩樣東西，什麼辣椒啦、番薯啦、包米啦，或者是一兩把綠豆、一兩棵大蔥，總之是見什麼牽什麼。有好多次都被我的嫂子看到了，因為向嬸子是長輩，也不好當面說她。母親常常對我們說：

「那又算些什麼呢——反正她拿去也是吃的！」

我的嫂嫂們就不同了，背後裡不免要說長說短，連帶著把向嬸子的履歷也要述說一番，我聽了不知有多少次，甚至以後都聽厭了。我的嫂嫂總是這樣說：

「這個大腳婆呀！生就的手癢，大概是從她的山南老家帶來的脾氣吧！」

「山南」是指我們家鄉以南地區的人們，那裡也許常常鬧饑荒的緣故，隔兩年總有一批逃難的人們從我們村前經過，山南的男子們，臉孔黃得像一張張裱墻的黃紙；女人們卻又大又高，都像我們向嬸子一般，腳底下的金蓮像隻小船——而我們鄉下的女人們，小腳只有三寸長才夠上美人的標準。我的胖向嬸子，據說就是從山南逃難來的，可是走到我們村上時，她的元配的丈夫卻把她賣給了我家對面瘦小的向叔叔。

我的向叔叔那表人材，說句不好聽的話，真像水滸里的「三寸釘」武大郎，個子又瘦，再加上彎腰駝背，活像冬天里河邊的黃枯蘆葦，風一吹就會把他連根吹跑似的。他到了三十歲還沒有討到老婆。恰好向嬸子和她的丈夫從村子經過，他就用三十斤麥子把她買了過來。我的向嬸子現在雖然胖得渾身亂顫，但想當年也許是個標致的娘們，單單看看她的皮膚就知道了；那麼應該說，一個老婆只值三十斤麥子未免太便宜了些。不過，我的父親曾經撚著他的白鬍子教訓似的對我們解釋著說：

「在那個年頭，三十斤麥子已經不少了，說不定三十個饅頭就可以買一個老婆。你們想也不會想到，鬧饑荒那年，村頭上一個逃難過路的孩子，站在土堤上高聲喊著說：『我餓呀！餓呀！』就那樣喊著喊著跌在地上死去了。俗語說：『夫妻本是同林鳥，大難來時各自飛』，那時候，活命要緊，說不定買了她也是買了條活命哩！」然後他言歸正傳：「你們這群不知天高地厚的孩子們呀，現在有饅頭吃，還想吃菜……」接下去，就是他老人家長篇大論的節儉持家的大道理。哥哥們聽著直打瞌睡，我偷偷地溜之大吉。

向嫂子就是這樣嫁給——賣給我的三寸釘向叔叔的。向叔叔脾氣好得像頭老得褪毛的瘦牛，向嫂子卻像一頭獅子。她一天不知要向他發多少次脾氣。她罵起向叔叔來，隔條街在我家都可以清清楚楚聽到，什麼難聽的話，她都敢順嘴罵出。向叔叔永遠不還一句話，一直讓她罵到精疲力盡為止。全村的人，沒有一個不替向叔叔抱不平。向叔叔的堂弟弟們曾經代替向叔叔把這個胖女人吊在樹上抽過一頓皮鞭子，打得她在樹上叫死叫活。大家把她放下來，強迫她在向叔叔跟前叩一個響頭，賠罪，誰知她俯伏在向叔叔的腳前，竟趁勢向他的腳上咬了一大口。那時恰好是在夜晚，我的向叔叔生怕他的堂弟弟會一怒之下打死了她，忍著痛沒敢出聲。以後他偷偷告訴我父親，這個故事傳了出去，他的堂弟弟們也就懶得為這個沒出息的的丈夫爭回一口丈夫氣了。

請想一想，惡狠到像這樣的一個胖女人，誰會對她有好印象，背地裡會不拿她當做談話的材料呢！

*

可是，天底下的事情，有時候往往奇怪得令人不敢相信。有一次中午放學回家，我一進大門就拉長脖子喊叫我的母親，經常我都是這樣像火車拉笛一般，由前院喊到後院，一直到母親答應了為止。這次卻沒有聽見母親的應聲，連平日熱熱鬧鬧的後院，這時竟然鴉雀無聲。我一愣之下，像衝鋒似地向後大房跑去——當我衝到雙扉緊閉的門口，我不得不停止了下來，原來後大房的窗門跟前，擠滿了一大群人；我的幾個嫂嫂，和我的姐姐們，正提著腳跟，用耳朵靠著窗子，似在竊聽著什麼秘密。我當時怔了一怔，一轉身衝到了窗口。我的二嫂生怕我喊出聲來，連忙把指頭放在嘴邊「噓」了一聲，向窗裡指了指，輕聲對我說：「聽，大腳向嬸子在裡邊哭哩！」

這真是個天大的新聞，一向以罵丈夫出名的向嫂子，這時候怎會無緣無故地哭泣？我爭搶著到窗口，用耳朵貼著紙糊窗櫺，向裡一聽，果然大房內有低低的嗚嗚的哭聲，好像還夾雜著述說的聲音。這是多麼難逢的機會，我當時霸占了半個窗臺，靈機一動，用舌尖在窗紙上弄了兩個小洞，像戴眼鏡一般向裡面望去。

連哭帶說的正是我的向嬸子，她那副胖墩墩的身體大概是坐在一張矮小的短凳上（因為衣服寬大，身體又很胖，是無法看見短凳的），一邊擤著鼻涕，一邊在揩眼淚，她那一聳一聳的雙肩，連連地顫動著，好像是一座肉墩子在上下跳動，要不是為了探聽祕密，我真要笑出聲的。

我的母親伸著雙腳，坐在手搖的紡花車前，安慰似地對向嬸子說：

「過去的都過去了，老是說那『半塊燒餅』做什麼！」

「老嫂子呀！」向嬸子掩著雙眼，向我的母親哭訴著說：「你不知道呀，我就是到了閻羅殿，投生三世，也忘不了他的那半塊燒餅呀！」她把「他」字說得特別高，緊接著就泣不成聲。我的母親嘆口氣說：「唉，真是造孽！已經做祖母了，還那麼『他呀』、『他呀』地說個不休！」

「老嫂子呀！」向嫂子張著紅腫的眼睛乞憐似地望著我的母親：「自從他給我半塊燒餅後分手到今天，整整四十年啦。妳知道不知道，就是在四十年前的這一天——七月十五立秋這天，我和他分手的。這四十年來，白天、晚上，我都想他呀！老嫂子呀，想了四十年了，我連他是死是活都不知道呀！」

我的母親搖著頭嘆了一口氣。

聽到這裡，我才摸清了一點頭腦。向嫂子口口聲聲所說的「他」，大概就是指那位走到我們村上賣她的丈夫吧！果然沒有猜錯。她哭著又向我的母親訴說下去：

「老嫂子妳聽著呀，我就是骨頭變成灰，我也不會埋怨他呀！他把我賣給瘦老頭阿向，是他實在走不成路啦！再不然，就得兩個人一齊餓死在你們的村邊，那個年頭，沿路上不都是餓死的人嗎！」

「我知道——」我的母親說：「賣妻賣子的也不是一個人，誰不是活命要緊！」

「是啊，活命要緊！我哪能埋怨他呢！人家那顆心呀，老嫂子，我說給妳聽，我比誰都知道得清楚！分手的頭一天，我和他面對著面，坐在村頭的破店房內，一直坐了一晚，他連半句話都沒有說，只是低著頭揩眼淚。我呢，老嫂子妳聽著呀，啥事都不太懂，只知道哭！」

「可不是，」我的母親說：「那時妳才十來歲吧，我還記得妳那個時候的模樣兒呢！」

這一句話，惹得向嬸子又顫著肩頭哭了半天。我這時跪在硬邦邦的窗臺上面，兩隻膝蓋像是斷了一般的難受，但怕姐姐們占去了我的位置，咬著牙聽了下去。向嫂子又哭了一陣，又繼續從「老嫂子呀」開頭說了起來：

「老嫂子呀，妳聽著：我們就是在街口那條石凳上分手的呀，他背著二十九斤麥子——那是我給他換來的。」

「妳記得那麼清楚！」我的母親感歎著說。

「是啊，二十九斤，一點也不錯！」向嫂子抬起頭看著我的母親，好像這件事她敢發誓似地說下去：「本來死老頭子阿向給了他三十斤。妳知道，人家的那顆心多細！多好！他馬上拿了一斤出來，在店門口換了兩個燒餅，一個給了我，要我趁熱吃下去，他說『吃吧！妳兩天沒有吃一粒米花啦！』我哭著，接了燒餅，我就是餓死了也吃不下去啦！他呢，把那個燒餅小心地揣在他的懷裡內——老嫂子呀，就是我親手給他做的那件藍布上身的懷內呀！」

我的母親也流淚了，用她的衣袖沾著她的眼睛。

「人家待我多好呀，我的老嫂子！」向嬸子用顫抖的聲音說：「我跟著他來到街口，剛坐在那條石凳上，死老頭阿向就來了，唧咕著說要把我帶走。他站在石凳跟前好半天，什麼話也沒說。老嫂子，我真該死！那時候妳不知道我心裡有幾缸幾桶的話都要向他說呀，可是只知道哭，連半句也沒有說！他背著二十九斤麥子，站在那裡好一陣子，才擠出來一句話：『我……走——啦！』哪裡是說話，那是哭啊！就這樣背轉身走了！」

「唉！」母親又嘆一口氣，用衣袖揩眼淚。

「人家走了幾步可又回來了，」向嬸子這時是閉著眼睛，伸著雙手，像是在說夢囈：「人家回來了，他慢慢地向懷內摸、向懷內摸，把那個留給他自己吃的燒餅摸出來了。他的手指那麼細、那麼黃，慢慢用力地掰，把那個燒餅掰成了兩個半塊。他顫著他的瘦手，把那半塊燒餅硬塞到我的手中。又站了一會，就走了——我真該死！拿著那半塊燒餅，像傻了一般，哭得連舌頭都硬了，還是沒說半句話。他就那樣走了，是死是活，整整四十年啦，連影子都沒有聽說過——」說著說著，她索性嗚嗚哭出聲來。

「該回去抱妳的孫女了！」我的母親揩了眼淚提醒她說：「再不回去，你的媳婦，該來叫你啦！」

「啥孫女！啥媳婦！啥兒子！」向嬸子用她的大手扶著櫃子緩緩地站了起來說；「我恨透了你們這個村子，恨透了你們村上的人，恨透了死老頭子——他為啥不早點死呢！」

我的母親說：「不要念咒吧！咒死阿向，你也老了！」

「老啦，是的，我的老嫂子！」她用力地擦著眼睛，好像是怕別人笑她曾哭過一場似地。

「可是，心是肉做的，一千年、一萬年也不會老！是吧！老嫂子！」

兩個人緩緩地走去開門，時候實在是已經不早，她真的該回去抱她的孫女了。

可是，她什麼時候開的門，什麼時候離開我們家，我都不知道，因為她邊說邊流淚的時候，我竟也陪著她坐在窗臺一直流淚不止。等到她走後，嫂嫂們把我從窗臺上抬下來時，我才如夢初醒。這時窗櫺上的白紙，已經濕了整整一大塊，簡直要另糊窗紙了。

從此以後，每逢見到向嬸子她那肥甸甸的身體，我就會不期然地想起「半塊燒餅」的故事；即使以後聽到她吵破耳膜的嗓門，我也不覺得十分刺耳了。

雙楊

我年輕時幾乎可以說是糊裡糊塗過日子的，反正有飯就吃、有床就睡，做什麼事全憑直覺，對任何事物的看法全是浮光掠影，看過即忘。等到年近七十，也許真的如孔子所說的「從心所欲」，反而對從前經歷過的往事，或者對現在世界上所發生的事情，倒像站在雲端的神仙似的，心平氣和，冷眼旁觀，方始覺得這個大千世界，既可愛又可憐，既美麗又醜陋，既溫柔又殘酷，既完全又殘缺，荒謬之中含著情愛，情愛之中又含著荒謬，人生比戲劇還要戲劇，比小說還要小說。

雙楊便是一個人生顛倒、顛倒人生的例子。

＊

雙楊是我們朋友之中對楊哲大哥和楊敏大嫂的簡稱。距今四十七年前——也就是一九四四年的元月，當我穿著軍裝、戴著鋼盔、拿著步槍，在如今中國雲南西部的怒江東岸擔任江防的任務時，收到了雙楊結婚的請帖。那時候中日戰爭正打得十分激烈，中國各戰區幾乎日日戰火連天，但緬甸與雲南交界區的滇西戰場，卻呈膠著狀態，日本人守在怒江西岸不衝過來，我們的軍隊守在怒江東岸也不打過去，幾乎有兩年多的時間「西線無戰事」。所以，我們的軍隊所在地——保山，原本是一個小小的山城，如今卻變成人口眾多、商業鼎盛的戰時城市。雙楊的婚禮，在保山舉行。

本來，楊哲大哥和我是同學，又是同鄉，我們由陝西的漢中軍校畢業之後，一同被分發到雲南昆明，而且他和我還一同被分發到一個團中去當排長。那年我二十一歲，楊哲大哥比我大四歲或五歲，我們由漢中出發，經過四川、貴州等地，有時坐船，有時步行，有時搭順風車，停停走走，差不多兩個月才到達昆明。沿途上楊哲大哥對我照顧頗多，例如爬山時他代我背行李，坐車、住店時為我占位置等等。同行中共有七十多個同學，我對他的印象最好，而他真的也比我能幹得多。大概是在一九四二年中，我們的部隊奉命開到滇西的怒江東岸與日軍對峙時，楊哲卻從第一線被調到保山軍部去工作。因為他的英文根基不錯，我們的隊長把他從最低的排長職位，擢升為中尉參謀，天天隨著軍長，在軍長與美軍高級將領談話時充當翻譯。當時，對我們這一群低級軍官來說，他算是忽然在一夜之間，由小鴨變成天鵝，由地獄升到天堂。大家可以試想，我們在第一線當排長，與士兵共守江防，吃的是糙米、穿的是草鞋、睡的是戰壕、聽到的是槍聲與炮聲，看到的是敵軍的陣地，隨時敵人會衝過來，我們也隨時會攻過去，每分每秒都有生命的危險。可是，楊大哥現在忽然被調到最安全的後方重鎮，而且與最高級的將領一軍之長同行同住，出入有汽車，隨行有侍衛，不知羨煞了多少人，當然也被許多人暗中嫉妒。我倒是衷心替他高興，他離開前線轉赴保山時，我還特地跑到團部的山頭所在地，為他送行。保山距離怒江前線，大約有六十公里，加上步行和乘車，總得有兩天的路程。他在軍部做隨從參謀期間，我趁著換防的假期，曾多次到保山去看望過他。每次我一到保山，他就拉我到當時最有名的飯店請我吃飯，「宮保雞丁」這個名詞就是在那個時候學會的，也是第一次在他的餐桌上吃到。

當時我和他比起來，他真的是鶴立雞群，我看著他不免自慚形穢。他個子高大，面貌英俊，加上筆挺的軍裝、黑亮的馬靴，越發顯示出他的瀟灑風度。楊敏，他的女朋友，也就是後來的楊大嫂，那時大概才十七八歲，是保山城中出了名的美女。兩個人站在一起，真可以說是天造地設的璧人一雙。當時軍中嚴格規定，凡是連長以下的下級軍官，一律不准談戀愛，更不准結婚。可是，這個法規只能實行在最前線的軍人身上；如今楊大哥身在後方，又是軍長身邊的紅人，軍法官也就對他睜眼閉眼，當做沒有看見。所以，我當時覺得雙楊簡直是神仙眷侶。

*

可是，他們的神仙眷侶生活，不到一年就出了亂子。不知是有人向軍長告密，還是楊哲在經濟上有了拮据現象。總之，軍長最後知道了楊哲私自結婚的事情，大發雷霆，立即下令軍法處把楊哲撤職查辦。幸虧當時遠征軍正要開始滇西反攻，軍長忙著指揮軍隊強渡怒江，軍法處只把楊哲關了幾天，就把他放了出來。但他的隨從參謀的美缺，已被別人頂替。也可以說，楊大哥本來有一個人人羨慕的美好前途，如今為了美人而毀於一旦。這時候，多數的人們都在背後取笑楊哲是罪有應得，我卻對楊大哥與楊大嫂十分同情。我當時曾對他說：「英國的皇帝為了討美人的歡心，竟然連國王的寶座都不要了；你那個隨從參謀又算個啥？」

打戰時期的軍人，別看他們穿起軍裝時神氣十足；可是一旦脫去老虎皮，而又身處異鄉異地，很可能馬上會無依無靠。楊哲和楊敏固然有情人結成眷屬，失業後的生活卻也相當拮据。一九四五年六月，我隨軍渡江，在攻佔龍陵之役中左腳負傷，被送到保山醫院去治療時，楊哲住在他岳父家中無所事事，曾到醫院看望我多次。從他的談吐中，知道他仍然想回部隊中去，即使從頭去當排長，他也願幹。看樣子，岳父家的閒飯，吃得並不愉快。

我的傷勢並不嚴重，三個月後可以完全行動自如。於是，我被派到昆明另一個部隊去當連長。經過我向新的團長多次推薦，楊哲總算又恢復了軍職，官職是中尉副連長，作了我的助手。其實，連長、副連長都是下級軍官，必須與士兵們同甘共苦。楊大哥這時正應了俗語所說的「馬死落地行」；以前每餐有魚有肉，現在只好糙米白菜，而且還要天天帶隊出操，加緊訓練。他因為脫離軍人生活多年，體力已經不支，例如早上的跑步，我們不算回事，他卻累得幾乎要躺在床上起不了身。那時候，楊大嫂隨著他一同由保山也到了昆明，他們的大兒子楊保剛剛出生。也許是為了表示對我的感激，他們夫婦一定要把楊保寄在我的名下，作我的乾兒子。盛情難卻，我還特地去買了一條小小的項鏈，作為禮物送給楊保。

接著是日本投降。對日戰爭剛剛結束，國民黨與共產黨的內戰卻烽火四起。我是職業軍人，沒有等到我想請個短假回老家看一看年老的母親，就急如星火似的，我由昆明被調到東北，重新投入比對日本還要殘酷無情的另一個戰爭。楊大哥因為有眷屬隨軍，沒有被調去東北，仍留在昆明原來的部隊，我一到東北，即刻投入戰場，打來打去，一直打到一九四八年冬天的遼陽戰役為止，國民黨全軍覆沒。這兩年來，我和楊哲完全失去了聯繫，只是從報紙上約略看到他們的部隊潰敗到中緬邊境。到底他們的命運如何，誰也沒法預料，說不定這時也像我一樣棄甲歸田，或者像其他人一樣橫屍荒野。

*

一九五〇年，我輾轉到了香港。香港是個彈丸之地，即使在街上也會遇到從前的朋友或同學。從許多個朋友片片段段的口述中，證實楊哲隨著軍隊向中緬邊界的野人山撤退，迄今生死不明；但他的太太楊敏大嫂帶著幼兒幼女，現在卻住在臺北的鄉下。

我終於和楊敏取得了聯繫。收到她的第一封信，我就知道他們母子三人已經陷入困境。她在信中哭哭啼啼地數說著這幾年的遭遇。她說，在一九四九年昆明戰役尚未發生前，她隨著軍隊的眷屬團先撤到臺灣，原以為她的丈夫楊哲也會很快地到達臺灣與他們相會，誰知一年、兩年過去了，她拉著五歲的兒子、抱著兩歲的女兒，天天到臺北的火車站去等候他們的爸爸平安歸來，可是，等到的只是絕望和傷心。如今，他們已經衣食無著，問我們應該如何打算。我那時窮得一文不名，除了寫信安慰她、答應她多方去打聽楊哲的下落之外，對她什麼幫助也沒有。這樣又過了一年，中國大陸早已禁止人民進入香港，而楊哲大哥仍然沒有任何消息。在一九五一年的年底，楊敏終於來了一封信，說明她要再婚，很客氣地徵求我的意見。我又有什麼意見？她才二十來歲，年輕、漂亮，卻沒有獨立生活的能力，還有兩個孩子。她要改嫁，我也沒有資格反對。假如她的新生活美滿幸福，讓楊保兄妹能夠受到好的教育，也就對得起楊哲大哥了。按照當時臺灣的法律規定，婦女再婚，必須有直接或間接的丈夫死亡證明文件。我去信給楊敏，說明楊哲大哥雖然生死未卜，但對雲南的野人山我卻有親身經歷，一個人如果進入連綿不斷的野人山中，即使不被土人殺掉，也會被毒蟲或毒蛇咬死，三年已過仍不見楊哲的消息，她是否改嫁由她自己去做主吧！我這封信，等於間接證明了楊哲的死亡。於是，楊敏和另一個現役軍官結了婚，而楊保兄妹也報稱生父陣亡，這樣在選擇學校及學費上多少也有些幫助。

*

艱苦的抗戰日子以及國內共戰的日子，每一天都有每一天意想不到的災難，真的是「度日如年」，朋友們一年不見，便有「隔世」的感覺。但從一九五一年開始，我身處海外固然聽不到槍聲和炮聲，而臺灣人民的生活也一天一天改善過來。好像是輕輕易易地，這三十五個年頭，竟飛似的奔馳過去。為了我的孩子讀書升學的問題，我曾多次去過臺灣，當然也順便地多次見過楊敏。她再婚後，連連續續又生了四個兒女，從他們的家庭布置看來，他們一家人生活得還相當不錯。一九八〇年我見到楊保時，楊保已升為陸軍上校，聽他說在近期內，很可能晉升為少校。楊保同父同母的妹妹，那時也已嫁人，丈夫也是個上校。他們兄妹對我這個叔叔還算熟悉，何況名義上我還是楊保的義父，所以，我們彼此一點也不陌生，每次晤會都很愉快融洽，對於他們的父親——楊哲，我們談到他的時間很少。現在，三十多年已經過去，臺北原有的稻田早已變成如今的高樓大廈，過去的世界不但被後一代的人們完全忘記，連我這步入老年的過來人也逐漸地失去以前的回憶。於是，我腦海中已不再有雙楊的影子。目前的楊敏，只是個心寬體胖、臉面紅潤、頭髮稍灰，而且也即將步入老年的婦人。至於楊哲大哥的面貌與聲音，似乎已模糊不清，逐漸遠去。

雙楊的故事，如果上帝將他們安排到這里為止，似乎還算仁慈。戰爭——人和人之間的戰爭，本是我們祖先傳留下來的惡行；有人發動戰爭，就得有人去承受戰爭的苦果。

*

由一九四九到一九八四，海峽兩岸沒有發生戰爭，應該算是太平的日子。即使楊哲真的隨著軍隊進入中緬邊境的野人山，現在也應該有個下落，因為有許多國民黨軍人早已經過泰緬等國的安排，陸陸續續去到臺灣，偏偏就是沒有楊哲的消息。我心中想，大概他的骨骸已被野人山中的風露腐蝕淨盡。

誰知在三十五年之後，我得到一個確實的消息：楊哲竟沒有死，他還活著，活得雖不算好，不過究竟是挨過了那麼多的折磨，如今還算有一口氣，還算活在這個世界之上。

這個消息，是我們當年一同去保山的一個姓劉的同學告訴我的。劉和楊哲和我都是同學，又是同鄉。劉在三十年前早已脫去軍裝，改了行去做畫家——未進軍隊之前他本來是個美術教師，說他是重操故業亦未嘗不可。劉後來移民美國，靠鬻畫謀生。一九八四年，他由美回中國探親，無意中知道了楊哲的下落，而且還和楊哲見了面。楊哲以前受過什麼災難，劉在信中一字不提，只說楊哲目前居住在偏僻鄉間的一個窯洞裡面，孤苦伶仃，又老又窮，靠著一個侄子時有時無的接濟，也不知他靠著什麼力量居然活到今天。

楊哲現在居住的鄉村，距離我的老家大概一百多華里。我即刻去信給住在我老家的女兒和女婿，叫他們馬上去看一看楊哲伯伯，並順便帶去一些衣物、食品及金錢。算起來，楊大哥應該是六十七八歲的老人了。

很快地我收到了楊哲的來信，字體歪歪斜斜，原來半年前他曾中過一次風，現在雖然沒有大礙，但右手、右臂仍然不夠靈活。他在信中告訴我，三十多年來，他曾不止十次想到自殺，但他沒有去自殺，主要原因是他想在有生之年，再見一見他的愛妻楊敏和楊保兄妹，即使僅僅見了他們一面，他立刻死去也算甘心。他在信中一再求我，一定要設法找到楊敏的住址。

我接到楊哲的來信，自己思索了好多天：不知道應不應該把楊哲仍活著的消息告訴楊敏；也不知道應該不應該把楊敏再嫁的事情告訴楊哲。

楊敏已經有了一個美滿的家庭，有丈夫，有地位，有兒子，有媳婦，有孫子孫女，一家大大小小十多二十口，從他們全家福的照片中，可以看到她的笑容是多麼自然與滿足。現在，假如楊敏忽然收到我的信，說她的前夫楊哲仍在人世，而且是苦苦地等著她的歸去，她又應該怎樣回答我？又應該怎樣去回答楊哲？她的改嫁是她的過失嗎？是她應向楊哲道歉？還是楊哲該向她道歉？我真是越想越糊塗，越糊塗越沒法去解開這個糾纏的繩結。

楊梅改嫁及改嫁後又連生四個兒女的實情，我應不應該告訴楊哲？說不定這個消息，會一下子要了他的老命！如此說來，楊哲不知道楊敏的下落反而比知道了還好。假如他不知道楊敏的實情，他起碼還有個空幻的盼望，盼望能使人產生勇氣，勇氣能使人產生活下去的力量；一個人如果連一點點盼望都失去的話，活下去還有什麼意義！

實情終歸是實情。我想了又想，先寫了一封短信告訴楊大哥，只說楊敏和楊保兄妹目前生活得「很好」，但他們搬了新家，下次信中再告訴他們的住址。這「很好」二字，我特別用括號括了出來，楊哲是個聰明人，一看信當可知道其中的含義。一個年輕的女人，帶著兒女，無依無靠，孤孤獨獨住在異鄉異地的臺灣，她靠什麼生活下去？而且生活得「很好」！我先要讓楊哲心理上有一個準備。楊哲第二次來信時，隱隱約約已知道我要說的事情，要我說出「實情」。我故意又拖了三個月，最後向楊哲說了真話。我相信這對他是一個比天還大的打擊。不過，我在信中對楊哲說：最近幾年我曾多次見到楊敏及楊保兄妹，他們仍然很掛念他，也時常提到他等等，讓他對楊敏等人仍有等待的癡心。其實，這些都是我自己編造出來的謊話。

前幾年，我在臺灣和楊保見面，楊保倒有幾次說到他的生父，但他生父的照片他都沒有見過，根本談不到父子情意。楊敏請我吃飯，和我談話，都不讓現在的丈夫在場，她對著我只是數說著當年的艱苦歲月，下意識中好像是對我申訴，她的改嫁實在是情非得已。我當時對她說：「大嫂，妳做的一點沒有錯！妳把楊保兄妹養大成人，讓他們受了高深教育，已經對得起楊哲大哥在天之靈了！」事實上，像她這樣的故事，在臺灣比比皆是。

我明明知道楊敏不見得喜歡楊哲仍然在世的消息，我還是把楊哲的目前情況，在信中簡略地告訴了楊敏，奇怪的是：兩三個月過去了，不但不見楊敏的來信，反而是我去的信被退了回來。我不能以小人之心度君子之腹，說楊敏曾經拆了信又故意退回，因為他們也真的是搬了新家。

一九八五年，我的兒子在臺灣一間大學畢業，我去臺北參加他的畢業禮，順便也去看了看楊敏和楊保。他們兩個人曾分別到我住的旅館，和我各做了兩個鐘頭以上的談話以後，我才發覺到楊敏和楊保不能直接和我通信的原因。我那封信被退了回來，實在有他們說不出的苦衷。

楊敏的苦衷，我可以百分之百的理解，也有充分的理由去體諒她的處境，難道年近六十的老婦還會萌發什麼年輕人的情懷；即使她和楊哲當年是一對天造地設的鴛鴦，如今也是事過境遷，連棒打鴛鴦的木棍都已腐朽無存，哪裡還會記得起什麼海誓山盟？再說，記得起那些山盟海誓又該如何？難道她會飛到偏僻的鄉下，跟著又窮又病的老頭子，去過吃不飽、穿不暖的生活？

關於楊保不敢坦承生父仍然在世的事情，起初我對他十分惱怒，但瞭解了他的實情之後，覺得他說的理由也很正當。他到臺灣後因為自小失去父親，唯有努力讀書來填補他心中的空虛，好不容易地讀完中學，考進軍官學校，而且日日夜夜辛勤工作，幾乎是拼命似的才爭取到突出的成績，才算是獲得了目前上級的信任，由陸軍少尉，一步步升到現在的上校頭銜，已不知羨煞了多少同僚，眼看著就要更加高升一級而成為少將。軍隊之中，由校級跳到將級，在平時幾乎是比登天還難的事情。假如我是楊保，我難道為了毫無印象的父親而拋棄我的錦繡前程？楊保的履歷上一向寫著「生父陣亡」的光榮記錄，怎麼現在忽然又出來了一個生父？而且這個生父是住在敵方的領土上面。誰又能保證這不是出於共產黨的「統戰」陰謀？楊保很誠懇而真情地告訴我這個叔叔，說他決不會為了高官厚祿而不認生父，但他現在如果僅僅是寫了一封短箋給他的父親，偏偏這個短箋落在中國或臺灣的什麼機構的手上，他說：「姚叔叔，你已經有了這麼高的年齡，經歷了這麼多的顛沛，請你去想想我將來的命運！」說著、說著，他不自覺地流下淚來！我鼻子酸楚，不知該如何回答。

一直到今天，楊哲從沒有收到過楊敏或楊保的去信。他是個白白活著的前任丈夫，也是個白白活著的前任父親！他苦苦等待了四十年，等到的只不過是一朵摸不到與看不見的花朵。

*

今年年初，馬來西亞政府解除了馬國人民赴中國大陸旅遊的限制，我於是在四月間回老家走了一趟。

我特地雇了一輛的士，由我的女婿帶路，花了一整天的時間，跑到楊哲大哥所住的鄉村去探望他。他完完全全變成了鄉下的土老頭子：光頭上長著稀疏的白髮，凌亂骯髒，有如受人踐踏過的路邊野草；大概有許多天沒有刮過臉，白查查的鬍鬚，雜亂地生在瘦削的臉頰上面，越發顯出他的衰老；滿臉都是縱橫交叉的又粗又深的皺紋；驟看起來，好像他已經有了一百歲！

拿他現在的形象與四十多年前他的風光時期相比，我簡直不敢相信這是同一個人。以前，他個子高大，腰直胸挺，衣新履光，倜儻瀟灑；現在，腰彎背駝，扁口缺牙，再加上他那身破舊油垢、臃腫摺皺的鄉下衣褲，似乎一點也找不出他過去的影子。

土窯中沒有什麼擺設，破土炕上有一張「白色」的棉被，白色已經接近黑色；炕上的棉墊也已經油膩污穢，大概幾年沒有拆過曬過，一進窯門就可聞到霉濕的氣味；只有一張椅子，我一坐下去差一點摔在地上，因為它後面缺了一隻腳，我把它靠在土牆上才能坐穩；窯門口有一張粗糙的木桌，木桌的破抽屜倒上了一把鎖。我心中想，又何必上鎖？即使小偷也不肯走進這真正的「家徒四壁」的破窯裡面！

我儘量控制自己，不要落淚，不談過去，盡對他說著一些空虛而不實際的安慰的話。我說：「楊敏遲早會來看你的，你等著好了。」

他倒平靜地說：「看到了！她不會來這裡的！」

我聽後倒吃了一驚，他和楊敏在什麼時候，在什麼地方見了面？

原來，早一個月，楊敏由臺灣回到她雲南的老家保山，去看望她的姐姐和兄弟。楊敏事前沒有通知我，可能是怕我轉告楊哲。倒是楊敏的姐姐認為楊哲楊敏即使如今不再有夫妻情分，也應該讓楊哲和楊敏見一見面。於是，楊敏的姐姐背地裡打了個電話給楊哲，楊哲坐了七天七夜的火車、兩天兩夜的汽車，由中國的北方鄉下，趕到雲南的邊陲保山，他們終於見了面。

見了面又怎樣？正如俗語所說：相見爭如不見！

楊哲垂頭喪氣地對我說：「我在保山他們家中住了七天，和楊敏總共談了三次話。每次談話，楊敏的姐姐總是陪著楊敏——連一次讓我單獨和楊敏談話的機會都沒有！」

我說：「楊大哥！你也應該替她想一想：她在臺灣還有一個比你更合法的丈夫呀！」

他說：「我當然也知道這個事實——可是，我日等夜等，受災受難，挨死忍辱，苦苦地等了四十年，難道連向人訴一訴苦的機會都沒有，我是不是白活了這一輩子？」

我說：「我們這一代的人，有誰不是白白活了一輩子？大家只是大巫、小巫罷了！」

那一天恰好遇上寒流，他的窯門又是正對著北方，陣陣寒風吹來，凍得我直打哆嗦，他連火爐都沒有升火，我真不知道他在這個土洞裡怎麼過的冬天？臨行時，我用愉快、肯定的語氣告訴他：「你的兒子楊保，不但是個好軍人，也是個好孩子，他曾對我發誓：他一定要把你接到臺灣居住，目前正在替你辦理入境的手續，你等著吧！一有消息，我就會轉告你！」

他很認真地說：「在不在臺灣居住我倒不在乎，只要能去看一看楊保和他的妹妹，我就可瞑目了！」

「一定看得到！楊大哥，我敢保證！一定看得到！」我不能不信口開河，讓他有一張空頭支票，總比沒有好！

和楊大哥分手，在歸去的途中，我的女婿懷疑地問我道：「爸爸！楊伯伯真的能到臺灣嗎？」

「也許會吧！」我說：「老天爺如果肯睜一睜眼睛，天下有啥事不能做到哩！」

但願老天爺睜一睜他老人家的眼睛！

彎彎的岸壁

魯莊的東門外邊，有一條乾枯了的小河。

這條小河的河床，是由雞蛋般大小的光滑石子，和一些耀眼的細沙鋪成的。春天來了，在那些五光十色的石頭中間，也會鑽出嫩幼的綠葉來；孩子們趕著羊兒在這些石子上踏過，總會隨手撿起一粒石子，用力地擲在最前面、最頑皮的山羊身邊，一邊拉起嗓子高聲喊著：

「回——來！」

河兩邊是一些高高低低、大大小小的久已荒蕪了的土寨。孩子的聲音碰在土寨上再轉回來，又碰在另一些土寨上面，總要接連地響上兩三分鐘。這回響的聲音，一聲比一聲遙遠而細弱，好像真有許多鬼靈住在土寨上面似的。

魯莊上鬍子最長、最白的老頭子們，也無法說出這條小河是在什麼時候乾枯的；即使在河兩邊那些荒廢的土寨上，偶爾還可以發現一兩塊殘斷的磚瓦，但也沒有人能說出在什麼年代，有些什麼樣的人在那上面住過。

這條小河平時雖然乾枯得連一滴水都不容易找到，可是每年夏天，總有三五次山洪從這裡經過。山洪即將到來之前，魯莊上的老人們都知道這個預兆：先是遠處的禿得連草都沒有的山頭，被濃煙似的烏雲團團包圍；接著是迷濛一片，整座山都隱藏在灰暗的大網之中；然後，站在魯莊的寨墻上面，就可以隱隱約約地聽到那些「咕咕咚咚」的聲音，像遠遠天際連接不斷的雷聲一樣，他們就知道可怕的山洪馬上要來了。這時候，在河對岸田地裡做莊稼的漢子們，不論有沒有下雨，就慌忙地收拾好農具，吆喝著牲口，儘快趕到河這邊來。

當山洪到來的時候，它那奔馳滾動的聲音，簡直連整個魯莊的土寨都被震動了，孩子們常常嚇得躲在媽媽懷裡一動不動，年老的婆婆們則冒著雨跑在當院祈求龍王爺爺，不要衝破他們的田禾；只有那些平時愛生事的小伙子們才敢站在土寨上面，望著那條黃色的巨蟒洶湧地沿著河道向北方奔去。巨蟒的身上，有浮沉著的牛羊的屍體、枯朽的枝幹，以及一片片由上流飄下來的草層。

張家老太婆——那一位五十多歲、頭髮已經斑白，身體瘦弱得連風都可以把她吹倒，而且病了三十幾年，每天早晨一定要咳嗽一陣的張家老太太，每逢聽到這驚人的山洪聲音，她的心就如被針刺著一樣，感到一陣一陣的劇痛。

「我的老天呀！」張家老太太總是顫動著聲音對她大兒子說：「你到東門外咱的地邊上去看看，是不是又被山水吃了一塊！」

阿大頂多站起來，伸伸懶腰，懶洋洋地說：

「看看又有啥用？誰也擋不住山水！」

「你們這些──不中用的殺才，咳……咳……」老太太一生氣，咳嗽的病就發了。「有一天山水……咳……咳……山水把那塊地沖個光，看你的老婆孩子吃個啥？」

「那有啥辦法呢？」老大撇撇闊嘴，仍然懶洋洋地。

老太婆越發生氣。「你爹拼死拼活幹了一輩子，才置下了那塊地……咳……你們就眼睜睜地看著它塌下去……」

像這樣有點類似吵架的爭辯，不知有多少次了。阿大懶得再和他的媽媽辯下去，伸伸懶腰，在靠墻壁的菸葉架子上抓下一把菸葉，乾脆到隔壁和人家下棋去了。

老太太沒有辦法，只好讓這雷響般的聲音，有節奏地擊打著她創痛的心。

張家的那一塊田地，正在魯莊東門外緊挨著河岸。田地的對面，是一個高出河道的沙石岸堆；岸堆邊有一座小小的山神廟。也許是因為山神爺爺真的靈驗，這座原來並不突出的沙石岸，一年一年地擴大長高了；相反地，正對著沙石岸的張家的田地，卻一年比一年縮小了。因為洶湧的山洪，繞過了沙岸、沿著漸狹漸深的河道，正好一直沖到張家田地的地基下面。河道深了，地基顯得高了，被洪水沖蝕的對岸，也就一次一次地在下面陷了進去。洪水過去之後，這個岸壁有如一個八十歲的老頭子一樣，彎著腰，甚至有點可怕地站在那裡。一陣風過，岸壁邊緣上面的禾苗輕輕顫動著，真像老頭子頭上的亂髮；岸壁邊緣上面一層突出的泥土，會不時地往下降落著泥屑。魯莊上的人們，都深信著「千年古土等仇人」這一句古語，即使膽大的漢子也不敢在這懸壁下經過。每年夏末秋初，總要落幾場豪雨。豪雨無情地擊打著彎著腰的岸壁；上層的泥土就會自動地塌了下來；邊緣上有如蓬亂頭髮的禾苗，也隨著岸壁落在河道上面。

張家老太太拄著拐杖，蹣跚地走到河道下面，顫動著雙手，撿起從岸邊下降下來的禾苗的時候，她的心該是如何的沉痛啊！沒做過莊稼的人，永不能明白農人們耕種的艱辛，一粒種子種在地上，需要經過多少次翻土、鋤草、施肥，而且日日夜夜盼望著老天爺落雨，這些禾苗才能長出來啊！他們看顧他們的禾苗，正如父母看顧他們的孩子一般，付出了他們所有的心血，付出了他們最大的感情。如今，這些未長成禾苗隨著泥土降下、枯萎，簡直等於他們的孩子忽然夭折一般，張老太太怎麼能夠不痛哭流涕啊！何況，他們這些賴以活命的土地，一年一年地這樣頹塌下去，總有一天——雖然不知是在二十年、三十年後的一天——這塊張家的土地，不是要被洪水侵蝕淨盡了嗎！

「可怕的那一天啊！」張老太太常常這樣在心裡想：假如田地沒有了，她的後代，她的孫子孫女們是不是就和那些沿門討飯吃的乞丐一樣，成天價皺著臉皮，拉著哀長而顫動的聲音，高喊著「大爺、大奶」地求人施捨呢！

就在張家老太太臨死的前兩年，她忽然下了決心，要設法改造這個乾枯的河道。起因是那年洪水過去之後，她又一個人拄著拐杖到東門去，想看一看她家的土地又陷進去了多少。這次的洪水不很大，地基並未被削去很多；被山水掃過之後的彎彎的岸壁，在晨起的陽光照射之下，光滑得有如一面鏡子。她一個人站在河道上，輕輕地撫摸著那些濕潤的稍帶紅色的泥土，忽然之間，在她那好像已經乾枯了的眼皮裡面，滿滿地蘊藏了亮晶晶的淚水。這位倔強的老太太，有許多許多年沒有流過眼淚了——就是她的老伴合上眼睛永遠長眠的那一天，她也沒有流淚啊！可是，今天，她真的流淚了。她獨自在岸壁上撫摸了一陣，似乎是有點累了，才又蹣跚著走到對面的沙石岸的山神廟去坐了坐，那座山神廟就在岸的盡頭。她並不信老天爺，不信水龍王，更不會信這小廟裡騎著小小黑老虎的山神。她並沒有進廟，只坐在廟門前面的石頭上休息了一會；然後站起來向著南方——向著河道的上流張望了一陣，就在這個時候，她決心要改造這個河道了。

洪水是沿著這條彎彎曲曲的河道由南方流來的，到了這座山神廟跟前，忽然繞了一個圈子，繞著這個沙石岸堆，削了張家地基之後，又向北方流了過去。

「假如把這個沙石的岸堆搬移到靠近我們家的地基下面，」張老太太這樣在想：「河道不是改在山神廟的腳下流過去了嗎？」

想到這裡，她還隱隱約約記得三十幾年前，當她還是新娘剛嫁到魯莊的時候，好像這條河道就在山神廟的腳前。後來，才漸漸地轉了這個大彎，沙石岸高了起來，她家的田地陷了進去。

「既然山水能堆高沙石岸，我們為什麼不可以把它鏟平？」晚上到家，她對她的大兒子和二兒子說。這時候阿大和阿二正赤著胳膊，坐在園子中央的棗樹下面吃晚飯，聽見他們的媽媽這樣說，先是一愣，然後一同笑了起來。

「笑你娘個啥？」張老太太簡直有點氣了，大聲罵他們。

阿大沒講話。阿二卻站了起來說：

「妳準備請多少個工人才能把那座沙石岸移過來？」

「一個也不請！」老太太斬釘截鐵地說：「一家人都動手！」

阿二並沒有馬上回答他的媽媽，徑自到廚房去盛了第二碗熱熱的麵條出來，一邊「稀稀」、「稀稀」地吸吃著麵條，一邊含含糊糊地說：

「一——家？」他呼嚕地咽下了一口，大聲地：「兩家也不中用！」

「不中用也得做！咳……咳……」老太太的脾氣本來就有點暴躁，這時候一生氣，咳嗽又來了。

大媳婦端了一碗麵條出來，請她老人家吃了飯再商量也不遲。

老太太並沒有接過碗來，一邊咳嗽著，一邊斷斷續續地說：「咳……咳……要是你爹還活著，他……咳咳……他老早就這樣去做了！」

阿大接過來說：「什麼都是『你爹』、『你爹』的——我爹也不能移山倒海，一下子就把這沙石岸搬過來呀！」

像這樣爭吵的談判，當然沒有結果。其實，就是不吵架，老年人的話，下一代的人也是不能接受的。這在魯莊村上，好像已經成為定例一樣了。

那年剛立過秋，張老太太就帶著她的最小兒子阿四，和她的兩個最大的孫子——一個十三歲，一個十歲還不到，開始到東門的沙石岸上工作去了。可是，年富力強的阿大和阿二都沒有去。

阿二的臂膀，真像他們園中那棵棗樹，粗壯而有力。他是前兩年才浪子回頭似的從軍隊回到家裡來的。張老太太雖然脾氣很壞，但對這位兒子卻不得不讓他三分，別的什麼都不怕，萬一他的野性發作，又掉頭當兵去了，那麼，他的第二個媳婦，不又成天在家裡哭著要上吊了嗎。現在，他既然回家來了，而且也肯背著鋤頭到田地去鋤地，就已經是天大面子的事了；他不肯去改造河道也就罷了，老太太沒有——也不敢太去勉強他。

阿二不去，當然阿大也不肯去。老太太有時罵他罵得急了，他也就狠狠地回她兩句。例如，老太太有時罵他：

「你的心被狗吃了是不是？你沒有仔細想一想，三五十年後，你這塊田地還有沒有？」他就故意氣她：「想那麼多幹啥？說不定我那時候已伸腳進了棺材！」

老太太氣得戰索索地：

「你早些進棺材也好！看你的孩子們將來吃個啥？」

「每一隻雞都有兩隻爪，」他就理直氣壯地頂撞她：「各自都會替各自找食吃！」

其實，阿大並不是懶人，他不願聽他母親的話，是他認為憑著他們一家人的力量，無論如何也不能把那個沙石岸搬移過來的。何況每年都要來幾次山洪，即使搬過來一點點，也會被山洪沖去的。另外，他不願去做這類有近於傻子的事情，主要地是怕村子上的人們笑話他，說他是瘋子。人家笑他的媽媽是瘋老太太倒沒有太大的關係，反正她已經是老太太了；可是，他不老，他在村子上還是很體面的人，他當然不願人家在背後拿他做談話的資料。

張老太太既然罵不動大兒子和二兒子（老三早去當兵了），只好罵她的小兒子阿四。阿四才十四五歲，雖然也和村上的野孩子一樣，又懶、又頑皮；可是對於媽媽的責罵仍然有些畏懼，儘管他是多么不願意去搬那些沙石，他還是跟隨著媽媽，提著竹筐去了。其他兩個小孫子，還不懂吃力做活是件勞苦的事情，奶奶要他們一同去搬沙石，他們還高興得要命呢。在他們的心中，搬搬沙石和在後院內玩玩泥塊是一樣的有趣。

立秋之後，山水就不再來了。老太太心裡想，趁這個時候就開始搬移沙石，在明年山洪來到之前，雖然離改河道整個完工的時間還有很遠很遠；但起碼這個沙石岸一定會少去一部分，而她的田地的岸壁下面也可多了一部分沙土；這樣一來，對洪水的阻力，多少也可起一點作用。

她帶著她的最小的兒子和兩個孫子開始工作的前幾天，村上的人們並沒有注意，雖然也有些莊稼漢趕著牲口，背著鋤耙，打從山神廟前經過時，看見這位老太太帶著孩子們彎著腰在沙石岸上撿拾石塊，他們認為大概是他們在尋找鵝卵石玩耍的吧。可是，一連十幾天、二十天，甚至一個月過去了，這位老太太和三個懶洋洋的孩子仍然在撿石塊、抬沙子，而且又倒在乾枯的河道上面，這不能算是一件天大的新聞。接著，你傳我，我傳你，魯莊村內每一家的廚房裡的婆娘們都聽到這個消息了。有些孩子們還特地跑到東門外來偷看他們工作的情形，然後再跑回去報告給他們的媽媽和姐姐們聽。因為有好些年輕的女人們，平時是不准隨便出來的。

在外人看來，他們四個人挖掘、填塞河道的工作，簡直是在開自己的玩笑，再不然就是一種遊戲。起先，張家老太太和孩子們只是在沙石堆上撿拾石塊；等到把活動的石子撿完之後，這就得用鋤頭、十字鎬去挖掘埋在沙土裡的石塊了。當然，重的十字鎬，不但老太太和孩子們無法使用，即使舉起它來就已經很吃力了。沒辦法，張老太太只得換了平時鋤穀苗的小鋤使用。這小鋤連木柄只有手臂一樣長，鋤頭只有手掌一般大小。孩子們對這小鋤特別有興趣，因為它很小巧，和玩具差不多。其實，孩子對於這項工作，根本上也是在玩耍罷了。只有這位老太太一個人是在認真地挖石頭、捧沙子，然後顫巍巍地端著小竹筐，走過去倒在河道上面。她的小腳大概在年輕時一定很出名的，那麼小，小得只有一隻麻雀那樣；可是這麼小的兩隻腳，竟然支持了她的身體，能夠在沙石堆上走來走去。

這三個十來歲的孩子，做得——應該說是玩得——膩了，就躺在沙石堆上睡覺。再不然就跑到別的草堆上捉蚱蜢、捕蟋蟀；或者找尋血紅色的小石子，在較大的石塊上面畫著玩，畫隔壁的大頭王、對面的那個愛罵人的大麻子。起先，老太太還罵罵他們，要他們好好地搬石子；後來，覺得罵著也沒有大用。而且當她最小的孫子，有一次不小心被石頭壓了下小指頭哭了半天之後，她也就不再去罵他們了。「玩就讓他們玩去吧！大人還不聽話哩！」她這樣自己對自己說。

當然村子上有一些好閒的人，聽說張家老太太改挖河道的事情，自不免提著鳥籠，散步到東門外來，和老太太談一陣子。不能說他們這些人全是惡意，譬如那位有善人之稱的姓韓的老頭子，就經常來勸阻張老太太不必白費這種力氣，他說：

「回去歇歇吧！張老嬤嬤！妳沒想想，咱們還能活幾年呀！」

「活到明早就算它明早吧！」張老太太咳嗽著說：「咳……咳，真的呀，說不定今晚我就咽氣了！」

孩子們最喜歡有人來這裡談話，這樣他們可以溜得更遠一點去玩耍。

韓善人摸著他的白鬍子——他的鬍子真的有點像山羊鬍子，看起來頂滑稽的——蹣跚地走過去，坐在山神廟門前的石桌上，先是嘆了一口氣，然後說：

「這年頭嘛，能不管就不管算了，省得生氣！」

「氣也得管。」張老太太一邊說著，一邊指著那彎彎的岸壁。「你看看，總不能白白讓它一年一年削過去呀！」

「眼不見為淨！」韓善人仍然是嘆著氣對著那岸壁說：「再過兩年，咱們還會再看到它嗎——閻王爺早給咱們下請帖了！」他自覺挺有意義的，不自覺地笑了起來。

「眼看不見，心總看得見呀！韓家大伯！」張老太太說著，就又用她微弱的手臂，舉起那柄玩具似的小鋤頭，開始挖沙，掘石頭起來。

一陣風起，枯黃的草葉打從他們身旁經過，秋天真的來了。韓善人在一旁呆呆地看著她一起一落的小鋤頭，看著她頭上飄動的花白的頭髮，不禁搖頭嘆著氣說：

「明年夏天，山水還是要來的呀！妳這樣死拼活拼地挖沙掘石，還不是白費功夫嗎？」

「白費就讓它白費吧！」張老太太用力地掘著泥土，連頭也沒有抬起來。「做，總比沒有做好！」

韓善人拖著沉甸甸的步子回去了。

冬天來了，白雪蓋了整個原野；連樹枝上都堆著一層白雪，好像是開了滿樹滿枝的白花。當然，魯莊東門外的小河道內，也是白茫茫的，鵝卵似的石頭，早躲在雪裡面睡覺去了。魯莊上的老老少少，都像冬眠的蟲兒一樣，躲在自己的家裡不再出來。家家戶戶的屋簷下面，都掛著一條條玻璃似的冰棒子——這是屋頂上的雪被屋內熱空氣融化後，順著屋簷流下去，卻又馬上凍結成冰柱子，遠遠看去，真像一枝一枝又細又長的喇叭。

在這樣冷的天氣，連地皮都結了冰。可是，張家老太太——那個細弱得幾乎可以被風捲走的老太太，她仍然要到東門外的河道上去挖雪、挖石子。她的最小的兒子阿四和小孫子也不再來了。孩子們的手指早已凍腫得和小紅蘿蔔一樣，他們不願意來，她也不忍心讓他們再來了。她的身體本來就很瘦小，現在她一個人穿著黑棉衣，抱著頭，這麼孤獨地站在白茫茫的河道內，看起來比螞蟻還要小。她的枯瘦的手背上早已裂開了一條一條的小血口，小血口的邊緣上結了黑黑的厚厚的丘紋。直到有一次，凍得她實在不能工作，她就直僵僵地倒在雪地裡面了。幸虧她的大兒子趕來了，才一邊嘴裡嘟嚕著把她背了回去。

村上的人們把這件事又當做笑談，大家都說張老太太一定是瘋了，不然她不會那樣傻的。

第二年春天，地開了凍，太陽仍和往年一樣暖洋洋地照在這條小河道上，張家老太太帶著她的阿四和兩個孫子，又開始她的工作了。村上的人們，不再注意這個事情，連韓善人也沒有再來勸她。

螞蟻還可以在地上挖個大洞呢！張老太太的工作一直到那年夏天洪水到來之前，那個沙石岸堆也真的缺少一部分——雖然缺少的這一部分，只有兩三張桌子那般大小，還不到它全部面積的幾千或萬分之一。至於填移到張家田地岸壁下的那些沙石，第一次不大的山水就把它沖得一淨二光了。張家的彎彎的岸壁，又被削進去了一些。

這年立秋之後，張老太太仍然和去年一樣，又開始她的工作。不過她的阿四沒有再來，他大了一歲，他已不再聽他母親的話了。只有她的兩個小孫子，陪著他們的老奶奶，天天去到河道內挖沙掘石子；可是，他們把大部份的時間用來撿拾紅色的石子畫著玩，或者擲石頭玩打仗的遊戲。

奇怪的，是張老太太的心情似乎比去年平靜得多，當她看到她去年辛辛苦苦堆積在岸壁下面的沙石，全部被洪水沖光；她去年費了多少氣力才在沙石岸上挖了的那個大洞，如今又充滿了沙石時，她卻沒有一點悲哀。她的二兒子阿二曾笑著勸她不必再去辛苦了；她也沒有和他爭辯，也沒有罵他，卻仍然天天到東門外那個沙石岸堆去做她的工作，雖然她體力所能做的，只有那麼一點點、一點點。

那年冬天，張老太太沒有再來河道上繼續她的工作，因為真的如韓善人所說，閻王早已給她下過請帖，農曆新年沒到，她就死了。

現在，魯莊東門外張家田地那個彎彎的岸壁，仍然一年一年被削陷了進去，像一位將要跌倒的老頭子一般，彎著腰，喘著氣顫巍巍地在那裡掙扎；被水沖洗過的岸壁，仍然是光油油地有如一片鏡子；而且岸壁上面鬆鬆的泥土，仍然時不時地跌落在河道上面。可是，在對面那個沙石岸堆上，卻少了個瘦弱而咳嗽的老太太。

也許，五十年，或者三十年不到，張家的那塊田地，終於被洪水侵蝕沖刷，到最後而整個潰塌。

急公好義

打從東山來的趕著毛驢的煤販子，每每在我們姚家鎮上的街道上經過時，總是把煤一樣的黑頭左右轉動著，露著白牙羨慕地對著他們的同伴說：

「喝！還是人家姚家鎮像個樣子：磚對磚，瓦對瓦，連半壁土牆都沒有！」

說真的，在方圓百十里地以內，我們姚家鎮確實滿像個鎮市，街道雖不寬，總算有個丁字街道；房子雖不高，都是磚蓋的。並且，在我們鎮的四圍，依著地形，還蓋了一道有寨垛的土牆，遠遠望去，也挺威武的。

這還不算，最值得向人稱道的，是我們姚家鎮的人們向來不欺侮外來的住客。譬如說，全村八百戶人家，我們姓姚的雖占六百多戶，可是與其餘的姓張、姓王、姓李的百來戶人家也很合得來；我們有我們姓姚的家廟，照樣其他的姓氏也有家廟。所以，大概從我的曾祖父年代算起來，我們姚家莊（那時尚未升級成鎮）就已經有外來的住戶了。我記得我的祖父就常常攏著白鬍子很驕傲地向人述說過這類的事情。正因為如此，我們姚家鎮才一天一天興盛起來，甚至蓋了寨墻，儼然成了一個小堡。

假如要為我們姚家鎮寫歷史的話，我想我的父親那一代大概是最鼎盛的了。那時候軍閥們成天在打內戰，很少過問地方上的事情。老百姓的收成不好，沒有東西吃，沒人管，有些膽大的乾脆背起帶纓子的長槍公然當起土匪來了。在我幼年時，大路邊殺人，放火燒房子，簡直是家常便飯。所謂「時勢造英雄」，我們姚家鎮這時也就出了幾個鼎鼎大名的人物。那時，在我們鄉下，流行著這樣的一個民謠：

八千歲，姚四更；姚老妮，小朝廷；
麻子姚三一隻虎；
獨眼馬何一條龍。

姚四更，長得一表人才，眼快、手快、心細、膽大，曾經單人匹馬，僅僅拿著一枝土手炮，跑到離我們家兩百里地的縣城去打劫一家當鋪。事後，有四五十個人來追他，都沒有追得上，還被他打傷了五個人。歸來後一舉成名，綽號「八千歲」。

姚老妮，五短身材（現在我才知道他應屬於拿破崙型的人物），心狠、手辣，每逢在路上打劫的時候，向來不講廢話，冷不防先給你頂頭一棒——任誰也吃不消這一棒就直挺挺躺倒在地上了。因為他小時候讀過兩年私塾，能認識好多家門口的對聯，無形中大家就推他為寨主。後來，他也真的以小朝廷自居起來。

麻子姚三——我實在不應該這樣稱呼他，因為他是我不折不扣的親三叔——是個武秀才，據他自己說，假如不是鬧什麼民國，武狀元雖然弄不到手，起碼一個武舉人是絕對沒有問題的。我這個三叔，曾讀過五六年書，可是他連《論語》第一章也沒有背下來，祖父一生氣，要他下地牧牛做莊稼。誰知他生就的大塊頭，竟無師自通地練起武藝來了。有一年，我們縣上考武生，他靠著他的蠻氣力，舉了舉千斤石，拉了幾下大弓，居然得了個武秀才的頭銜。我祖父看到他就生氣，常常嘆著氣搖著頭對別人說：「不知道是哪一輩子的冤孽，才生了這麼一個闖禍的『薛剛』，說不定『滅門大禍』，就出在他的身上！」

說到一條龍獨眼馬何這個人，可說是我們全縣的人們沒有不曉得他的。有一次他搶人失手，被鄰縣縣府捉了去，什麼炮火轉、上夾棍、灌水、烙印，最厲害的刑罰都試過了，可是他咬著牙死也不招認。最後，縣府沒辦法，又把他放出來。聽說，他那隻眼睛就是那一次在城內被弄瞎的。回來之後，他就成了英雄。

正因為我們姚家鎮出了這麼多英雄，於是遠遠近近「三山五嶽」的綠林豪客，都在我們鎮上打起交情來了。甚至嵩山上有名的土匪頭子李老八，也特地到我們鎮上來拜訪。那一年我大約有六七歲，至今尚隱約記得李老八來我們鎮上時的威風形象。和他一齊同來的，還有七八百嘍囉們，每個人都衣飾鮮明，發亮的鬼頭大刀，帶紅纓子的木桿長槍，還有人背著哨子棍，簡直像軍隊出發一樣，浩浩蕩蕩地來了。

我們姚家鎮的人們，真可以說是受寵若驚，這個勢力最大，而又遠近知名的「山大王」，竟也親自來這裡拜訪，這不是我們鎮上的光榮嗎？不要說是我們這個小鎮，甚至有連發炮（步槍）的附近幾個縣城，也巴不得和李老八結交呀！所以，李老八來的那天，我們全鎮四門大開，在東門外十里遠的地方，就擺了一個迎酒桌子，表示我們竭誠歡迎。鎮裡面更不用說了，五步一檯，十步一桌，桌上檯上全擺滿煮熟的牛羊豬肉和燒雞燒鴨，還有整壇子整罐子的燒酒——差不多我們全鎮的豬和羊都宰光了。除了婦女孩子們躲在大門裡由門縫中向外偷看外，所有男人都穿起過新年的衣服，全體出來招待。尤其我三叔，竟穿上他武秀才的大禮服：戴紅纓的官帽，有馬蹄袖的朝服，腳下還蹬了一雙白厚底的黑緞大靴子。我家隔壁的遠房大伯伯，早年曾用銀子捐了一個「監生」，這時候也穿上全身「監生」的朝服，在人群中鑽來鑽去的。

李老八騎著一匹棕色的高頭大馬。他的個子特別高大；我三叔已夠稱得上大塊頭了，他和我三叔走在一起，還比我三叔高一個頭。他穿了一身黑得發亮的大袍子，肩上佩著許多紅紅綠綠的綢子，連馬身上也掛滿了花花綠綠的綢條——打扮得簡直有點類似我們鄉下年初二上岳父家拜年的新郎。

那一天負招待總責的是我三叔，因為大家都說他中過秀才，見過大場面。至於他們見面後行了些什麼禮，或者說了些什麼話，當時我年紀太小全不知道。不過，這一次確實做到了「賓主盡歡」的地步，聽說有許多人喝得酩酊大醉，臨走時是被別人抬著離開我們鎮上。特別為李老八預備的筵席，就擺設在我們的家廟內，因為那裡比較寬大。也許是在宴會中，他們曾經有過祕密協定，此後有好多年，我們鎮上的人們就沒有在夜間再輪值守寨，李老八手下的人們，也從不在我們姚家鎮附近打劫。我祖父後來對人說：我們能夠過一點較安靜的日子，不能不說是這一次宴會的功勞。

李老八一共來過我們鎮上兩次。第二次他來的時候不但沒有了以前那樣的威風，甚至是窮途末路了，這次是投奔我們鎮上求庇護的。因為他的聲勢過於強大，終於被政府調了一旅軍隊來圍剿。當然他們這些烏合之眾，又沒有武器，人數又過於懸殊，不到兩個星期，他們的嵩山老嶽，就被軍隊全部占領，七八百嘍囉，死的死，俘的俘，差不多一網打盡，只有他一個人突出重圍。他知道姚家鎮有上千戶人家，雖不能與有組織的軍隊對抗，至少隱蔽一個時期總是可以的。只要軍隊開走之後，憑他以往的聲譽，他想，他不久仍然可以東山再起。

李老八來到我們鎮上時，天剛剛黑，照例已關上了寨門。他在寨牆下高聲喊著，說是東莊上派人來送信的。守寨門的開了門問他要信，他到底是個粗人，又支吾著說信是送給姚三秀才「我三叔」的。這時，兩個守寨門的用燈籠仔細照了照臉，才認得出這人就是以前來過我們鎮上的李老八，當下就帶他到了我們家中。

我三叔當時也非常驚訝，連夜就把他送到一個較僻靜的窯洞暫住，說等風聲過了以後再想辦法。因為軍隊圍剿嵩山以後，發現賊首李老八已經逃逸，正在各處張貼布告，要老百姓協助擒緝，還有懸賞金。我們鎮的四道寨門上都有這樣的布告。

這樣過了半個月，我們鎮上的小朝廷和一群英雄們，尤其是我那白鬍子的老祖父，差不多全都提心吊膽了半個月，軍隊才開拔到鄰縣去，他們大家才透了一口氣。可是，半個月後的第二天，我們鎮上就收到了縣政府專人送來的大布告，是十幾個人騎著馬，背著步槍送來的。來到後，將布告貼在丁字大街的牆壁上，又匆匆地離去了。我們姚家鎮向來是有名的，他們大概也有點心怯吧。

布告上寫得很明白，說李老八過去曾與姚家鎮有過來往，這次一定潛匿在這裡，如果姚家鎮不把李老八交出來，駐在鄰縣的軍隊馬上就開到這裡，用大炮將姚家鎮轟成灰土。這一張布告簡直變成了我們鎮上致命的符咒似的，所有的人們全聚在街頭，三三兩兩地互相咬起耳朵來，甚至連在廚房過一輩子的女人們，也驚惶地向別人問長問短，好像真的軍隊已開到我們鎮上來一樣。

在我們鎮上，這該是一件多麼嚴重的事情啊！大概是我祖父發起的吧，鎮上的年長人和那些英雄們，全集在我們家廟內開大會，商討如何處理這件事情。

開會時，大概有不到十分之一的人提議將李老八送到別的地方，或者讓他自己去另找安身之處，有十分之五的人，默默不作聲；但有十分之四的人，則主張把李老八交到縣政府去，尤其是和我祖父年紀相若的幾個長白鬍子的族長們，堅持非這樣做不可。因為拿一鎮的生命來和整旅的軍隊打賭，豈不是自尋死路？有兩個年輕人反對這樣做，說縣政府並不一定真正知道李老八就躲在鎮上；再說，這樣也太對不起自己的良心。

「良心？」我的老祖父氣得鬍子都發抖了，吼著說：「屁個良心？等到大炮彈落在你們這些壞小子們的頭頂，你們就知道啥良心不良心了。」

有的老年人則大聲哭著說：「為了我們的家廟吧！為了你們的老婆孩子吧！」

就這樣，經不起老人家們的責罵與哭喊，決定了李老八的命運：當時推舉我三叔先到窯洞內將李老八斬倒，因為我三叔是個武秀才。再者，活活地把李老八送到縣政府，在情面上到底有點難堪，不如腦後一刀結果了性命來得乾脆。動手時間，議定在夜晚。

一到天黑，我三叔就提著他考秀才時的大刀，來到了藏匿李老八的窯門口，說是送晚飯來了。後面有十幾個人伏在門外，生怕萬一我三叔敵不過時可以進去幫助。這十幾個人當中，有姚老妮、姚四更、獨眼龍馬何等一干英雄在內。

窯洞裡面，只有一盞昏黃的油燈。聽到敲門聲，李老八開了窯門，低聲問：「外面風聲啥樣子了？」

「鬆得多了！」我三叔說。

李老八似乎鬆了口氣，回轉身往窯裡面走——就在這個難得的時刻，我三叔手中的大刀，由空中舞了下來。這一刀，正斬在李老八的後腦，他像殺豬似的尖叫了一聲，向後面踉蹌了幾步，口中喊著說：「啊，原來——」這句話尚未講完，我三叔的大刀已經接二連三地斬了下來。李老八雖然有高大的身材，一來是猝不及防，二來中了幾刀，三來又沒有武器，倒在地上掙扎著想站起來對抗，但只晃了兩晃，就倒在血泊之中了。到底我三叔當過武秀才，還能鼓起餘勇，將李老八的腦袋割了下來。事後，我三叔對人說，他那時候的精神緊張的程度，比考武秀才時要多好幾倍。

第二天一大早，我聽到門外面的人聲很嘈雜，但媽媽不讓我出去看。我只好站在椅子上由門縫中向外面張望。至今想起來，我還有點害怕：李老八血淋淋無頭的屍身，放在一張竹床上，由幾個人抬著，大概是往縣政府送的。李老八的個子真大，雖然沒有了腦袋，屍體仍然比普通的竹床還要長。被斬掉的腦袋就放在床沿上；竹床上淨是血，真可怕極了！我差一點從椅子上面跌了下來。以後有好多晚上，我就常做可怕的惡夢。

大概這件事過後三個月吧，縣政府特地送給了我三叔一塊大紅匾額，上面寫著四個金黃大字：「急公好義」。送匾的時候，還派來了好幾對鼓樂手，吹吹打打的，像結婚似的一直送到了我們家門口。來看熱鬧的人，比我們鄉下正月裡舞獅子時還擁擠。

我祖父高興極了，當時就吩咐家人把這塊大紅匾額掛在我家大門上面。到今天，假如你從我們姚家鎮上經過時，相信你仍然可以看到那發亮的金黃的四個大字。

奪「妻」之恨

這天是星期五，仇榮從經緯紡織廠下班回到他租的那間小屋時，已經是下午七點多鐘了。本來，他是這間紡織廠機器間的職員，可以住在職工宿舍之內；但是，他非常討厭那些宿舍。因為宿舍內都是些獨身工人，他討厭他們的高聲吵鬧，更討厭他們的汗臭氣味；除此之外，又因為他是「職員」，他實在不願意和工人們住在一起——雖然有些職員也住在宿舍之內。

仇榮租來的這間小屋，雖然不很寬敞，但是一間梗房，一個人住總沒有問題。起先，這間小房子，布置得還整齊；可是，這兩星期來，他懶得再去管它了。房子本來不怎樣大，再加上淩亂的衣物，似乎整個房間像一個蓬亂的髒頭髮，簡直連踏足之地都沒有了。

看到了這些亂七八糟的衣物，仇榮越發感到氣悶：「他媽的，這些日子早點結束也好！」他自言自語地咒罵著，將從廠磨好帶回來的三角銼「碰」地一聲，扔在了木板床上。銼子在木板床的涼席跳了兩跳，躺在枕頭旁邊，在燈光下發著青灰色的微光。

他不由地向鐵銼看了看，忽然覺得這些青灰色的暗淡的微光，似乎有點「不順利」的感覺，甚至還可能對自己是一個特別「不吉」的預兆。他想：「假如是一把犀利的刀子就好了——是一枝手槍則更好。」可惜在香港無法找到手槍，連一把尖刀也不容易找得到，他才只好將這把三角銼在「沙輪」磨尖、磨亮，準備當作武器使用。不過，銼子雖磨得又尖又利，可是並不發亮耀眼，無法在刺入張貴保——他的情敵——的肚子以前，使張貴保先有一個震慄的死的感覺。因為用沙輪磨出來的刀鋒，既有縱橫的灰絲紋，又有不整齊的斑點，看起來非常令仇榮不順眼。

一想起「張貴保」，仇榮恨不得將這三個字生吞下去。「奪妻之恨」，有什麼事比這更令人氣憤更令人難忍的呢！在仇榮的眼內，「奪妻」是與「殺父」相關連著的，雖然張貴保並沒有殺過他的父親（連見也未曾見過），雖然張貴保現在的太太楊芝霞，從前也沒有做過仇榮的妻子，可是，在仇榮看來，張貴保「實實在在」是奪走了他的未來太太。

一年前，楊芝霞剛由上海來到香港的時候，連半個親人也沒有，她是拿著封信來到經緯紡織廠找她的以前的女工友的。恰巧那天仇榮剛從廠內出來，聽她滿口的常州語，看她那副沒有燙過的頭髮，和她手中的那個土布包袱，就知道她是新到香港找工作的人。不用說，成天想在女工當中物色對象的仇榮，一看到楊芝霞長得那麼標緻，立刻自告奮勇地介紹她到廠中的織布間工作。

壞也正壞在「織布間」這個地方，因為該死的張貴保，這個千咒詛萬咒詛的死張大肚子，偏偏就在織布間做監工。

自從楊芝霞到廠內做工那一天開始，全廠五六百個人，不僅是男工，甚至全部的男職員，以及他們的副經理與襄理，都對這個新來的女孩子投視著貪婪的目光；女工和一兩個女職員，當然對楊芝霞的看法不同，她們對她是說不出口的忌妒。因為楊芝霞不但有一副修長的身材、一副美麗的面孔，和一對大的黑眼珠，並且因為以前在上海做過這門工作，織布的技巧比所有的女工們都好都快。人家一天只能做到六元或八元的工資，她一天最少也做到十元以上，而且，她管理的五張織機所出的布匹，很少有斷線及缺緯的毛病。

在全廠所有人的眼內，仇榮是楊芝霞第一個要好的男朋友，仇榮自己更認為「理應如此」，甚至他以「監護人」自居。（這一句恕作者用得過於「文雅」，說良心話，仇先生或許根本不知道「監護人」這個名詞）星期天，或者輪到楊芝霞放假的日子，仇榮常常約她去旅行，或者去游泳；根本不懂照相的他，還特地為她買了一架照相機呢。

可是，僅僅只有三四個月的時間，楊芝霞卻常常和張貴保在一起了。

「為什麼阿霞會喜歡張貴保這個死大肚皮？」仇榮每逢想起這件事來，絞盡腦汁也想不出這個道理來。「先論年紀吧，我比死老張小四五歲；論人才吧，他哪能和我姓仇的比，單看他向外突出的肚皮，不像個豬八戒才怪；論職位吧，彼此都是職員，論薪金我也不比他少……」可是，在兩個星期以前，確確實實張貴保和楊芝霞結了婚。仇榮也曾收到請帖，但他那天沒有去吃喜酒，連禮也沒有送。

假如張貴保不在織布間，或者這個世界上根本沒有張貴保這個人，將來總有一天，楊芝霞會嫁給仇榮的。「也難怪啊！」仇榮在夜晚不能成眠的時候，常常這樣地想：「只有三四個月的時間啊！這短短的幾個月內，我能再向她多說些什麼話呢？」想到這裡，他會忽然後悔：「為什麼那時候我那樣傻呢？我該向她求婚——該把自己的心事，從第一次見面時就對她存有的心事，明明白白地向她述說出來，這樣不就可以防止她接受張貴保的追求嗎？」不過，千不是、萬不是，都是這個該死的張貴保的不是，明知道阿霞是仇榮介紹進來的，竟敢從「姓仇的懷中」（仇榮曾這樣自己對自己說過）硬把她奪了過去。

當然世界上有的是女人，工廠內有的是沒出嫁的女工；除了阿霞之外，仇榮並不是真的一輩子找不到老婆。不過，阿霞應該是屬於他姓仇的人，那麼，凡是識趣的人，都應該知道她是姓仇的「禁臠」，任誰也不應該摸她半下。有一次，機器間一位臨時工人，在吃飯時向阿霞打趣了兩句（那時仇榮還不知道她已經和張貴保要好），後來，仇榮就藉著這位工人遲到了五分鐘，硬把他開除了。時候，他也曾在背後聽到工人們的閒言閒語，但他根本就沒有去理他們，這是他的第一炮，為的就是讓大家知道他姓仇的不是個好惹的人。

偏偏這個死大肚皮張貴保就那樣不識趣，硬敢藉著他是織布間的監工，「活生生」地搶走了楊芝霞——仇榮日思夢想的阿霞，仇榮真後悔他不該只懂得機器間的技術，假如他也是織布間的職員就好得多了。

本來，他以為在若干時日之後，阿霞一定會討厭張大肚皮的。那時候，他可以向她表白他心內的話，她自然也可以清楚他對她以往的關懷完全是基於「愛情」的。那時候她仍然可以和他一塊旅行、行街……即使不和他馬上結婚，最低限度，他的面子已經挽回來了。要知道，廠裡的人們，尤其是愛講閒話的男女工人們，每人都長著一張造謠生事的刻薄嘴，自從發現張貴保和阿霞一齊看過電影那一天開始，他們成天成晚都談論著「請吃糖」的事情，好像是專門講給他仇榮聽似的。誰知，阿霞什麼也不懂，甚至根本就未曾想到仇榮這份心情，竟閃電式地和張貴保結了婚。

這兩個星期來，仇榮顯然消瘦了許多，原來他有一百三十幾磅的，現在只有一百二十磅不到。自從張貴保和楊芝霞結婚以後，仇榮的頭上似被人用力地打了一棒，他永遠再也抬不起頭來。他怕到工廠再去上班，因為工人們隨便講一句閒話，他聽來都非常刺耳。前天，在飯廳吃中飯的時候，最愛講話的織布工人阿黃對機器間的小五說：

「小五，你到過張先生的家裡沒有？」

小五只顧吃湯，沒有回答。阿黃又說：

「看來楊芝霞比以前又漂亮了，他們家收拾得挺乾淨的。」

「當然哪！——」小五尚未答完。

「不要吵！」仇榮不知怎的忽然會有這麼大的勇氣，像吼一樣，對大家這樣叫，甚至全身的肌肉都在顫抖。

大家正在吃飯，猛被這霹靂的聲音所震嚇，不由得像全室內忽然斷了電線一樣，熄滅了所有的燈光，每個人都停止了他們的動作，不約而同地把視線投在仇榮的身上。只見仇榮的臉孔呈紙白色，眼內全是紅絲。可是，僅僅幾秒鐘的功夫，大家又恢復了正常的態度，先是筷子聲，繼續著是吃飯聲，然後有人囁嚅地輕聲問別人：

「為什麼呢？仇先生那麼大脾氣？」

有的人笑笑，有的人聳聳肩，沒答話。說實在的，大家也不知道「為了什麼」。不過，人家是職員，人家叫「不要吵」，大家就不敢再吵了。

仇榮沒有心情吃完飯就離開了飯廳，因為他覺得所有的人們都在欺侮他，所有的眼睛都在背地裡向他射著利劍：一箭一箭，都射中了他的自尊的、受了創傷的「心」。

越想越氣，越氣越恨——而這些氣與恨全都是逼人的大肚子張貴保賜給他的。假如張貴保不追求阿霞，假如張貴保不同阿霞結婚，假如張貴保還對他姓仇的存有一點點戒心的話，他——仇榮，絕不會在這裡受人的氣，看人的白眼，讓人家背地裡恥笑他，可是，每一個人的帶箭的眼睛，不都是天天在向他射著嗎？

「這樣的奇恥大辱，我姓仇的非報不可！」於是，他下了決心，一定要耍點厲害給張貴保看看，給楊芝霞看看，給所有認識仇榮的人看看。

「要耍厲害，就得耍出點樣子來！」仇榮把心一橫，反正阿霞這個臭婊子（他昨天才給她加上的頭銜）已經嫁給別人，今後再也不會和他結婚了，自然在良心上他是無愧的。他已下了最狠最狠的決心：當著臭婊子的面，白刀子進，紅刀子出，戳在最惹人反感的張貴保的大肚上。因為一時找不到刀子，他記得從前曾有人用三角銼刺死人的事情，他就在機器間拿了一把新的三角銼，特別花了兩個鐘頭的時間，在轉動的沙輪上將銼磨尖。並且，打算今天晚上到張貴保的家內，按照預定的計劃，用銼尖戳在大肚皮內。至於以後的事情，他姓仇的絕不怕死，他決定站在房門口，親眼看到張貴保的大肚皮一點點癟下去，一直到斷氣為止。他絕對不逃走，任他們（連同臭婊子在內）去報警，去打「九九九」；然後，他就扔掉三角銼，抹乾淨手上的污血，跟他們上差館，跟他們上法庭。當然，法官可能會判他死刑的。「仇榮不怕死！」他自己拍拍胸脯說：「反正這一輩子已經完了，為什麼不這樣『轟轟烈烈』地死去呢？」至於楊芝霞的善後，「我懶得去宰你」，仇榮心內想，「讓妳嘗一嘗寡婦的滋味，讓妳的心上永遠刻劃著妳那個大肚皮丈夫臨死時的恐懼。」

他這個決心，是他這兩天來翻來覆去下過許多次的：今天，他下得更為堅決。他要把握他現在的「憤慨」，把握住他現在的勇氣，今天晚上就動手。再說，他實在很不容易熬過今晚，他實在不願意想像張貴保和臭婊子在一起的情形，整整十四天了，他已經受熬煎受了十四天了，他不願意再受下去，他已經夠了。

想到這裡，仇榮忽地從床上拿出鐵銼，準備馬上就走出去。剛邁出自己的房門，恰巧二房東提著個茶壺到廚房去，正好和仇榮打了個照面，她不由得向他的鐵銼上看了兩看，但沒有講話，徑到廚房去去了。她可能以為他去上「夜班」哩。不過，仇榮站在門口頗猶豫了一下，忽然認為這樣提著利刃到情敵家中，難免不使張貴保先起疑心。於是，他走回房來，特地揀了一套西裝穿上。西裝的袖子長，可以將鐵銼藏在左邊的袖子內，不會被人看見。不過，這時候天氣有點熱，穿起西裝來，打起領帶，悶得有點難受。

關好房門，他自己先做了一番練習，假定張貴保就坐在床沿，講了幾句話之後，他就以最迅速的動作，右手從左袖內抽出發亮的鐵銼，然後「牙」一咬，「好小子，今天嘗嘗老子的厲害吧！」

他覺得這番練習頗為得意，整了整西裝，左袖內放好了鐵銼，大踏步走到大門口，開了大門，然後狠力地又關了大門，連頭也沒有回，一直到巴士站去了。

他早已打聽出張貴保的地址，在紅磡一條小街的三樓上面。坐十一號巴士，到分段下車後，轉兩條街口就是。

很容易就給他找到了張貴保的門牌號碼，他一直向三樓走去。樓梯處很黑，他上樓時很小心，生怕張貴保躲在黑暗的地方暗算他——雖然他知道這個想法是多餘的。到了三樓的門口，他摸索著去按門鈴，不知怎的，忽然他的心跳得很厲害，幾乎要從口腔內跳了出來。好容易找到了門鈴，他顫抖著手指按了兩下門鈴，忽然又想：可能張貴保不會給他開門的。這時候，門上的小燈光亮了，裡面是廣東女人的聲音：

「搵邊個呀？」

「張……生……」他顫著聲音答。

他聽到這個女人回頭去了，他的心越發跳個不停。他想，張貴保這小子可能連門都不開。誰知，正在這時候，他面前的大門「碰」地一聲開了，門內的燈光很亮，正照著站在他面前的張貴保。

「哈……哈……哈……難得、難得……」張貴保笑得連眼都看不見了，伸出來的肥手，和仇榮握手。

不知是什麼原因，仇榮也乾癟著臉笑了笑，並和張貴保握了握手。

「阿霞——」張貴保扯著喉嚨：「妳看，誰來了啊！」一邊又連忙對仇榮說：「請進！請進！」

仇榮剛進了大門，阿霞就來了。她穿著睡衣，但臉上的撲粉和口紅還隱約可以看到，似乎臉色比前紅了一些，比前也標緻了一點。

「呀！」阿霞几乎是惊喜地叫著：「真難得，你來呀，真難得——你為什麼今天才來呀？」

阿霞還是同往常一樣地有說有笑，大大出了仇榮的意外。

仇榮的心跳，似乎沒有剛才那樣劇烈了，他跟著他們這對新婚的夫婦走進了新房。房子不大，但擺置的物件很整齊，一切東西都是新的。仇榮心內想，假如沒有張貴保這個壞蛋，他不應該是這間房子的主人嗎？可是……

「坐……坐……」張貴保的聲音打斷了仇榮的思路。

仇榮坐了下來。

房子很小，張貴保就坐在了床沿上。阿霞正忙著為他們兩個人倒茶，裝糖果。

「不用客氣啦……」仇榮的聲音很勉強，但還是話不由衷地說了出來。

「哪裡、哪裡……」張貴保和阿霞同聲答著。阿霞斟了一杯茶，端在仇榮跟前，請他喝。仇榮用右手接過杯碟，放在桌子上。因為他左袖內有東西，他不能抬起左手。

大概是廚房內的東西還沒有整理，阿霞倒了一杯茶給丈夫，一邊對仇榮說：「不要客氣，多吃點糖呀。」就到外邊去了。

天氣很熱，張貴保只穿著一件短褲，赤著上身，拖著拖鞋，坐在床沿上用力地搖著蒲扇。口中連連說請仇榮多吃點糖果。

仇榮向張貴保的大肚皮上看了看，覺得這時候正是下手的機會，他不由得用右手向左袖摸了摸，鐵鎚的木柄全是汗，溼膩膩地。張貴保好像真的不知道仇榮的心事，這時候正張開大口打呵欠——這個眯縫著眼打呵欠的時間，是多麼難得的機會啊！仇榮又往鐵鎚上的木柄摸了摸，還是溼膩膩地，但他的心忽然跳動得很劇烈，手也顫抖得比他剛才在門口等開門時還要厲害，他不但沒有將鐵鎚取出來，甚至左手震動著幾乎將鐵鎚從袖子內跌了出來。

張貴保的這個大呵欠打過去了，又用力地搖著蒲扇。這時，他忽然看到仇榮也和他一樣滿臉都是汗珠。他以為仇榮也是和他一樣怕熱，又見到仇榮穿著西裝，連忙說：

「寬寬衣服吧！不用客氣，都是自己人！」

「不……不……不……」仇榮連忙說：「我不太熱、我不太熱……」實在他正悶熱得要命，尤其是他打著領帶；但他不能脫去上身，連左袖都不能抬。

這時，阿霞進來了，看見仇榮臉上脖子上盡是汗珠，也勸他脫去上衣涼快些。

兩個人越勸仇榮脫衣服，仇榮越不敢脫，臉上的汗珠也流得越多；他甚至想道：「莫非這兩個人已經知道我左袖內藏的是什麼東西了嗎？」

仇榮執意不脫，做主人的也不好意思過於強迫，只是兩個人都覺得這時候仇榮忽然有點滑稽。

仇榮也覺得他這時的行動有點不自然，為了想鬆鬆房中的氣氛，故意向桌面玻璃板下的結婚照片看了看。

「啊！」張貴保高聲叫著說：「真對不起，忘記送你一張了。」他一邊說著，一邊就打開抽屜，翻了一陣，才將照片找了出來，與桌面上的一模一樣，是結婚那天在照相館照的，六吋大。男的穿著西裝，挺著個大肚皮；女的穿著白紗，手拿著鮮花。

仇榮不好意思不接過他們的結婚照片，按他心中所想，他本該把它當面撕碎的。但他並沒有撕，一隻手如何能撕碎這麼厚的照片呢？他本能地、無意識地，將這張照片放進了他的西裝口袋以內。

阿霞又出去了，說是為仇榮端盆洗面水來。張貴保已將扇子遞給仇榮。仇榮用力地搧著，好像一下子要驅走他頭上昏熱的感覺。這時候，張貴保又流汗了，他順手在牆上拖下一條毛巾，拼命似的蒙在臉上拭汗。

這又是多麼好的一個時機啊！仇榮停止了搧扇，他正在凝思：他這時候該不該抽出鐵銼照對方的肚臍內戳去——也許天氣過於悶熱的緣故，沒等到他自己回答他自己，昏熱的浪潮又襲上來，他只覺得腦子昏悶悶地，再加上劇烈的心跳，他差一點昏倒，胸中還有點作嘔。他不敢再想下去，只狠命地搖著扇，不知道如何是好。

恰好，阿霞這時已經端來了水盆，請仇榮洗個臉。仇榮堅持說：「不熱、不熱……我不用洗了……」

張貴保有點胖，最怕熱，見仇榮不肯洗，自己就俯下身來拭了兩把面。然後又擠了擠手巾，請仇榮揩揩臉。

仇榮接過濕手巾揩了揩臉，汗仍然不停地像小泉一樣，在他的每一個汗孔內向外流著，他覺得他的襯衣，甚至連西裝都被汗水浸透了。他實在不能再呆下去，他的胸口悶悶地，似乎有些東西正沿著胸口向上升，有好幾次已經到了喉嚨，都被他「咬」著牙咽了下去。假如這東西再升上來的話，他真的要昏倒了。趁他還能夠支持的時候，他還是趕緊離開這裡吧，越快越好。他來不及將手巾放下，就慌忙站起來，強自咽著口中要噴出來的東西，含含糊糊地說：

「再見……我……要……」「再多坐一會吧……」張貴保站起來說。

「怎樣，連一顆糖還沒有吃呢……」阿霞在後面說這話的時候，仇榮已經走到他們的房門外了。

三步併作兩步，仇榮趕忙走到門口，顧不得他這時還是客人的身分，搶先開了大門，勉強地鼓著腮、紅著臉，轉身向他們點了點頭，沒等他們說話，就連忙下樓去，幾乎用的是跑步的速度。

張貴保和阿霞站在門口，看見了仇榮這副奇怪的樣子，你看著我，我看著你，好久說不出話來。

仇榮剛跑到二樓的角落，他再也忍不住了，「哇」的一聲，對準角落，將他的喉中的東西一股子噴射了出來。這東西裡面，有今天下午的米飯，有豆腐花，還有魷魚絲……他怕二樓的人家出來看見，慌慌忙忙跑了下來。也許是將要下雨了，天氣真悶熱得要命，街上也是熱昏昏的。仇榮剛走到街口，就用力拉開了領帶，幾乎是用「撕」東西一樣的煩躁心情，將上衣脫下來，才覺得似乎涼快了一些，腦子也不像剛才那樣迷糊不醒，胸口內似乎也沒有東西再向上升了。

剛才的一幕，他在街上走著的時候，似乎還記得頗為清楚。不過，他忽然覺得他真的有點疲倦了，他應該回去休息一陣再說！

像剛從戰場上敗退下來的士兵一樣，疲勞、昏暈，無精打彩地，拖著他的雙腿，上了巴士，下了巴士，轉過幾個街口，他的兩條腿像被人牽著似的，他又回到了他的那間凌亂不堪的房子內。扭開電燈，顧不得將西裝掛上衣架，就昏沉沉地坐在桌子前發呆。他竭力不去思想剛才的事情，但剛才的事情偏像潮水一樣，一波一波地向著他的腦子衝擊。

「為什麼不宰了他呢？白白地去演了一齣活劇！」他自己問自己，又無法回答自己。不過，他絕對不承認自己沒有膽量，自己怯懦。

坐在椅子上，又呆想了一會，覺得該起來去睡覺了。又順手去摸了摸袋子，喲，什麼東西硬梆梆在袋子內，他急忙拉出來看了看，原來是剛才張貴保送給他的結婚照片。

一看到照片，仇榮的無名火又升了起來；他兩隻手一把抓起來，想把它撕成兩半——忽然間，他又停了下來，連忙向西裝袋內又摸了一摸，發覺帶木柄的三角銼，仍然在袋子內沒有丟掉（是他在街上脫衣服時放進袋子裡的）。他的心，同剛才一樣地跳著；他的手，同剛才一樣地顫抖著，「咬」著牙，一銼子戳了下去，「呼」一聲，照片上那個男的隱隱鼓著的大肚皮上，被青灰色的銼子戳了一個大洞。

第二天，這隻銼子同那張被戳的照片，被二房東的女傭人從紙簍內倒出，投到垃圾堆裡去。

仇榮呢，以後再沒有在經緯紡織廠做職員。聽人說，他回到上海他的老家去了，是前些時候跟著什麼觀光團到廣州看什麼「展覽會」回去的。

德中哥與德中嫂

大概是在我八歲左右，我第一次到我的姐姐家裡去「走親戚」。小孩子初次到別人的家裡，總有點好奇與怯生生的。將近中午，我偷偷地一個人溜到他們的後院去看牛犢吃奶——他們的老黃牛，新近才生了小牛——就在這個時候，忽然有一個人走過來，將我一把抱住，高高地把我舉了起來。我低頭一看舉我的這一個人，戴著一副老式的淡黃色眼鏡，再加上他那一臉的絡腮鬍子，嚇得我差不多哭出聲來。

幸虧這時候姐姐來了。這個人才把我放下地來，蹲著身子，用手指捏著我的臉說：

「哈哈，你想偷我們家的牛犢，是不是？」

我正想和他分辯，姐姐連忙對我說：

「別怕，德中哥和你鬧著玩的！快叫，叫德中哥！」

我怯生生地叫了他一聲。他高興得什麼似的，忽地又把我舉了起來。這次我不再害怕了，因為我仔細地又瞧了瞧他的臉色，雖有絡腮鬍子，但還白淨，淡黃色眼鏡片下面的那雙眼鏡，也並不怕人，看樣子倒是挺和氣的。接著，他把我拉進前院，在窗臺上取下一隻用竹子編的蟋蟀籠子，對我說：

「再叫一聲，送給你！」

我那時候盼望有一隻這樣的竹籠不知有多久了。現在別說讓我叫他一聲「德中哥」，就是叫上一百聲，我也是情願的。當然這隻竹籠是屬於我的了。這就是德中哥給我的第一次的印象。他那時候大約已有三十歲左右，是我姐姐的丈夫的親兄弟。他們已分了家，但還住在一個院子內。

我正坐在院子內的石几上與德中哥玩竹籠，從門口進來了一個高個子的女人，臂上挽著一隻大竹籃。我姐姐看見她來了，連忙對我說：

「起來，叫德中嫂！」

我站起來，怯生生地叫了她一聲。她像很高興似的，對我姐姐說：

「啊，真乖！」

我正想回頭，問一問德中哥，他送我的這隻竹籠可以放幾隻蟋蟀時，想不到他已經不知在什麼時候離開這裡了。這時，德中嫂已將她手中的大竹籃放在窗前——籃子內是滿滿的白棉花，大概剛從棉花地裡回來的。一邊向這邊走來，一邊笑著問我姐姐：

「是最小的弟弟嗎？」

姐姐和她談著話，我無意地抬頭向她看了看，才發現她穿著一身乾淨的藍布衣裳，不像是剛從田地回來似的；說話的時候，老是笑咪咪地，還有一副挺白挺白的牙齒。

不知姐姐是故意，還是無意，向我說：

「去吧，到德中嫂房裡玩一玩！」就這樣，我進了他們的房子。房子收拾得挺乾淨，不像我姐姐房子里擺得亂七八糟。我這個德中嫂很會說話，問了我家中一些情形，還在抽屜內東找西找，找出了一個小香囊，算是送給我的禮物。那時候是剛過了五月端陽不久；她對我說，帶了這樣的香囊可以遠避蟲蛇。

總之，第一次德中嫂給我的印象，也是個挺和氣的人。

從此以後，每年我都要去到姐姐家裡幾次的。因為每一次德中哥和德中嫂總分別送給我一些小禮物；例如：我最心愛的鴿子呀、馬鞭子呀、最鋒利的小刀呀……是德中哥送的；小鐵盒子呀、玻璃杯呀、用布縫的手套呀……是德中嫂送的。

可是，天底下的事情，有許多是不可思議的。像這樣和氣、這樣愛說愛笑，而又這樣喜歡孩子的德中哥與德中嫂，卻從來沒見他們這兩口子當面彼此講過一句話；而且我肯定地說，他們在背地裡也沒有講過話。在我認識他們的時候，他們差不多結婚已經十年了。即使再怕羞的新娘，也不會怕羞到十年之後仍然不好意思在人前和丈夫講話。

我一天一天長大了，自然也看到了德中哥與德中嫂從來不講話這回事情。可是，我那時的年紀還小，從來不敢也從沒有想到直接去問問他們：他們不講話究竟是為了什麼原因。不過，自從我確切地知道了他們兩口子真的不曾講話以後，我去他們家的次數，比從前少了，甚至連帶地使我也莫名其妙地覺得不好意思起來。在以前，我在他們的房子裡玩耍、翻東西，和在我姐姐房裡一樣地無拘無束；後來，即使我在他們的房裡坐著吃飯，也覺得挺不自在似的。我的姐姐有一副很好的心腸，她見我來了，總要千方百計，把我推到德中哥和德中嫂那兒去玩。也許在我姐姐的心裡想，由於一個孩子的媒介，讓他們兩口子藉機講話也說不定。可是，我始終沒有達成這個任務。十三四歲以後，我自以為懂得事故已多，越發怕到德中哥的家裡面去了。可惜，我姐姐也從沒有生過孩子。

我姐姐一回到我們的家，除了一些家常的閒話以外，免不了總和媽媽談一談德中哥和德中嫂的事情。因為即使在我們那個守舊的鄉間——守舊的女人們寧願挨痛纏足而死也不肯放大腳的鄉間——對德中哥和德中嫂不講話這一回事，也當作了最奇異的新聞。姐姐和媽媽談了一陣子話，媽媽總要照例地問：

「德中家還是那樣子嗎？」

「可不是！」姐姐也照例地這麼回答。

像這樣的一問一答，我真的聽過不知有多少次了。可是，德中哥與德中嫂到底為了什麼原因不講話？是什麼時候開始不講話？一直到今天，在我的心內，甚至是在我姐姐、在我姐姐她死去的兩位公婆的心內，也永遠是一個謎——除了德中哥和德中嫂以外，恐怕只有上帝知道他們的祕密，也許連上帝、連他們自己都不知道，「時間」恐怕早已把他們最初不講話的原因，沖得不知去向了，但他們始終不肯講話。起先，他們好像在人前講過話的，我姐姐對媽媽說這樣的話，我差不多完全背下來了，她說：

「剛結婚頭一兩個月以內，德中哥和他「家裡」⑱似乎講過一兩句話哩！後來，不知道是啥原因，他們卻從不再說話了——等我們發現這件怪事情時，差不多他們已經結婚一年了……」

媽媽每次聽了這些話，也總長嘆了幾聲，然後咒罵幾句我姐姐的已死去了的婆婆：

「真是早該死的老糊塗！為啥不多給他們調解調解——不講話？非要這兩個傻子當面講不可！咳……咳……」我母親身體不大好，有氣喘的毛病，一急起來就不住地咳嗽。「要是我，哼！咳……咳……咳……」指著在一旁聽閒話的我的嫂嫂們：「妳們誰敢……咳……咳……咳……」

我的嫂嫂們，好像聽完了一場笑話似的，嘻嘻哈哈地笑了起來。

我媽咒罵她死去的親家，也未免有點冤枉。不過，人們都有這個毛病：要咒罵別人，最好是咒罵已經死去的，或者是離得遠遠的人們，這樣就不會有什麼顧慮了。世界上的事情往往是奇奇怪怪的，我媽媽這樣咒罵得久了，我家的全家人：我的不愛管閒事的父親、我的愛玩鵪鶉和愛打牌的大哥和二哥、我的愛專門說人家閒話的嫂嫂們，甚至連我姐姐內，也相信德中哥和德中嫂不講話的責任，好像應該全由一個死去的老太婆負起來似的！

其實哩，我姐姐也說過，她的婆婆為德中他們兩口子的不講話，不知費了多少心血和辦法，結果都一無用處。譬如說，這位死去的老太太，曾用拐杖敲過我德中哥的頭顱，曾罵過我德中嫂

⑱「家裡」：北方人對妻子的稱呼。（「太太」也是稱呼之一，稱呼別人的妻子，含敬意。）

前輩子是「驢子」托生的[19]。甚至有一次，這位老太太把他們村中的族長都請了過來。一個個長著白鬍子的老頭兒，輪流地對德中哥連訓帶斥地數落了一頓，然後在老太太的命令之下，要德中哥與德中嫂在當面說一句話——只說一句話也可以。可是，他們兩個人死也不肯說，氣得老太太捶胸頓足地哭了一場。結果，「和解」沒和得成，倒把老太太氣成了半身不遂。還有一次，老太太強迫德中哥嫂當著她老人家的面，兩個人睡在一張床上——並且還得枕著一個枕頭；然後，老太太顫著身子，把另一頭的被子用繩子束了起來，才走了出去。誰知第二天一大早，老太太走到窗口一看，他們兩個人仍然和先前一樣，各人睡著各人的床。為這件事，老太太不知哭了多少次，在廟內燒了多少次香，許了多少次愿，一直到她死去為止，她沒有見到她的最小的兒子和兒媳交談過一句話。

老太太死了。姐丈和德中哥他們又分了家。可是，這兩個奇怪的人，仍然不講話，仍然過著使人不可理解的生活。

譬如說，德中哥在田裡做莊稼，中午飯須要德中嫂送到田裡吃；那麼，德中哥只須在早晨臨行時帶條席子就可以了。——席子是午睡時用的；既然午睡都在田裡，當然午飯也要在田裡吃了。德中嫂看到德中哥夾著席子出門，或者在屋內發現了席子已經不在原來的地方，她做好午飯

[19] 「驢子托生」：驢子的性情固執而古怪，最不愛聽人指揮。這一句話是形容某一個人前一輩子大概是驢子轉世，才生就了一副怪脾氣。

就自己送到田裡去。德中哥呢？一看午飯來了，自然放下田中的工作，蹲下來就吃午飯，連一句話也不必說。德中嫂呢？大概是覺得兩人不講話對坐在田裡怪不好意思似的，就拿起德中哥的鋤頭，自己一個人去繼續德中哥未完成的工作，一直到德中哥吃完午飯，開始躺在席子上睡午覺為止。

平常在家裡也是這樣的。例如在冬天，田裡沒有莊稼可做，德中哥就到鄰居家下盤象棋，或者和別人聊天。德中嫂做好了午飯，也不必像其他的鄉下人在門口扯著嗓子大喊：「啥子他爹！回來吃飯啦！」她只須站在門口就可以了。即使德中哥看不到德中嫂站在門口，別人也會告訴他：「喂！你該回去吃飯了！」

在我們鄉間，除了來客人吃飯時用桌子外，平常都是男人們端一個黑色的大碗，一手拿著個大饅頭和大蔥，就蹲在門口，邊談邊吃。女人們則躲在廚房內，也是狼吞虎嚥地草草了事。也許是我們鄉間太窮了，養成了鄉下人對「吃喝」毫不講究的習慣——也實在無法講究。這個吃飯的習慣，很便宜了德中哥和德中嫂，他們不必像城市人一樣每日三餐都相對著坐在桌上吃飯；那豈不是要他們活活受罪嗎？

不過，也有人不相信他們兩口子是真的不講話。有位老太太曾對我媽媽大發議論：「喲！白天不說話或許是真的；晚上睡在一個房裡，哪會十來年不說一句話，我才不相信呢，譬如我和孩子他爹頭兩年……」下頭不用我囉嗦了，她簡直可以背上她大半輩子的歷史。

可是，德中哥和德中嫂，卻是千真萬確地沒講過話。晚上，各人睡各人的床。每人的床都挺乾淨的。當然，他們也沒有孩子，雖然他們每個人都挺喜歡孩子。

至於「離婚」，在我們鄉間連這個名詞都沒有聽說過，除非是男人們將女人們「休」回娘家。不過，「休妻」這回事情只在戲臺上唱唱而已；鄉下人好不容易才討了個太太，誰也不願意「休」她回去。而且，被「休」的妻子，一定要有什麼「七出」的條件才夠「休」的資格。單單是不和丈夫講話，好像沒有包含在「七出」的規約之內。所以德中哥大概也沒有興起「休妻」的念頭。

他們把他們的生活交付給「命運」，默默地忍受著這些在別人看來是永遠無法理解的日子。久而久之，卻成了習慣，一年、兩年、十年、二十年……

對日抗戰期間我離開了家鄉，而且一離就離開了整整十年。等我再回到家鄉時，家鄉的一切都變了樣。可是，我去看我的老姐姐時，也知道了德中哥和德中嫂仍然和十年——不，和三十年前一樣，他們兩口子仍沒有講過話。

那時候，德中哥和德中嫂都是五十出頭的人了。

我實在再也忍不住我的脾氣了。請大家想一想：天底下荒唐的事情，有什麼還會比德中哥和德中嫂三十年不講話這件事更荒唐的呢？在他們家中，我帶著氣，責問德中哥：

「你到底安的是什麼心眼？連鬍子都白了，還像年輕人一樣和太太鬧彆扭嗎？」

德中哥嘆一口氣，抬著頭望著天，說：

「天啊！你叫我怎麼辦呢！」

我走去罵德中嫂：

「『驢脾氣』也不能『驢』一輩子呀！」

德中嫂只是哭，不答話。我忽然發覺她的一隻眼睛竟全被一層雲膜蓋住了，這時已經看不見任何東西。她消瘦得像一個紙紮的人兒一樣，臉色黃得有點怕人。

我不忍再去罵她，臨走時賭著氣連理也不理他們，就回去了。差不多有半年沒有聽到過他們的消息。

可是，忽然有天中午，我姐姐氣咻咻地到我家來了，看到她慌慌張張的樣子，就知道有什麼不幸的事情要發生了。果然她說德中嫂病得很厲害；她來此的目的說是德中哥要我轉請一請我們村中的醫生，趕快到他家去替德中嫂看看。這醫生新從外地回家，是西醫，也是我的老同學。

我和這位醫生匆匆忙忙趕到德中哥家裡時，似乎已經太晚了。醫生雖注射了一支強心針，德中嫂仍在昏迷狀態。打完針，德中哥含著淚——奇怪地，他竟會含著眼淚——低聲地問醫生：「你看，也許不要緊吧！」

醫生搖了搖頭，說：「不知道！」

德中哥的淚水，也許是實在支持不住了，順著他滿是皺紋的面頰，流了下來。他幾乎是用著沙啞的，顫抖的聲音對我說：

「阿拓，你叫一叫你表嫂子！」

對垂危的病人喊叫，我也知道對病人有害無益；不過，我看到德中哥珠淚橫縱的面龐，我還是叫了出來：

「德中嫂！德中嫂！妳好點了嗎？」

奇怪的是我這麼叫了幾聲後，德中嫂的眼皮竟慢慢地睜了開來。她無力地向我們掃視了一下，她的嘴角也跟著德中哥的抽泣聲音而抽泣起來——我自己也忍不住落了許多眼淚。

我說：「德中哥！你過去一下吧！也許是最後——」我沒有再說下去。

德中哥呢？機械似地像有人在後面推著他一樣，到了德中嫂的床邊，從德中嫂閃著眼淚的眼光中，從她那滿是皺紋的臉色中，雖然她仍在抽搐哭泣中，我仍然可以看得見她是多麼希望德中哥走近她的身邊啊！

她用她含淚的眼睛，注視著德中哥：她顫抖著身體，想坐起來，但沒有坐起，就又倒了下去。德中哥也用著他含淚的眼睛，注視著德中嫂，卻不由自主地、慢慢地握著了德中嫂靠在床邊的一隻手。他的熱淚——他大概從來沒有讓人看見過的淚珠，順著他的面頰，滴在德中嫂的枯瘦焦黃的臉上。德中嫂抽搐著嘴唇，好久好久，才迸出了一句話：「他……他……他表哥！你……你……你……來了！」

德中哥忽然像孩子一樣，竟拉著德中嫂的手，「哇」地一聲痛哭起來。他一邊不停地跺著腳，一邊斷斷續續地哭著喊：

「他……他……他表嫂！我……我們……為啥……為啥不講話……不早一點講話……」

等我們用力地把德中哥拉開時，德中嫂已經在德中哥的手中斷了氣。她滿是淚水的枯黃的臉上，卻隱隱地有一個從來沒有過的微笑。

可是，德中哥呢？從此以後，卻變成了一個神經不大正常的人了，每逢沒有人的時候，他總是喃喃自語：

「為啥不早一點和她說話呢？為啥？」

兩列矮房子

朱先生和朱太太剛搬進他們新租的房子裡面，朱先生的心裡馬上就蒙上了一層濃霧，不過，搬房子是他的主意，這時尚不好發作。可是，有一張薄而闊大的嘴唇的朱太太，平時就愛囉哩囉嗦的，現在當然要找機會挖苦她丈夫兩句了：

「哼！我寧願一天坐三個鐘頭的巴士，也不願搬來這個臭氣沖天，震破耳朵的鬼地方！」

「那有什麼辦法呀！」朱先生說：「什麼時候我們能有一部像個樣子的汽車，也就不必貪圖路近住到這裡來啦！」

「汽車！」朱太太的嘴唇撇得幾乎挨近了鼻尖，用鼻子的聲音說：「好好吃你的粉筆灰吧，我們這一輩子也別想有汽車！」

朱先生本想頂撞她兩句的，忽然，他們最小的兒子在搖床內大聲哭了起來，壓倒了他們兩口子鬥氣的聲音。因為女傭正在廚房做飯，朱太太不得不走過去搖搖他。誰知這小傢伙雖然才只有四五個月大，可是哭起來面紅脖粗，小肚子一挺一挺地，簡直想要挺出床外一般，嗓子也特別洪亮，只消幾聲，就把他隔床的哥哥吵醒了。這位小哥哥還差半年才夠四歲，不然朱先生早把他送進他們學校的幼稚園去了。這孩子頑皮得要命，一醒來揉了揉眼睛，就忽然地爬下床來往門外跑去。

「你想死是不是？」朱太太連忙趕過去一把拉住了他：「我告訴你不准隨便亂跑，你記清楚了沒有？」

孩子像小雞一般被提到爸爸的跟前，張著求救的眼睛，希望他父親准許他出去和門外的孩子們一齊玩耍。

雖然是在氣頭上，朱先生還是非常喜愛他們的孩子的。「小星——」他抱起了他：「聽爸爸的話：你要什麼都可以，就是不准出大門。知道嗎？」

孩子眼內含滿了淚水，撇著嘴。

「明天叫木匠來做一個木柵門，就把他關起來了。」朱太太說。

孩子「哇」地一聲哭了。

*

說真的，假如不是為了貪圖路近，朱先生一家說什麼也不會搬來這裡住的。他們這個新租的房子，距離朱先生和朱太太教書的那個小學非常近，用散步方式，只消十五分鐘就到了。原先他們住在加東近郊區的「教師別墅」內——這是一個教會辦的，裡面住的都是各校的教師。房子雖然小一點，但外邊的草地相當大，還有鞦韆、蹺蹺板等設備，不必將孩子像現在一樣，成天關在木柵門裡面，讓他眼巴巴地看著別的孩子們在門外玩耍，而自己則變成了個小囚犯。不過，「教師別墅」距離學校太遠，單單坐巴士就要花去兩個鐘頭以上的時間。而且，他們的大兒子小星馬上就到四歲，可以隨他們一同去上學讀書了。如果住得離學校太遠，孩子不能坐這麼遠的巴士。如果坐來回接送的私家車，在他們說來，車費就是一筆不太小的負擔。

他們現在住的這個房子，還是一位同事讓給他們的，那位同事到聯邦教中學去了。這個房子是矮矮的兩排列房子中的一間。這兩列房子建得非常奇怪：說它是一整間吧，它卻自成一家，而且房內除長長的臥室外，靠近大門有一個小而方僅能坐四個人的客廳，挨著客廳卻是僅能轉身的廚房，廚房隔壁是浴室和廁所，真所謂「麻雀雖小，五臟俱全」；可是，說它是自成一家吧，這些一間間的房子卻又緊緊連在一起，兩列房子相對，再加上上面的一層樓房，又好像這是一個整體，一家的房子也只是這個整體中的一間罷了。

說穿來，對著兩列低矮的房子也就見怪不怪了。原來，屋主在蓋這兩列房子的時候，本是打算給緊挨著它前面的四層樓房做停車室用的。後來，也許是有車的房客捨不得租它，也許是屋主覺得住人比停車有利可圖，於是，靈機一動，就把一間間的停車室，裝上窗戶和大門，然後中間來一道橫墻，隔出一間四不像的長臥室，前面再來一道墻，於是，有了客廳，也有了廚房和廁所。下面一間月租八十元，上面的樓房，四十元。好在星加坡有一百多萬人口，沒房子住的人還相當多，那些已經接觸窮之邊緣而又不愿住亞答屋的五流六流的紳士們，就對這種「分門立戶」

的房子趨之若鶩了。如果有人搬開這裡，馬上就「薦讓」給他的親戚和朋友。所以，這裡雖然也有人搬出，但新來的人第二天準會搬了進來。

*

也許朱先生夫婦是從中國來的，對與他們不同膚色的人，多少還存有另一種看法。第二天剛做好木柵門他就打趣地笑著對他的太太說：

「我們也參加『人種展覽會』了！」

朱太太正伏在梳妝臺上改學生的練習簿子——她教的是三四年級的國文——對她丈夫的話還沒有聽明白：

「什麼『人種展覽會』呀！」

朱先生很為他發明的這個名詞得意，大聲地笑著：

「請妳到門外去看一看，就知道了！」

朱太太走到門口，站在他們大孩子的後面，從半人高的木柵門向外邊望了望，不自覺地笑了起來。原來這時候太陽將已落盡，兩列矮房子里的人們都走到房外乘涼。從他們各種各樣的服裝和膚色上看來，倒真的是一個「人種展覽會」。孩子們也都出來了，吵著、跳著、互相追奔著。有幾個大一點的孩子，不知從什麼地方撿了一個洩了氣的破足球，這時正分成兩隊，大家踢得十分起勁。孩子們的聲音很大，但朱先生和朱太太不能完全聽懂他們的話。因為有的孩子說英語，有的說福建話，有的還夾雜著華語、廣府話和馬來亞話。這些孩子的膚色，有的完全是白色的，一看他們的黃色的頭髮和碧藍的眼睛，就知道他們的父母一定是歐洲人；有的是黑青色的，這當然是印度的孩子；華人的孩子，看樣子起碼有一半，雖然有許多不會說華語；從卷曲的頭髮上，也可以明白看出哪一個是馬來人的孩子；不過，另外有幾個孩子，說黃不黃，說白不白，說黑又不黑，在外型上既像華人，又像外國人，講的話完全是英文，可想而知，他們的血統是混合的。

朱太太看著這些雜七雜八的孩子，先是無意中轉回頭對丈夫笑了笑，然後卻皺起眉頭來了。她本來就是一個多心眼的女人，她的丈夫也特別摸清楚她的脾氣，所以馬上蹲下身來對他們的大孩子交代了幾句：

「小星乖！聽話！只准在門裡看，不准出去！」

小星只顧望著踢球的孩子們出神，根本沒有聽清楚他父親的話。

雖然朱先生和朱太太對小星交代又交代，甚至對女工再三囑咐過，不要讓小星跑出大門。可是，這個頑皮的孩子，在父母外出以後，他就想盡方法弄開門上的扣環，跑到門外和其他的孩子們一同玩耍。女工得洗衣做飯，還要照顧那個四五個月大的孩子，也就無法看得住這個精力充沛的孩子了。

小星雖然聽不懂他們的話，但大家玩得還是非常快樂。其實，孩子們在一齊玩耍，也根本不需要太多的言語，用簡單的手勢就可以互相溝通了。在短短一個月內，小星不但學會了許多種他的父母所聽不懂的語言，甚至還學會如何玩紙牌，如何用橡皮筋賭輸贏，如何用轉動的針盤贏雪糕和糖果。

等到朱先生夫婦發覺小星竟敢在抽屜內偷偷地拿走一兩個銀角的時候，朱太太狠狠地在小星的屁股上打了幾下。長了這麼大，小星還是第一次挨打，躲在屋角內嗚嗚地哭個不止。朱太太又開始埋怨她的丈夫了：

「真的活見鬼，搬來這個鬼地方。小星在這裡長大，不變成個小癟三才怪！」

朱先生這次沒有和太太頂嘴。他是在學校教書的老師，當然知道環境對孩子的影響，而且他也知道現在所住的這兩列矮房子的人們，樓上樓下情形是那麼的複雜。從女工和他太太的閒談中，他知道對面那一位梳道士髻的女人，是在一家娛樂場的粵劇班內唱花旦的；每天下午穿了奇服異裝，口紅塗得如血一樣，在朱家門口經過時，一定和小星打個招呼的那個妖冶單身女人，是在一家舞廳做舞女的；隔壁娶了華人太太，帶著他太太的媽媽、弟弟、妹妹一家幾口的那個印度人，是在一家大公司做看門的，他的華人太太向有「街長」的綽號，什麼事也不做，抱了孩子，東家串串，西家走走，每一家芝麻大的事情，她都知道得清清楚楚——這許多新聞都是「街長」告訴朱家女工的；此外樓下還有幾家，有個英國人和他的英國太太離了婚，並且還留給他一個四五歲很好看的女孩子，現在的這位肥大的太太，卻是個印度人；而另一個單身的混血女人，連「街長」似乎也弄不清楚她的來歷；有一家荷蘭人，男人大概從前是個水手，不然臂上不會有那麼多青色的花紋，他的太太胖得如一頭大象一般，一天到晚坐在門口喝啤酒；還有幾家不會說華語的華人，太太們穿著馬來人的娘惹裝，男人們一到夜晚就赤著上身，下身圍著紗籠，「乒乒乓兵」地打麻將一直打到十二時以後。至於樓上，因為租金便宜，情形更為複雜，有做小販的、有在巴剎賣菜的、有在飯店幫忙的、有做裁縫的、有修電器的，可是，也有在學校教書的老師、在律師樓做事的書記，還有一位警察的眷屬、一家報館的記者……樓上樓下大約有四五十家人家，可以說有四五十種不同的職業、不同的身分、不同的信仰。這麼多不同種族的孩子們看樣子多數是在英學讀書，也有在華校的。不過不讀書的孩子數目可能更多一點，不然他們不會一天到晚都在那裡玩紙牌。甚至樓上一家有兩個孩子，大的約十三四歲，小的十二歲，乾脆擺了一個個糖果攤子，另外代營膠質的各種小玩具。有一天，小星纏著朱太太要去買這個攤子上的放大鏡匣，朱太太走過去拿起鏡匣往匣裏一瞧，臉都氣得紅了，原來匣裡面翻動的，全是一張張赤裸裸的女人的照片。

「非搬不可！非搬不可！」朱太太回到家，對著朱先生罵了起來：「都是你的鬼主意！明天就去找房子。你不去我去！」

朱先生只顧改作文簿，頭也沒抬：「好！好！明天就找！明天就找！」

＊

可是，在星加坡找一座能容五口之家的房子，租金要便宜，又要環境好實在不是容易的事情。朱先生跑了許多次，仍然沒有個頭緒，就這樣找來找去，兩個月過去了。

這兩個月的日子，在朱先生和朱太太的眼中看來，每一天差不多都有一年長。剛搬進來時覺得窗口尚可通風，房內還不太熱；現在呢？似乎窗口也縮小了，房內熱得幾乎令人頭暈。朱太太成天抱怨著不該離開「教師別墅」，說那裡靠進海邊，晚上涼得要蓋雙層毛毯，孩子們也不至於頭上身上出了這麼多的痱子。

越想離開這兩列矮房子，偏偏又離不開，那麼，難怪朱先生和朱太太要咒罵這裡的一切了。門外邊孩子的吵鬧聲，在他們聽來簡直要震破耳膜；隔兩家的打麻雀聲，嘩嘩啦啦，有如過年時放的鞭炮一樣響得朱太太心裡直跳，她說她一定有心臟病了。有一晚，隔壁的印度人和他的「街長」太太不知怎的，忽然吵起架來。這位太太有一副好嗓子，用著她滿口都是舌頭的「印度中國混合型的英語」，大罵她的丈夫，一直罵到晚上一點鐘還沒有停止。罵一陣，哭一陣，說一陣；看到廣東鄰居用廣府話訴說；看到福建同鄉就用家鄉話說她準備尋死；看到印度人和混血人就用她丈夫或她自己才能聽得懂的英語，說她這一輩子找錯了男人；看到朱先生，就用華語向他一邊哭著，一邊罵著她的丈夫無情無義。朱先生夫婦第二天一早還得去上課呢，可是門外邊熱鬧得如過年前兩天「牛車水」的年宵市場一般。樓上的鄰居們，也跑了下來，用著他們自己慣用的語言，有的勸丈夫，有的勸太太。孩子們卻搶爭著擠到前面去看熱鬧。這樣，幾乎四五十家人全都出馬，好說歹說，兩點多鐘才算平安無事。朱先生和朱太太在第二天早上，只好帶著朦朧的眼睛，給學生們上課。

像這樣的日子說什麼也過不下去了，孩子學會了偷東西，大人們白天晚上受精神虐待，朱先生真的下定決心要搬了。鼓起勇氣到各處打聽詢問，好容易才在較遠的地區找到了一間房子，房子有點舊，同院的人家有五六家，好在是老房子，有個草地的院子，雖然不如理想，總比現在要安靜些。朱太太也去看了看，勉強點了點頭。當天是星期日，一時找不到羅里車，決定明天下午開始搬家。

既然找到了房子，朱先生夫婦的心情也就安靜了許多，為了酬謝丈夫這些天來找房子的奔波，朱太太提議晚上去看一場七點半的電影。

*

兩個人從首都戲院內出來，已經九點多了。朱太太推說肚子有點餓，他們又散步到海濱公園的康樂亭，叫了一些沙爹來吃。其實，朱太太不願這麼早回去，好容易出來一趟，應該晚一點回去才對。如果這時回去，說不定孩子們還沒有睡覺，那麼她就不得不替工人抱一抱孩子了。再說，他們兩個人自從結婚以後，也很少有這樣的機會和心情在外邊玩的。

一直到十一時多一點，他們才雇了一輛的士回到了他們家前面的小街口。剛下了車，朱先生和朱太太忽然看到他們家和附近幾家廳內的燈光開得還十分明亮，而且在他們的門口，好像還有許多人擠在那裡似的，說話的聲音亂糟糟地。女人們的感覺常常比男人靈敏，朱太太膽戰心驚地說：

「莫非家裡出了什麼事情？」

一句話提醒了朱先生，他們慌慌忙忙向家門口那邊跑去，跑到跟前，真的有那麼多的人擠塞著他們的門口。有一個孩子先看到了他們兩個人，大聲喊著說：

「朱先生回來了！」

這時門口的人們不約而同地扭轉過身來，團團地把他們兩個人包圍了起來，每人一張嘴，每張嘴都在爭搶著高聲地向朱先生和朱太太說話，一時把他們兩個人的腦子弄糊塗了，不知聽誰說的好，也實在聽不清楚這麼多而吵雜的聲音。朱先生分開眾人，擠到門口看了看，只見對門那個梳道士髻子粵劇班唱花旦的女人，手抱著他們六個月大的孩子，在廳內搖來搖去，孩子「哇哇」地哭個不止。她只顧低著頭哄孩子，還沒有看見朱先生已經站在門口，她這兩天因為有病，沒有上臺做戲。在白色的燈光下，她的臉色越發青白得有點怕人，再加上她深陷的眼眶，散亂的頭髮，一時把朱先生驚駭得站在那裡不知問什麼是好。朱太太從朱先生背後擠進門去，舌頭打著舌頭，連忙問：

「什麼事呀——師奶？」

這時，那個唱花旦的女人才抬起頭來，瞪著她深而黑的眼睛，用著生硬的華語，急促地說：

「你——你們家的小星——撞車了！」

朱太太嚇得差一點跌在地上，朱先生連忙把太太扶在椅子上，緊接著問：

「人呢？人呢？」

「四排坡——醫院！」那個女人說著又連忙「啊啊」地搖著哄她懷中的孩子。

「工人呢？」朱先生問。

「同紅十字車一齊去了！」

門外的人，全都是這兩列房子的鄰居和孩子，他們這時等不及朱先生的詢問，你一句我一句地搶爭著說：

「小星一個人跑到馬路邊，被一輛私家車撞倒的。」

「在車底下拉出來的，滿身是血！」

「九點多撞倒的，不知上什麼地方找你們才好！」

「是我爸開車送他們去的！」

「我媽也去了！」

「我媽也去了！」

「……」

朱先生實在無勇氣再聽他們說下去。朱太太這時正伏在桌子上哭泣。

「別哭了——妳在家等等，我上醫院去！」朱先生對他的太太說。

「——我也要去！」朱太太馬上站起身來，生怕她丈夫不准她去似的。

＊

他們是第一次上四排坡的公立醫院，在那麼大的房子內找了幾處，才找到了急診室的房間。他們家的女工垂著頭坐在房間外邊的長椅子上。靠近女工還有三四個女的，有綽號「街長」的太太，有在巴剎賣菜的老闆娘，有那個常和小星打招呼的舞女，還有一個是那個英國人的高大肥胖的印度籍太太。也許是在夜晚，室內靜得幾乎令人有點窒息。她們都低著頭坐在椅子上，朱先生和朱太太一直走到她們的跟前，她們才發覺孩子的父母來了。她們一齊抬起了頭，朱先生發覺她們每個人的眼睛都是紅紅的，不由得自己也忍不住流了眼淚。朱太太更無法制止，竟坐在椅子上哭出聲來。

「醫生正在給他輸血。」「街長」太太輕聲地對朱太太說：「只是流血多了一點，手腳都還是好的。」

「來不及等你們，我們五個人一齊把孩子送來了。」賣菜的老闆娘說：「印度婆的英文講得好，請她來向醫生和警察說得明白些。」

印度籍的英國人太太，不會講華語，只對朱先生微微地點了點頭。

「虧得她們兩個來了。」那個穿著日本和服式睡衣的舞女指著「街長」太太和印度婆娘對朱先生夫婦說：「醫生說要馬上輸血，你們又不在這裡。我們五個人——連你家的女工，都自告奮勇請醫生抽血檢查。結果，只有她們兩個人及格——」

「街長」太太生怕那個舞女一口氣講完，就沒有她的分兒，連忙接了上去：

「在我的手腕上抽了一點點，不覺得、不覺得，一點不覺得！」她一邊指著印度女人說：「她的多，她的血多——高頭馬大，抽上三斤兩斤，可能還會苗條些呢！哈哈——」忽然她又覺得不應該在這個時候發笑似的，僅僅兩聲，馬上又止住了。

正在這時，手術室的白色的門開了，有一位高大個子的醫生走了出來，他邊走著，邊取下他白色的口罩。從他那帶著微笑的面容上，大家可以直接感到「孩子有救了！」

接著，護士門推著手術車出來了。孩子安靜地躺在車上。他們七個人不約而同地馬上起來跑過去圍住了車子。一個護士微笑著說：

「請不要動他，他睡得很好。感謝上帝，過兩天大概就可以出院了。」

「家長來了嗎？」另一護士問。

朱先生和朱太太連忙誠恐誠惶一齊應著：「來了！」

「啊！」這個護士笑著說：「你們的鄰居們真好！你應該謝謝他們呀！」

朱先生和朱太太不知是喜歡還是感激，他們兩個人的眼內，滿滿都是淚水，對著這幾個他們原先所鄙棄的女人們，不知應該說些什麼道謝的話才好。

*

三天後，小星出院了，因為輸血及時，再加上孩子生命力的旺盛，很快地就復原了。

朱先生和朱太太也沒有搬家。相反地，他們兩口子卻在他們的小客廳內，開設了一個義務的夜晚補習班。在補習班上課的，也就是這兩列矮房子內以前玩紙牌的孩子。

最不能忘記的一張臉

聖誕節來了，朋友們聚在一起，免不了要鬧一番。有家眷的朋友，連大一點的孩子都帶來了。加上孩子的追逐奔跑和呼叫，使得這一個本有家庭氣味的聖誕晚會，越發加濃了家庭氣味。吃過聖誕糖果，由聖誕老人分別送過禮品，而且又零零亂亂地跳過舞之後，已經差不多十一點了。難得的一個晚上啊！雖然他們的唱盤只有那幾張古老單調的片子，但大家仍然趣味甚濃，誰也沒有要走的意思。於是有人提議：大家輪流講一個故事吧——不過，這個故事的題目是：

「最不能忘記的一張臉！」

大家先是推推讓讓，最後還是講起來了。

有一位矮個子的朋友是和太太一齊來的，他自告奮勇先說了一個故事。他說，他最不能忘記的一張臉——就是他的太太。他把他的初戀經過，老老實實說了一遍，說得他的太太的臉都有點紅了。要不是他太太連連拉他，說不定他還會說下去呢！

第二個是個青年人，正在學校讀書，他的最不能忘記的一張臉，是他的國文教師。他把那位夫子型的老先生，形容得有如一個永不會變化的僵屍，惹得大家笑了一陣。

第三個說了，第四個說了……

當輪到那位高個子、瘦瘦的朋友時，說什麼他也不肯說。本來，這時大家都有點沒精打采，忽然發覺有人不肯說，倒無意中刺激了一下，反而有了精神，一齊叫喊著非要他說不行。

「好了、好了，我說、我說。」他無可奈何似的對大家說：「不過，我這個故事可能不怎麼好聽！」

「好聽！好聽！」孩子們喊得更響。

「別賣關子了，快說吧！」大家催他。

他站起來，走過去熄了幾盞比較亮一點的燈，然後坐下來，開始說他的故事——

「那是一九四四年六月間的事。」

「雖然相隔有十多年了，但那張臉在我的心內，仍然是那般清晰而深刻。我想，在我這一輩子當中，這張臉永遠不會離開我的。」

「那時正是中日戰爭最激烈，也是最艱苦的時期。我呢，在中日戰爭開始不久，就離開了學校，正式入伍當了兵。一九四四年，我已經升為中尉副連長了。我們那個部隊，就是在上海堅守四行倉庫的那一師，一向是以打硬仗聞名的。」

「滇西反攻，是那年五月間的事。其實，日本人老早就知道我們反攻了，凡是在怒江以西他們的據點，防守工事做得最為堅固。在滇西，他們有三個大據點：一個是正對著惠通橋的松山；

一個是騰沖；一個就是我所說的看到那張臉的龍陵。」

「雲南是個多山的地區，大多的城市都在四圍全是山頭的垻子內。龍陵也是這個樣子的。所以，我們要攻克龍陵，首先就得奪取這些四周的山頭。」

「我們那一連可以說是平平安安到達龍陵城四周的。第一因為我們不是先頭部隊；其次，日本人為了堅守，早已把兵力集中在城四周的工事裡面了。甚至當我們在渡江時，簡直和旅行行軍差不多，可以說是大搖大擺地坐著木筏過了江，到了龍陵城附近，才開始了我們的攻勢。可是這個攻勢，卻是人踏著人的死屍，一寸寸，一寸寸爬上去的。」

「是一個細雨連綿的夜晚，營長把我們全營的官長集合在一個小山頭上，大略地說了一些目前的戰鬥情形，接著就宣布我們全營的第一個任務——在明天拂曉，開始攻取龍陵外邊那個在地圖上叫做『二〇三高地』的山頭。這個山頭，正當著龍陵城的公路口，我們同師的其他各營已經連續不斷地攻擊過四五天了，可是仍沒有奪取過來，傷亡的數字卻相當大。」

「我們順著營長所指的方向望過去，在黑茫茫夾著細雨的夜色中，只能朦朦朧朧看到那個名叫『二〇三高地』的山頭，像一匹野獸似的躺臥在我們的面前。透過它背後的天色，可以看得出這個山頭並不太高。因為是在夜晚，攻擊的部隊似乎停止了攻擊，只間斷地聽到一些槍聲；在那個山頭上，也偶爾有幾道火光向山下飛去，接著是清脆的機關槍的聲音。在戰場上，夜間的槍聲，特別悠長而寒森，有時候那些『嗖嗖』地在空中飛過的子彈聲，好像就在自己的頭頂上一樣。」

「我和我們那位標準的老粗連長回到山下時，弟兄們有的坐著，有的躺著，正散亂地在公路兩旁打盹睡覺，雖然天上的細雨，這時候仍在不停地下著。本來，打從我們渡江那一天開始，好像雨季也是從那天開始一樣，成天滴滴答答地，白天夜裡都沒有停過。大家在雨中行軍，在雨中吃飯，在雨中睡覺，衣服永遠是溼淋淋地。因為渡江以來還沒有正式和敵人接觸過，弟兄們希望在日本屍上剝一件雨衣的念頭，也就沒法實現了。」

「我們那位連長，可以說是罵人的話出口成章，一回來，他就拉著啞嗓子大叫：『狗娘養的小子們，給老子起來，給老子起來！』」

「平常間，這些弟兄們被罵慣了，不但不再感到惡意，反而聽起來似乎倍加親切。這個連長脾氣雖壞，但心直口快，弟兄們很喜歡他。大家懶洋洋地站了起來，連長宣布了他的命令：『×你娘，明早輪到咱們這一連唱戲了，打頭陣！完結！』」

「這一群黑黝黝看不清面孔人頭，並沒有起了多大的反應。也許太過瞌睡了吧，他們又在懶洋洋地隨便坐在路旁，抱著槍桿打起盹來。那時候，日本人只有防守的力量，只要不在他們的火力範圍之內，他們不輕易射擊。我們這時距離明早要攻擊的山頭，也不過一二華里左右，因為前面的公路折轉著，在這裡睡覺倒是很安全的。我個人當時的心情呢，這時已經記不清楚了，也許是為了這是渡江後第一次的攻擊，免不了有點緊張，只坐在地上假寢了一陣，沒有真正睡覺。」

「大約是夜間三點左右，伙伕已經把飯做好從後面送來了。士兵們對吃飯是永遠感到興趣的，不論這些飯是冷是熱，有沒有好的菜。聽說『飯來了！』，大家似乎也都有了精神，一骨碌爬起，每個人都不願落後地提著各人的飯盒子，一邊打著『哈哈』地狼吞虎嚥起來。好像再過兩個鐘頭的攻擊，他們已完全忘記了似的。天上的雨，仍然均勻地落著；夜，越發黑了；這時，除了弟兄們筷子拌著飯盒的聲音之外，偶然從前面傳來幾下悠長的槍聲。」

「大約是在早晨五點鐘，開始了我們的戰鬥前進，一直到達那個『二〇三高地』的山腳下面，我們沒有發過一槍；敵人們像睡著了似的，也沒有向我們這邊開火；在我們後邊山頭上掩護我們前進的炮隊，因為夜色過黑，而且白天發射過多，現在也停止了射擊。」

「弟兄們散成不規則的隊形，沿著公路，慢慢地向前挪動，誰也不願講話。這短時期的沉寂，正象徵著即將到來的風暴。天上的毛毛細雨仍然不停地落著，公路上卻並不泥濘。弟兄們背著背包，有的戴著大的雨帽，在夜色中搖搖晃晃。我忽然想起：也許幾十分鐘之後，在這個搖晃的行列中，不知有幾個人還能留下他們搖晃的生命，連我在內。」

「到達山腳跟前，天色朦朦朧朧已看得見人的身體。連長把全連的班長集合在山腳前，輕聲地罵著說：『奶奶的，有種，就跟著我上！』」

「天色又亮了一些，我們每個人都可以看得見在這個山腳跟前，亂七八糟地放著許多背包和大的雨帽。本來，那時候的士兵們，窮得連一雙布的草鞋都沒法穿得起來。在平時，他們的背包也就等於他們的命，無論行軍走得多麼勞累，他們連一根布條子都捨不得輕易丟掉。現在，大家忽然看到這些以前攻擊的弟兄們所扔棄的背包，連我各人在內，也好像忽然之間受了一種感染一樣，不由得不把我背上的背包慢慢地丟了下來。雖然這個背包不知跟我走了多少千里路；雖然這裡面有我母親在我離開家時親自給我做的而我卻捨不得穿的布鞋；還有離開家時穿的，現在已破得成為一條條的襯衣；還有那可以背得出來的、裝在油紙袋內的家信……可是我卻狠著心把它從背上取下，又輕輕地把它放在那堆散亂的背包中間。這些都是身外之物啊！當一個人知道他將要面對死亡而又絕對無法避免，那麼，還要這些身外之物做什麼？還要這一些可回憶——而又令人沉痛的回憶之物做什麼？」

「士兵們也和我一樣，也可能和我的心情一樣，不約而同地，都自動地扔下了他們的背包，扔下了從老百姓頭上『借』來的雨帽，和從老農夫身上『借』來的雨蓑。」

這時，講故事的那位朋友，略停了停，走過去端了一杯水。

有些性急的人就喊著說：

「喂！你的那一張臉，什麼時候才到正題呢？」

「你們既然要我講，那就別急！」他喝了水，繼續著說了下去：

「我們要真的開始攻擊了。下了一整夜的細雨，在拂曉之前忽然停止，天色也比剛才亮了一些。可是不知從什麼時候開始，也不知從什麼地方而來，卻在我們的四周，滿滿地圍上了一層濃霧——厚厚地，溼溼地，連兩尺之外的人都不能看見東西。只聽到我們的連長高聲喊著說：『好時機呀，小子們，上呀！』」

「我和連長是分作左右，平行地向山上攻擊前進的。他的喊聲從我右邊的濃霧中傳了過去，好像是另一個世界的聲音，遼遠，漫長，甚至有點滑稽的感覺。雖然我的心還在撲撲通通的，精神是那麼緊張。」

「我並不是一個十分勇敢的人。尤其是每次戰鬥開始的時候，我的心臟跳動得總是很厲害。不過，槍聲一響，心臟就不在跳動了——好像是『天命』已定，那就隨你的便吧！」

「我們在濃霧中散開著前進。因為看不清前面的目標，我沒有射擊；有幾個傻裡傻氣的弟兄，也許是為了壯膽，『嘭嘭』地向前面打了幾槍；接著，從山上也還了幾下『砰砰』的聲音。敵人的槍聲和我們的槍聲，最容易分得清：我們的槍聲，沉重得如一粒粒全打在土地上似的，幾乎有幾十斤重一般；日本人的槍聲則恰好相反，清脆爽利，甚至聽起來還有點悅耳。」

「大約向上走了二十幾碼，就已經發現新的和臭腐的死屍，這些大概是在前四五天內，我們的友軍在攻擊時的死亡者。剛一觸目這些浮腫、汙血的面孔，或者斷臂缺頭的屍體，自不免有點厭惡和驚心。但向前再走了一段，死屍越來越多，反而倒見怪不怪了。死亡的恐懼早已飛出思念之外；有近於醉酒一般，我的腦子幾乎是暈暈糊糊地，一躍，一跳，一俯，一跑，簡直有點機械似的前進著。」

「槍聲越來越密。我們後方的炮隊，也開始射擊，先是遙遠的炮彈出口聲，接著是在我們前面『通通通』的爆炸聲，敵人的炮火和手榴彈，不時向我們這邊投射過來。在我附近的濃霧中，不時看到草土飛濺，接著是『唉喲』的哼叫聲音。不過，我們沒有倒下去的弟兄們，仍然一步步地翻越著屍體，向前爬進著。因為在我的右邊，我那個老粗連長的聲音，仍然時不時地滲在槍聲和炮聲中向我們這邊傳過來。說良心話，這聲音對我無疑是一種鼓勵。為了振奮我左右的弟兄，也為了響應連長的呼喊，甚至也為了壯一壯我自己的膽量，我在躍前進後，也竭力大聲地叫著。——我無意中發覺我的聲音會這樣尖銳，幾乎有點森寒凌人，真的給了我不少勇氣。有些弟兄們，也這樣此起彼和地吼著，叫著，向前躍進著，也許是和我一樣，自己替自己打氣。」

「這時，濃霧愈加濃起來，看霧色已是天明的時分。到底前面的敵人距離我們有多少遠，是不是我們已經接觸到敵人的堡壘，我都無法知道。不過，我的四周盡是死屍，我就利用這些屍體當作我的堡壘，一邊吼著，一邊向前躍進。」

「這些濃霧給了我們不少方便，假如不是它的掩護，我們的傷亡一定很大。從我們一陣陣的吼叫聲中，我猜想我們全連一百多人當中，起碼還有三四十個弟兄——還有那位老粗連長——沒有倒下。可是就在這時，濃霧忽然散了，或者被風吹去——真可以說是剎那之間，這些濃霧已去得無影無蹤。這時天色已大明，我從屍體的缺口當中向前一看，不由得大吃一驚，原來我們已緊緊地挨近了敵人的鐵絲網。也許是屍體過多，鐵絲網倒幾乎被網外的屍體給填平了。天色已亮，濃霧已過，正是我們後方炮隊最好的時機（那時日方的大炮，早被我方火力壓了下去），炮彈如雨點一般，飛進了敵人的陣地，我們眼看著在我們前面只有一百碼左右的那座敵軍大堡壘被炸塌了，那一架最威脅我們的機關槍也停止了聲音。」

「在這個距離之內，你就是想退也沒法可退了；你就是一個最膽小的懦夫，也會挺起胸膛向前衝去，因為這是一條最沒辦法可走的路啊！緊接著我先聽到連長的喊聲：

『衝呀！衝呀！』」

「『衝呀！衝呀！』我也不自主地喊了出來。」

「就在我吶喊的同時，我端起了衝鋒槍，從死屍堆中躍起，跳過鐵絲網，咬著牙向前沖去，左右的弟兄們也喊著衝了上來。同一時刻，槍聲、炸彈聲，已亂成一片。」

「一百碼的距離本來很短，當我衝上去時，戰壕內有幾個日本人，也正端著刺刀向我們這邊衝來——說來不怕大家笑，在慌忙中，我簡直閉著眼睛，舉起衝鋒槍，向他們掃了過去。槍聲完了，我睜眼一看，發現他們已經倒在戰壕邊上了。或者是被我後面飛過來的手榴彈炸死的也說不定。總而言之，我飛也似的——現在我真沒法形容我那時如此地敏捷——躍進了敵人的戰壕。」

說到這裡，講故事的朋友忽然頓了一頓，略略把聲音提高了一點，他說：

「各位，我要說的我最不能忘記的一張臉，就是在這個時候看到的。」

「就在我跳進戰壕的那一剎那，我正好踏中在一個日本人的身上。他曲著身體躺在戰溝裡面，被我這麼一跳壓了下去，他也許是不由自主地『唉喲』了一聲。我本能地舉起槍托正要向他的頭上打去——忽然發現他的胸前的衣服盡是鮮血，他的空著的兩隻手，正緊緊地按著他那湧著鮮血的胸口。他閉著眼睛，臉孔是那麼蒼白。也許是人類內心深處的善良之感吧，我舉得高高的槍托，猶疑著又收了下來。」

「慌忙之中，我趕忙換上了另一條彈夾，伏在戰壕邊緣上，擔心敵人向我們這邊逆襲。」

「其實，日本人在這個山頭上的兵力，幾天來差不多完全犧牲在炮火之下。當我們沖上來之後，僅余的一些日本人，也在最後掙扎之中完全死了。」

「這個山頭並不大，在戰壕上可以俯視四周，顯然這時我們已整個占領這個山頭了。唯一奇怪的，是自從衝鋒那一陣吶喊後，最愛喊叫的我們那位老粗連長，這時卻不再聽到他的聲音。」

「從我所伏身的戰壕邊緣向前面望去，龍陵城的房屋已看得清清楚楚；前面的山坡下，只是一些黃土和青草，連一塊石頭都沒有。很明顯地，敵人這時不會再抽出兵力來反攻了。」

「在我的左右，已跳進了幾個弟兄。有的人還盲目地向著龍陵城內的民房射去，雖然他們也知道步槍子彈不可能飛那麼遠。」

「我呼了一口氣，慶幸我們已經奪取了這個陣地。心情鬆了下來之後，也就回過頭來，看一看躺在我腳前這位傷勢垂危的日本人。他的雙手仍然緊抱著胸口，血已經染透了他的黃色的軍服；他的眼睛仍然緊閉著，盡力地用上牙咬著嘴唇；可是一粒粒的汗珠，從他的額上向下面滾流著。看樣子，他是那麼年輕，也許二十歲還不到。真正的日本人，我還是第一次看到呢！假如不是在戰場，假如不是他這身黃的軍裝，說什麼我也不會把他當作日本人的。他的臉上雖然混敷著泥土和汗水，可是輪廓還可以看得出很清秀，乍一看來，真會當他是一個女孩子哩！」

「戰場內靠我右邊的那位弟兄，似乎也發覺了這個日本人並沒有死去，驚喊著對我說：『副連長，副連長，這傢伙沒死！』」

「我說：『不要管他了，等後面的人上來再說吧！』」

「這位弟兄卻扣著板機說：『補他一槍！媽媽的，省得麻煩！』」

「我連忙推了這個冒失弟兄一把，罵著說：『混蛋！你沒看他是空著手嗎？趕快守著你的位置，向前看！』」

「『補——我——一槍好——』奇怪地，這個日本人按著胸口忽然含糊不清地，躺在那裡說起中國話來，雖然他說的那麼生硬不準。」

「我更加驚奇了，這個年輕的日本人，竟會說中國話。這時，左右的幾個弟兄，也順著戰壕向我這邊移了過來。我要大家不要亂動。但有個湖南上士班長，一邊看著這個日本人，一邊喃喃地罵個不休，叱喝著說不如送他回老家算了。我沒有理他們，蹲下身來把這個青年人扶起，讓他靠坐在戰壕的一邊土壁上。他的傷口在左肩頭，大概是手榴彈炸的，不然傷口不會那麼大。他喘著氣，坐起來後，才呻吟了起來。我看他這麼年輕，簡直像小孩子，我就問他：『來中國多久了？』」

「也許是他不大聽得懂我的話，也許是不願回答，等我大聲地問了他十來句，他才用含糊不清的口音說：『三——月——三個——』」

「就在這時，忽然又聽到我們那位老粗連長的聲音了：『媽——的——衝呀！』」

「我抬頭一看，連長像血人一樣，正向我們這邊踉蹌著跑過來。他一隻手掩著臉，血從他的左手流下，染得全身都是紅色；可是他右手還是倒提著衝鋒槍，幾乎是有點瘋狂地衝到了我們的戰壕前。這裡先讓我對大家作個交待，原來當連長在衝鋒時，忽然炮彈片——十分之九是我們後方炮隊射過來的——飛過他的左頰，他左臉上的一塊肉，竟被削去了。他一時昏了過去，這時才醒，又糊糊塗塗地吶喊著向這邊衝過來。」

「弟兄們恐怕他分不清楚，連忙高喊：『連長，連長，是自己人，自己人！』」

「他似乎定了定神，疑惑地問大家：『鬼子全跑了！』」

「有個多嘴的傢伙指著那半坐著、閉著眼的日本兵說：『還有一個半死不活——』」

「等不及我阻攔——也實在太出我意料以外，那個老粗連長竟狠狠地舉起衝鋒槍托擲了過去，正好擲在那個日本人的頭上。」

「『唉喲——』這個年輕人又斜倒在戰壕裡面了。」

「我忙跳起來說：『是俘虜！是俘虜呀！』」

「『俘他媽個屁——你看我還像人不像人！』滿臉是血的連長嘶啞著嗓子喊。他隨手抱著一塊石頭，又向著這人的身上擲去。我一時想不到連長會這麼瘋狂。其實，不必再加這一石頭了，這個離開日本還不到三個月的青年人，在倒下之後，眼睛就不再張開了。衝鋒槍的方角槍托，正好擊中了他的額角，血殷殷地從他的頭上流出。我俯下身摸了摸他的脈搏，知道他真的已經回他的老家了。可是這張清秀的臉，和他那高高的鼻子，以及他臨倒在地上的那個樣子，甚至他那含糊不清的中國口音，我都記得清清楚楚——一輩子也忘不了。」

「當天這場戰爭結束後，因為連長負傷住院，我就升了這個連的連長。黃昏吃飯時，有一位弟兄送給我一個紅色的小本子。他說這小本子是在那個年輕的日本人死屍上搜來的。因為這個弟兄不識字，說是轉送給我做個勝利的紀念吧！」

「我打開了那個紅色的小本子，上面寫著：『少尉，宮保三郎，士官生，二十歲』的字樣。」

講故事的這位朋友，說到這裡停止了，然後他慢慢地站起，無表情地向著門口走去。奇怪地，這時大家都正在沉思和驚愕當中，也沒有挽留他一聲，他竟這樣地走出去了。

原來是一個喜氣洋洋的聖誕晚會，這時卻在沉悶的氣氛中結束。大家分別時，連那一句Merry Christmas都說得沒一點氣力。

馬華文學獎大系11　PG0860

九個字的情書
——姚拓小說選集

作　　者	姚　拓
主　　編	潘碧華、楊宗翰
責任編輯	陳佳怡
圖文排版	張慧雯
封面設計	陳佩蓉
出版策劃	釀出版
製作發行	秀威資訊科技股份有限公司 114 台北市內湖區瑞光路76巷65號1樓 電話：+886-2-2796-3638　傳真：+886-2-2796-1377 服務信箱：service@showwe.com.tw http://www.showwe.com.tw
郵政劃撥	19563868　戶名：秀威資訊科技股份有限公司
展售門市	國家書店【松江門市】 104 台北市中山區松江路209號1樓 電話：+886-2-2518-0207　傳真：+886-2-2518-0778
網路訂購	秀威網路書店：http://www.bodbooks.com.tw 國家網路書店：http://www.govbooks.com.tw
法律顧問	毛國樑　律師
總 經 銷	聯合發行股份有限公司 231新北市新店區寶橋路235巷6弄6號4F 電話：+886-2-2917-8022　傳真：+886-2-2915-6275
出版日期	2012年12月　BOD一版
定　　價	390元

國家圖書館出版品預行編目

九個字的情書：姚拓小說選集 / 姚拓著. -- 一版. -- 臺北市 : 釀出版, 2012.12
面； 公分. -- (馬華文學獎大系 ; PG0860)
BOD版
ISBN 978-986-5976-88-0(平裝)

857.63 101021762

讀者回函卡

感謝您購買本書，為提升服務品質，請填妥以下資料，將讀者回函卡直接寄回或傳真本公司，收到您的寶貴意見後，我們會收藏記錄及檢討，謝謝！如您需要了解本公司最新出版書目、購書優惠或企劃活動，歡迎您上網查詢或下載相關資料：http:// www.showwe.com.tw

您購買的書名：________________________________

出生日期：________年________月________日

學歷：□高中（含）以下　□大專　□研究所（含）以上

職業：□製造業　□金融業　□資訊業　□軍警　□傳播業　□自由業

□服務業　□公務員　□教職　□學生　□家管　□其它_____

購書地點：□網路書店　□實體書店　□書展　□郵購　□贈閱　□其他

您從何得知本書的消息？

□網路書店　□實體書店　□網路搜尋　□電子報　□書訊　□雜誌

□傳播媒體　□親友推薦　□網站推薦　□部落格　□其他__________

您對本書的評價：（請填代號　1.非常滿意　2.滿意　3.尚可　4.再改進）

封面設計____　版面編排____　內容____　文／譯筆____　價格____

讀完書後您覺得：

□很有收穫　□有收穫　□收穫不多　□沒收穫

對我們的建議：________________________________

____

____

____

請貼
郵票

11466
台北市內湖區瑞光路 76 巷 65 號 1 樓
秀威資訊科技股份有限公司 收
BOD 數位出版事業部

（請沿線對折寄回，謝謝！）

姓　　名：＿＿＿＿＿＿＿＿　年齡：＿＿＿＿　性別：□女　□男

郵遞區號：□□□□□

地　　址：＿＿＿＿＿＿＿＿＿＿＿＿＿＿＿＿

聯絡電話：(日) ＿＿＿＿＿＿＿＿ (夜) ＿＿＿＿＿＿＿＿

E-mail：＿＿＿＿＿＿＿＿＿＿＿＿＿＿＿＿